HEYNE ‹

DEBBIE JOHNSON

# WEIHNACHTS-PUNSCH UND RENTIERPULLI

ROMAN

Aus dem Englischen
von Irene Eisenhut

Wilhelm Heyne Verlag
München

Die Originalausgabe erschien 2015 unter dem Titel
*Never kiss a man in a Christmas Jumper*
bei HarperCollins Publishers Ltd.


Der Verlag weist ausdrücklich darauf hin, dass im Text
enthaltene externe Links vom Verlag nur bis zum Zeitpunkt
der Buchveröffentlichung eingesehen werden konnten.
Auf spätere Veränderungen hat der Verlag keinerlei Einfluss.
Eine Haftung des Verlags ist daher ausgeschlossen.

Verlagsgruppe Random House FSC® N001967


Taschenbucherstausgabe 11/2016
Copyright © 2015 by Debbie Johnson
Copyright © 2016 der deutschsprachigen Ausgabe
by Wilhelm Heyne Verlag, München,
in der Verlagsgruppe Random House GmbH,
Neumarkter Straße 28, 81673 München
Printed in Germany
Redaktion: Hanne Hammer
Umschlaggestaltung: Eisele Grafik·Design, München
unter Verwendung von Loreta Jasiukeniene
(http://loretablog.blogspot.de)
Satz: Leingärtner, Nabburg
Druck und Bindung: GGP Media GmbH, Pößneck

ISBN 978-3-453-42106-6
www.heyne.de

# KAPITEL 1

Als sie dem Mann zum dritten Mal begegnete, von dem sie mittlerweile wusste, dass er Marco Cavelli hieß, bescherte sie ihm ein denkwürdiges Weihnachtsgeschenk. Ein gebrochenes Bein und zwei gebrochene Rippen. Dazu noch ein paar Gesichtsabschürfungen und ein äußerst festliches blaues Auge als Geschenkverpackung.

Es war natürlich alles nur seine Schuld. Er fuhr bei heftigem Schneefall auf der falschen Straßenseite Fahrrad und hörte laut Musik, die ihre warnenden Schreie übertönte, als sie aufeinander zusteuerten. Zwei unaufhaltsame Kräfte, eingehüllt in Mützen, Handschuhe, Schals und weiße Flocken. Nur einer von ihnen blickte auf die Fahrbahn.

Er nahm ausgerechnet in dem Moment die Ohrhörer heraus, als sie zu schreien begann. »Sie Vollidiot, was zum Teufel haben Sie sich nur dabei gedacht …, o Mist …, warten Sie, ich rufe einen Krankenwagen.« Ganz Dame meine Ausdrucksweise, dachte sie. Und fügte in ihrem Kopf noch ein paar schlimmere Schimpfworte hinzu.

Als sie über den glatten Boden zu ihm krabbelte und mit klappernden Zähnen und zitternden Fingern ihr Handy aus der Jackentasche zog, die Jeans klatschnass vom Schnee, kam sie zu dem Schluss, dass Murphys Law sie beide gehörig aufs Kreuz gelegt hatte.

Es war ihr erster freier Tag seit einem Monat. Der erste Tag ohne Pailletten, Schleifen, Samtschlaufen, verdeckte Reißverschlüsse, Haken, Ösen, Taft und Spitze. Der erste Tag ganz ohne Nadelstiche in die Finger, ohne aufgeregte Bräute, angetrunkene Schwiegermütter und Nervenzusammenbrüche in allerletzter Minute.

Und er hatte so verheißungsvoll begonnen. Wunderbar kalt und frostig, mit einem klaren, strahlend blauen Himmel und unberührtem Schnee, der ihren Garten und die Straßen um das Haus in eine stimmungsvolle Landschaft verwandelt hatte, die aussah wie mit Puderzucker bestäubt.

Oxford im Schnee. Ein atemberaubender Anblick, der es stets vermochte, sie aus den Socken zu hauen. Wenn auch nicht wortwörtlich, denn sie trug zwei Paar. Vorsichtig radelte sie in die Stadt, um ihre Einkäufe zu erledigen. In dem antiquarischen Buchladen in der Nähe der Broad Street lag etwas für sie bereit, weshalb sie vor Aufregung völlig aus dem Häuschen war. Sie hatte es über Monate hinweg in Raten abbezahlt. Jetzt gehörte es endlich ihr. Zumindest für ein paar Wochen. Dann würde es Ellen bekommen. Sie konnte es kaum erwarten. Während sie die St. Giles Street entlangradelte, stellte sie fest, dass sich ein Rollentausch zu Hause vollzogen hatte, langsam und schleichend. Ellen war mittlerweile zu cool für Weihnachten. Maggie war jetzt diejenige, die sich wie ein kleines Mädchen auf das Fest freute.

Ach, was soll's, dachte sie, als sie ihr Fahrrad über die glatten Straßen lenkte, wobei sie die blindlings herumlaufenden, unbekümmerten Touristen mit ihren Rucksäcken auf dem Rücken und die wenigen Studenten, die noch da waren, im Auge behielt.

Tags zuvor war das Semester zu Ende gegangen und der Verkehr zum Erliegen gekommen, als die vielen Autos der Studenten sich in Bewegung gesetzt hatten, um nach Hause zu fahren, alle bis unters Dach beladen mit Bettdecken, schmutziger Kleidung und krümelnden Toastern. Oxford war anders, wenn sie weg waren. Ruhiger, nicht so überfüllt, aber auch sehr viel trister. Die Studenten waren von dem Schnee verschont geblieben, der sich angeschlichen hatte wie ein Dieb in der Nacht und auf fast allen belebten Straßen eine Schneedecke von drei Zentimetern hinterlassen hatte.

Maggie hatte *Kavanagh's Book of Note* sicher, wenn auch ein bisschen durchnässt, erreicht, wo sie das in braunes Packpapier eingewickelte Paket freudestrahlend in Empfang genommen und in ihren Rucksack gesteckt hatte, ehe sie wieder auf den Sattel gestiegen war, um zum Covered Market zu fahren. Dort wollte sie sich mit einer Tasse heißer Schokolade und einem Riesenstück Torte verwöhnen. Immerhin war Weihnachten. Na ja, fast.

Sie fuhr über die Broad Street am Balliol und am Trinity College vorbei und bog dann auf den mit Kopfstein gepflasterten Radcliffe Square ab. Als sie über den Platz ruckelte und sich ihren Weg um die in Schals gehüllten Gelehrten herum bahnte, die zu der majestätischen Bodleian Library spazierten, bemerkte sie, dass die Lampen dort noch brannten. Es war bereits nach neun Uhr morgens, doch die heiligen Hallen der Bildung erstrahlten noch immer in elektrischem Licht, das winzige Neonwolken durch die Fensterscheiben warf. Es musste wohl an der dunklen Holzvertäfelung der Räume liegen, die das helle Sonnenlicht absorbierte. Auf den Treppenstufen lag eine dünne, pudrige Schneeschicht, während der Schnee auf dem Kopfsteinpflaster schwer und nass war.

Maggie radelte an der Kirche St. Mary the Virgin vorbei, die durch den flauschigen Schleier des noch immer fallenden Schnees erst recht wie ein Postkartenidyll wirkte mit ihrer aufragenden Turmspitze und der schwindelerregenden Treppe. Aus dem Inneren drang der Klang engelsgleicher Stimmen, die gerade Weihnachtslieder probten. Eine Horde von Jungen, die sonst bestimmt nicht so engelsgleich waren, verwandelte *The Holly and the Ivy* gerade in ein wunderbares, magisches Erlebnis.

Sie fuhr gerade zur High Street weiter, als ihr der Gedanke kam, dass Ellen das Buch womöglich gar nicht mögen würde und sie ihr stattdessen vielleicht besser das Geld schenken sollte. Vielleicht war ihr schnöder Mammon lieber als eine Erstausgabe. Möglicherweise klammerte sie sich an das Bild eines kleinen Mädchens, das es schon lange nicht mehr gab, das bei lebendigem Leib verschlungen worden war von der ausgelassenen, jungen Frau, mit der sie inzwischen ihr Zuhause teilte. Wenn diese junge Frau überhaupt einmal zu Hause war.

Später gestand sie sich ein, dass sie eventuell, aber auch nur eventuell, etwas abgelenkt gewesen war. Das belebte Stück hinunter zur High Street war verhältnismäßig schneefrei, und sie hatte ihre Geschwindigkeit ein kleines bisschen erhöht. Ein so winzig kleines bisschen, dass ihre Beine den Unterschied kaum bemerkt hatten.

Unglücklicherweise führte diese winzig kleine Beschleunigung jedoch dazu, dass ihr nichts anderes übrig blieb, als wie am Spieß zu schreien und das Beste zu hoffen, als sie das andere Fahrrad erblickte, das mit einer Geschwindigkeit auf sie zusteuerte, die ihr unmöglich erschien für ein nicht motorisiertes Fahrzeug. Das Beste zu hoffen, war irgendwie ihr Lebensmotto. Sie sollte es sich auf ein T-Shirt drucken lassen.

Während sie kurz in entsetzt schauende, haselnussbraune Augen schaute und der entgegenkommende Fahrer begriff, was gleich passieren würde, versuchten beide auszuweichen. Zu spät.

Ehe Maggie sichs versah, flog sie schon durch die Luft, und ihr Fahrrad schleuderte im Leerlauf gegen ein schmiedeeisernes Geländer, sodass die Speichen knirschten und sich verbogen. Sie presste die Augen zusammen, da die Welt sich zu drehen begann, und bereitete sich auf eine Bruchlandung vor, die nur eine Sekunde später mit einem dumpfen Schlag erfolgte. Ihr Rücken schlitterte über Eis und Schneematsch, und ihr Helm donnerte mehrfach auf den Boden, sodass sie kurzzeitig schielte.

Einen Augenblick war sie zu verblüfft, um sich zu bewegen. Regungslos lag sie da und spürte, wie die Feuchtigkeit durch die zahlreichen Schichten ihrer Kleidung zu kriechen begann. Die lähmende Nässe des eiskalten Schnees legte sich wie ein Film auf ihre Gliedmaßen. *Wenn diese Szene hier ein Cartoon wäre, würde Tweety jetzt um meinen Kopf flattern*, dachte sie. *Mit Ohrenschützern.*

Sie blieb noch ein paar Sekunden still liegen, bis der Schleier sich verzogen hatte. Dann blinzelte sie und überprüfte körperlich und geistig die Funktionstüchtigkeit ihrer ramponierten Körperteile.

Beine: Bewegen sich noch. Arme: Eindeutig in Ordnung. Kopf? Ein bisschen lädiert, aber eigentlich okay. Wahrscheinlich in keinem schlimmeren Zustand als vorher. Lediglich ihr Steißbein tat höllisch weh. Sie war auf ihrem Allerwertesten gelandet, der glücklicherweise so dick gepolstert war, dass er sie vor schlimmeren Verletzungen bewahrt hatte. Ein dreifaches Hoch auf Mädels mit dicken Hintern.

Sie blickte auf und sah sich um. Mehrere Passanten kamen auf sie zu. Sie sah den Mann, diesen dämlichen Kerl mit den großen haselnussbraunen Augen und der unmenschlichen Fähigkeit, mit einer Geschwindigkeit von 700 Kilometern die Stunde Rad zu fahren. Er lag ein paar Meter von ihr entfernt, Arme und Beine gespreizt. Mit den wenigen gequälten, ruckartigen Bewegungen seines riesigen, verdrehten Körpers schuf er einen abstrakten Schneeengel.

Auf Händen und Knien krabbelnd arbeitete sie sich zentimeterweise in seine Richtung vor, wobei sie ihn wütend und besorgt zugleich anschrie. Er hatte sie von ihrem Fahrrad katapultiert, der Idiot, und verdiente einen ordentlichen Anschiss.

Ihr Rucksack hatte sich bei dem Sturz geöffnet, und der Inhalt war herausgeflogen. Ihre kostbare Erstausgabe von *Alice im Wunderland* lag zerfleddert, zerrissen und schmutzig im Schnee, die wunderschön bebilderten Seiten nass vom Matsch. Außerdem tat ihr der Hintern weh. Richtig weh. Am liebsten hätte sie ihm einen ordentlichen Karateschlag in seine Weichteile verpasst. Wenn er nicht … solche Schmerzen zu haben schien. Sein Bein sah irgendwie verdreht aus. Verflucht noch mal, wo war ihr Handy? Und warum spürte sie ihre Finger nicht?

Als sie nah genug war, um sein Gesicht zu erkennen, sah sie, wer er war. Er war Er. Der heiße Papa vom Park. Der Mann mit dem Smoking. Der Kerl, der einen Rentierpulli in ein sexy Kleidungsstück verwandeln konnte. Der umwerfende amerikanische Traumtyp, der ihr schon mehrfach in den letzten Tagen über den Weg gelaufen war.

Sie blickte sich um und sah sein Fahrrad mit dem Kindersitz hinten auf dem Gepäckträger. Krumm und verbogen lag
es verwaist an der Rückwand des Brasenose College.

»Das Kind!«, schrie Maggie völlig panisch, als sie schließlich bei ihm war. »Wo ist das Kind?«

# KAPITEL 2

Ihre erste Begegnung war zwar nicht ganz so dramatisch verlaufen, aber gleichermaßen denkwürdig gewesen. Auf ihre eigene Art und Weise. Maggie hatte zusammen mit ihrer Tochter auf einer Bank im Park gesessen. Vor drei Tagen.

»Wenn das so weitergeht, werde ich noch an Östrogenvergiftung sterben«, hatte Ellen gesagt, nachdem sie die Ohrhörer herausgenommen hatte. Ihr angewiderter Blick war auf die Szene gerichtet gewesen, die sich vor ihren Augen abspielte.

»Scheinbar sind alle tollen Mamis gestorben und im Himmel der dämlichen Schnallen gelandet. Keine einzige sieht nach ihrem Kind. Ihre süßen Kleinen könnten Crack rauchen oder sich Hundekacke in den Mund stopfen, und sie würden es nicht einmal merken. Wahrscheinlich denken diese Mütter gerade alle nur ans Vögeln. Ich glaube, ich muss mir gleich das Hirn mit Bleichmittel auswaschen. Ehrlich, der Typ trägt einen Rentierpulli! Eine der Regeln im Buch der Feministinnen lautet bestimmt, nie einen Mann in einem Rentierpulli zu küssen, oder?«

13

Es war der erste Dezember, und die Temperaturen waren über Nacht gefallen, als hätte der Wettergott einen Blick in den Kalender geworfen und beschlossen, noch eine Schippe draufzulegen. Ellens Schmähungen wurden begleitet von kleinen Atemwolken, die aus ihrem Mund drangen, und dem ungeduldigen Trippeln ihrer Füße auf dem reifbedeckten Boden unter der Bank.

Während sie schimpfte, verzog sie verächtlich das normalerweise hübsche Gesicht und schüttelte bedauernd den Kopf, als sie ihre Wasserflasche aufschraubte.

Sie hatten gerade ihre vier Kilometer lange Joggingrunde im Park beendet. Außer leicht geröteten Wangen und ein paar kastanienbraunen Haarsträhnen, die an der feuchten Haut klebten, war Ellen keinerlei Anstrengung anzusehen.

So war das nun mal mit süßen achtzehn, wenn der Körper noch nicht gekennzeichnet war vom Leben, Kinderkriegen und zu vielen einsamen Abenden mit Colin-Farrell-Filmen und einer Schachtel Schillerlocken, dachte Maggie O'Donnell.

Diese drei Dinge hatten ihr reichlich zugesetzt, obwohl sie mit vierunddreißig noch ziemlich gut in Schuss war. Zumindest innerlich. Allerdings nicht gut genug, um noch genügend Luft zu haben und Ellen zu antworten. Stattdessen versuchte sie, ihre unverschämt athletische Tochter anzulächeln, die ausgestreckt neben ihr auf der Bank saß, und blickte zu dem Geschehen auf dem Spielplatz hinüber, das Ellen so verärgert und schließlich zu ihrem Anti-Vagina-Monolog geführt hatte.

Maggie musste zugeben, dass ihre Tochter irgendwie schon recht hatte, auch wenn sie äußerst kritisch war. Dort drüben stand ein Mann. Ein richtiger, waschechter Mann, der in das zumindest an Wochentagen der weiblichen Spezies vorbehaltene Revier eingedrungen war.

Es war auch nicht irgendein alter Knacker oder einer dieser

gestressten, nicht berufstätigen Väter, die ab und zu auftauchten, von oben bis unten bekleckert mit Erbsenpüree, und mit der Lebensfreude eines an einem Leistenbruch erkrankten Nilpferds von der Windeltasche zur Schaukel trippelten.

Nein, dieser Mann … war einfach nur umwerfend. Er war groß, auf jeden Fall größer als ein Meter fünfundachtzig. Breitschultrig. Muskulös. Und trug eine Levis-Jeans, einen Pullover mit einem riesigen Rentier auf der Vorderseite und eine teuer aussehende marineblaue Weste. Das dunkle Haar begann sich zu locken und schien normalerweise kürzer getragen zu werden. O ja, sie konnte durchaus verstehen, warum die anderen Mütter auf dem mit Raureif bedeckten Rasen begonnen hatten, in einer kollektiven Hormonlache dahinzuschmelzen. Er sah aus wie aus einer romantischen Komödie entsprungen, in der er die Hauptfigur spielte, einen talentierten, aber leidgeprüften Rugbyspieler.

Maggie nahm einen ordentlichen Schluck aus ihrer Wasserflasche und holte tief Luft, um wieder zu Atem zu kommen. Dann beäugte sie den Mann so unauffällig wie möglich. Leider jedoch nicht unauffällig genug.

»Mum!«, rief Ellen empört, und der Blick ihrer grünen Augen bohrte sich in ihre Mutter. »Du machst genau das Gleiche! Wie widerlich! Reiß dich zusammen! Du benimmst dich, als hättest du noch nie einen Mann gesehen.«

»Na ja, mein Schatz. Ich bin mir nicht sicher …, ob mir so ein Exemplar in meinem Leben schon mal begegnet ist. Und du hast offensichtlich noch nie *Bridget Jones – Schokolade zum Frühstück* gesehen. Ein Mann in einem Rentierpulli kann einen bleibenden Eindruck hinterlassen.«

Ellen schnaubte und starrte wenig überzeugt auf den Pullover und dessen Träger.

»Auf jeden Fall solltest du etwas nachsichtiger sein mit einem Mädel meines Alters«, fuhr Maggie fort. »Weißt du, ich bin auch nur aus Fleisch und Blut. Es ist nicht so, als würde man nichts mehr um sich herum wahrnehmen, nur weil man jenseits der dreißig ist. Aber das wirst du eines Tages noch selbst herausfinden. Außerdem ... ein Hingucker ist er schon.«

Als sie die Worte aussprach, marschierte genau in dem Moment eine der verzückten Mütter schnurstracks in die Rutsche, da sie weiter fasziniert den Mann betrachtet hatte. Sie stieß sich den Kopf und errötete heftig. Die Szene erinnerte an eine Slapstickkomödie. Maggie biss sich auf die Lippe, um nicht laut loszuprusten. Das hätte mir auch passieren können, dachte sie.

»Hör auf, so zu stieren!«, sagte Ellen, wenngleich sie es nicht ganz schaffte, das Kichern in ihrer Stimme zu unterdrücken. »Du bist kein Mädel ... du bist eine alte Schachtel. Dein Verfallsdatum ist schon lange abgelaufen.«

»Ist es *nicht!*«, widersprach ihr Maggie und eiste schließlich ihren Blick von dem attraktiven Fremden los. »Ich habe vielleicht gerade mein Mindesthaltbarkeitsdatum überschritten, mehr aber auch nicht.«

»Aha. Sagt die Expertin für Ernährungsfragen. Und worin besteht bitte der Unterschied?«

»Wenn man etwas isst, dessen Verfallsdatum abgelaufen ist, dann ist es schlecht. Richtig schlecht. So schlecht, dass man sich eine Lebensmittelvergiftung einfangen kann. So wie dein Großvater, als er an diesem Grillabend das ganze alte Hühnerfleisch verbraucht hat und dann mit dem Radio aufs

Klo verschwunden und zwei Tage lang nicht mehr herunter-gekommen ist. Das Mindesthaltbarkeitsdatum aber … ist eher eine Richtschnur. Wenn man etwas über dieses Datum hinaus verzehrt, bedeutet das lediglich, dass es nicht mehr im allerbesten Zustand ist. Womöglich schmeckt es nicht mehr ganz so gut, aber man muss sich deshalb nicht übergeben.«

»Und so verhält es sich bei dir, oder was?«

»Genau. Würde mich jemand vernaschen, wie zum Beispiel dieser Mann dort drüben, würde ihm anschließend nicht übel werden, aber es könnte sein, dass er schon Besseres probiert hat.«

Ellen verzog das Gesicht und machte mit den Fingern eine Geste des Erbrechens.

»Ich glaube, es kann sein, dass *ich* jetzt gleich kotze. Be-greifst du nicht, dass du als meine Mutter die Pflicht hast, den Rest deines Lebens als völlig geschlechtsloses Wesen zu ver-bringen? Ich gehe mal davon aus, dass du nur einmal Sex hat-test, und ich aus dieser erhabenen Vereinigung entstanden bin. Mit mehr bin ich ohne entsprechende Traumabewältigung nicht bereit, mich auseinanderzusetzen. Also, hör auf, ihn an-zuhimmeln und lass uns nach Hause gehen. Ich glaube, du brauchst eine kalte Dusche. Wenn du willst, kannst du gern den Rest der untersexten Horde nach Hause einladen.«

»Okay«, erwiderte Maggie und lachte innerlich bei dem Ge-danken der »erhabenen Vereinigung«, die dazu geführt hatte, dass sie mit sechzehn schwanger geworden war. Das war nicht gerade die Beschreibung, die die meisten dafür benutzt hät-ten, was auf dem Rücksitz eines auf dem Rastplatz der A40 ge-parkten Datsun Sunny stattgefunden hatte.

»Botschaft angekommen und verstanden, Hüterin der Sit-ten. Gib mir nur noch fünf Minuten, in denen ich mich wie ein geschlechtsloses Wesen benehmen kann, das einen völlig Fremden mit den Blicken verschlingt. Dann machen wir uns auf den Weg.«

Ellen brummte missbilligend vor sich hin, schlug ihre schlanken Beine übereinander, steckte die Ohrhörer wieder ein und hörte Musik. Wahrscheinlich, um das Geräusch der Seufzer in ihrer Umgebung zu übertönen.

Maggie betrachtete sie von der Seite und sah anschließend wieder zum Spielplatz. Einmal abgesehen von dem Mann, stimmte der Anblick sie etwas traurig. Melancholisch. Der Park lag nur zehn Minuten von ihrem Haus in Jericho entfernt. In der Ferne waren die verträumt aussehenden Turmspitzen im Stadtzentrum von Oxford zu sehen. Sie ragten verschwommen aus dem Nebel und wirkten wie ein beleuchteter Weihnachtsbaum aus weichem, gelbem Stein. Es war ein wunderschöner Anblick. Einer, der sich scheinbar nie änderte.

Sie kam schon seit vielen Jahren in diesen Park und konnte sich sogar noch dunkel daran erinnern, wie sie ihn als Kind mit ihrer eigenen Mutter besucht hatte. In ihrer Teenagerzeit war er ein beliebter Treffpunkt gewesen. Wild und ungestüm war sie Karussell gefahren und hatte dabei Cider aus Plastikflaschen getrunken. Ein Umstand, der möglicherweise nicht ganz unschuldig war an der späteren erhabenen Vereinigung auf dem Rücksitz des Datsun Sunny. Möglicherweise aber auch nicht.

Als sie dann selbst Mutter war, unglaublich jung noch, war sie mit ihrem eigenen süßen Baby im Kinderwagen im Park spazieren gegangen und hatte so die endlosen Stunden ihres Lebens gefüllt. Sie fütterte die Enten und fragte sich, was ihre Freundinnen wohl gerade machten. Sie hatte den Park immer wieder mit Ellen besucht. Als Kleinkind, als kleines Mädchen und jetzt als fast erwachsene junge Frau. Wenn Maggie die Augen schloss, zog alles noch einmal an ihr vorbei, wie episodenhafte Traumsequenzen in einem Film.

Die Schaukeln waren zwar in der Zwischenzeit neu gestrichen und die Bänke ersetzt worden, doch für Maggie waren die Geister vergangener Weihnachten noch überall zu spüren. Sie wickelten sich um die mit Raureif bedeckten Äste und hallten in jedem aufgeregten Kindergeschrei wider, das sie hörte.

Ellens Kindheit, die Zeit, in der man es als selbstverständlich erachtete, im Mittelpunkt des Leben seines Kindes zu stehen, schien ewig weit weg zu sein. Die Mütter auf dem Spielplatz sahen müde, schluderig und erschöpft aus, so wie alle Mütter. Sie hatten noch nicht begriffen, wie kostbar die Zeit mit ihren Kindern war und wie schnell sie vorbeiging.

Sie riss sich von den sinnlosen, bittersüßen Erinnerungen los und kehrte in die Gegenwart zurück. Er war noch immer da. Der Mann. Das Prachtexemplar. Dunkelhaarig und gut aussehend. Es war nicht nur sein Blick, der die Frauen hinriss, sondern auch seine liebevolle Art mit dem kleinen Jungen umzugehen. Seinem Sohn wahrscheinlich.

Dieser pausbäckige Engel mit den widerspenstigen, dunklen Locken war eindeutig das, was Erziehungsfachkreise als »Wildfang« bezeichnen würden. Im elterlichen Fachjargon konnte das alles bedeuten. Angefangen von einem dynamischen Kleinkind bis hin zu einem vom Teufel besessenen Außerirdischen, der den Kopf um dreihundert Grad drehen konnte und dabei die Titelmelodie der Kindersendung *In the Night Garden* summte.

Der Junge war circa zwei. In diesem Alter bestand das Leben aus drei Aktivitäten: laufen, hinfallen, schlafen. Der Mann sah jedoch überhaupt nicht müde aus. Und auch nicht erschöpft. Kein einziger Klecks Erbsenpüree war auf seiner Kleidung zu sehen. Er strotzte vor Gesundheit und Vitalität und hielt lachend mit dem Kleinen Schritt, der abwechselnd zu Schaukel, Rutsche und Klettergerüst rannte.

Eine Hand des Mannes war stets da, um den Jungen zu halten, ihn aufzufangen, wenn er fiel, den Schmutz von den Knien seiner Jeans abzuklopfen oder ihn hochzuheben und im Kreis zu drehen, bis das Kichern des Kleinen alle angesteckt hatte, die in Hörweite waren. Der Akzent des Mannes klang amerikanisch, und er nannte das Kind Luca, was dem unerwarteten Zauber seiner Anwesenheit an einem grauen, frostigen Tag Anfang Dezember in einem Park in Oxford nur noch eine weitere wunderbare Note hinzufügte.

Sollte er sich der Tatsache bewusst gewesen sein, dass jede Frau auf dem Spielplatz hoffte, ihm mit einem Feuchttuch oder der Wegbeschreibung zu den Toiletten behilflich sein zu können, ließ er es sich nicht anmerken. Er konzentrierte sich nur auf eins: ein toller, lustiger Vater zu sein.

Ja, dachte Maggie, stand von der Bank auf und begann sich zu dehnen, weil sie bereits Muskelkater bekam. Geschlechtslos. Verfallsdatum überschritten. Und zu spät für die Arbeit.

Zeit, mit dem Anschmachten aufzuhören und sich fertig zu machen für den Tag.

# KAPITEL 3

Bei ihrer zweiten Begegnung steckte Maggies Kopf gerade unter dem Rock von Gaynor Cuddy, der ersten ihrer Weihnachtsbräute. Sie war vorbeigekommen, um ein letztes Mal ihr Kleid anzuprobieren. Gaynor war eine echte Prachtwumme und hatte sich ein noch prächtigeres Brautkleid ausgesucht, von dem Maggie überzeugt war, dass es in einer Folge von *Big Fat Gypsy Wedding* hätte mitwirken können. Auch wenn Gaynor keine Zigeunerin war, soweit Maggie wusste, sondern ein Call Center leitete und zusammen mit ihrem Freund, Tony, in einer ziemlich schicken Wohnung in der Nähe der Woodstock Road lebte.

Das mit einem Reifrock ausgestattete und fast überall bestickte Kleid war so gut wie fertig. Es zu nähen hatte mehr als ein Jahr gedauert und Unmengen an Satin und Tüll verschlungen. Maggie hatte die Kunstperlenvorräte sämtlicher Händler im Umkreis von einhundert Kilometern verbraucht und mit ihrem mühevollen Annähen eine dauerhafte Krümmung ihres Rückgrats riskiert.

Jetzt, nach zahlreichen Irrungen und Wirrungen und Gaynors ausführlichen Schilderungen ihrer nahezu gänzlich eingestellten Nahrungsaufnahme im letzten Monat, war es perfekt.

Oder genauer gesagt, es war perfekt für Gaynor. Einige ihrer anderen Kundinnen wären vor Entsetzen in Ohnmacht gefallen, doch Gaynor war glücklich, und das allein zählte für Maggie.

Der Grund für ihren auf Tauchstation gegangenen Kopf war der, dass sie an der Brautunterwäsche herumwerkeln musste. Ihrem bombastischen Hochzeitskleid entsprechend hatte Gaynor beschlossen, einen Strumpfgürtel zu tragen, der gleichzeitig als Halfter für eine kleine Spielzeugpistole dienen sollte, die sie dort verstecken und als witzige Einlage nach der Trauzeremonie herausziehen wollte. Es war zwar keine alltägliche Bitte, aber mit ein paar schnellen Nadelstichen und einem hier und da aufgetragenen kleinen Tropfen Sekundenkleber durchaus machbar.

Normalerweise hätte Maggie diese Arbeit in der Ankleidekabine erledigt, doch die war einfach nicht groß genug für ein derartig opulentes Kleid und Gaynor. Und so befanden sie sich mitten in ihrem Laden, *Ellen's Empire*. Maggie kroch auf den weggeworfenen Stofffetzen und Garnfäden herum, die den Fliesenboden stets zu bedecken schienen, egal wie oft sie fegte.

Während sie mit dem Reifrock über dem Kopf an dem Strumpfhalter herumbastelte, schnatterte Gaynor von dem Hochzeitsempfang (200 engste Freunde, einschließlich Maggie), den Flitterwochen (die Seychellen, ohne Maggie) und ihrem Plan nach Entledigung ihres Kleids so viele Marzipanpralinen zu essen, wie es ihrem Körpergewicht entsprach, und das noch ehe es zu irgendwelchen anderen Hochzeitsnachtaktivitäten kam. Tony fand dieses Vorhaben bestimmt genauso toll.

Maggie konnte nicht alles klar verstehen und gab nur ab

und zu ein aufmunterndes Geräusch von sich, während sie ausprobierte, ob die kleine Waffe sich problemlos in den Halfter schieben ließ und schnell herausgezogen werden konnte. Ja, es schien gut zu klappen, und es würde bestimmt für das eine oder andere unterhaltsame Foto sorgen.

Zufrieden zog sie schließlich die Pistole heraus, die ebenfalls mit Kunstperlen verziert war und von einem Cowgirl-Karnevalskostüm stammte, das Gaynor im Internet aufgetrieben hatte. Maggie holte noch einmal tief Luft, bevor sie sich ihren Weg zurückbahnte. Vorsichtig hob sie den Reifrock, hörte das Rascheln unzähliger Meter Stoff und kroch heraus.

Genau in dem Moment, als ihr Hintern sich zentimeterweise nach draußen vorarbeitete, der Kopf aber noch unter Gaynors Rüschen steckte, bimmelte die Ladenklingel. Perfektes Timing. Sie hätte wirklich das Schild auf »Geschlossen« umdrehen sollen.

Maggie rappelte sich hoch, strich sich die verschiedenfarbigen Garnfäden von den Knien ihrer Jeans und drehte sich zu ihrem Kunden um. Gaynor kicherte, und Maggie bemerkte, dass sie die Spielzeugpistole in dessen Richtung hielt.

»Nicht schießen!«, rief er. »Ich werde friedlich wieder gehen.« Sein Gesicht verzog sich zu einem Grinsen. Einem Grinsen, das sie wiedererkannte. Es gehörte dem Mann aus dem Park.

Maggies Wangen waren durch die unmittelbare Nähe zu Gaynors bestrumpften Oberschenkeln bereits gerötet, und sie versuchte, nicht verlegen auszusehen. Sie schob eine widerspenstige Haarlocke hinter das Ohr. Es gab nichts, was ihr peinlich sein musste, sagte sie sich. Na gut, sie war zwar gerade aus dem Schritt einer anderen Frau aufgetaucht, und ja, sie richtete eine Spielzeugpistole auf ihn, aber er wusste nicht, dass sie ihn kannte. Dass sie von ihrer Tochter unbarmherzig verhöhnt worden war, weil sie ihn angehimmelt hatte. Dass sie sich mehrfach ertappt hatte, an ihn zu denken, häufig spät abends. An seine stattliche Größe, an die breiten Schultern, an die Leichtigkeit, mit der er seinen imposanten Körper bewegte. An die mitreißende Liebe, die er offensichtlich für seinen kleinen Sohn empfand.

Der fragliche kleine Bursche war ebenfalls da und stand neben ihm. Er betrachtete mit großen Augen das riesige Kleid. Als er den Anblick verarbeitet hatte, wackelte er zu dem Tisch, auf dem Maggies kleiner, perfekt gewachsener Weihnachtsbaum stand. Sie hatte den gesamten Weihnachtsschmuck aus Seide- und Taftresten selbst gefertigt und ihn mit Glitzer bestäubt. Der Baum war … geschmackvoll. Auf jeden Fall geschmackvoller als der bei ihr zu Hause. Der sah aus, als hätte eine Elfe in sämtlichen Regenbogenfarben darauf gekotzt.

Der kleine Kerl streckte die Hand aus, die von einer schokoladenhaltigen Nascherei verschmiert war. Der Mann hastete sofort zu ihm und zog die Hand sanft, aber bestimmt weg.

»Nein, Luca. Du musst erst chemisch gereinigt werden, bevor du so etwas anfassen darfst.«

Das Kind blickte ihn an und überlegte offenbar hin und her, ob es gelingen könnte, Reißaus zu nehmen.

»Nich dusche!«, erwiderte er trotzig und stampfte mit einem Fuß auf, der in einem Gummistiefel steckte.

»Ich weiß, dass du nicht duschen möchtest, aber das wird dir nicht erspart bleiben. Sobald wir hier fertig sind, heißt es für dich ab ins Bad.«

Er hob den kleinen Mann hoch in seine Arme, die wunderbar groß und muskulös waren, wie Maggie nicht umhinkonnte festzustellen. Einen Augenblick lang stellte sie sich ihn in Russell Crowes Kostüm aus »Der Gladiator« vor und merkte, wie ihre Wangen noch mehr glühten. Sie erinnerte sich daran, dass er stattdessen in einem weiteren Weihnachtspulli steckte, auf dem dieses Mal ein Weihnachtsmann mit einer Pudelmütze prangte. Er musste eine ganze Sammlung davon zu Hause haben.

»Ist schon in Ordnung«, sagte sie, ging zu dem Baum und nahm einen Weihnachtsschmuck herunter. »Die Schleifen haben Weihnachtsfeen gemacht. Sie haben ganz viele dagelassen. Du kannst dir eine mitnehmen, wenn du möchtest.«

Der kleine Kerl sah erst sie an und anschließend die glitzernde Schleife, die sie ihm hinhielt. Dann wanderte der Blick seiner großen, hoffnungsvollen Augen zu dem Mann. Nachdem dieser zustimmend genickt hatte, griff der Junge so schnell nach dem Schmuck wie ein Frosch in einem Naturfilm eine Fliege fängt. Beängstigende Reflexe.

»Danke«, sagte der Mann. »Das ist wirklich nett. Er wird wahrscheinlich versuchen, die Schleife zu essen, aber was soll's … Ich habe mich gefragt, ob Sie mir vielleicht einen Anzug ändern können. Meiner ist auf dem Flug von den Staaten hierher verloren gegangen, und ich muss zu einer Taufe. Ich habe ein sehr ähnliches Modell gefunden, aber … na ja, er ist etwas eng.«

Maggie unterdrückte ein leichtes Schlucken und legte eine Hand auf den Weihnachtstisch, um sich abzustützen.

»Das glaub ich Ihnen sofort!«, meldete sich Gaynor zu Wort, das Timing perfekt und komisch. »Sie haben die Maße von Superman!«

»Nich *Tuperman!*«, entgegnete Luca, bevor er prompt eine Ecke der Weihnachtsschleife in seinen schokoladenverschmierten Mund schob.

»Äh … hm, ich verstehe. Das tut mir wirklich leid, aber Männer sind nicht mein Fachgebiet …«, stotterte Maggie. In dem Moment, als sie Worte ausgesprochen hatte, begriff sie, dass sie möglichweise damit einen falschen Eindruck erweckte. Beziehungsweise ungewollt den richtigen, denn Männer waren tatsächlich nicht ihr Fachgebiet. Sie hatte schon seit Jahren keinen Mann mehr gehabt. Ihre Freundin Sian war überzeugt, dass »es« mittlerweile wieder zugewachsen war, so wie Ohrlöcher, wenn man zu lange keine Ohrringe trägt. Sian drückte sich stets sehr gewählt aus.

Er runzelte die Stirn, und sein breiter Mund verzog sich zu einem schiefen Lächeln. O Gott, dachte sie, dieser Mund ist umwerfend.

»Ich meine natürlich, dass Männerkleidung nicht mein Fachgebiet ist.«

»Natürlich«, antwortete er und schien ihre anhaltende Röte zu genießen. »Können Sie mir jemanden empfehlen? Jemanden, dessen Fachgebiet Männer sind?«

»Männer sind mein Fachgebiet!«, ertönte Gaynors Stimme erneut, bevor sie wie ein Schulmädchen zu kichern begann.

Luca stimmte ein, obwohl er keine Ahnung hatte, worüber er lachte. Er war wirklich bezaubernd, wenn auch auf eine leicht furchterregende Art.

»Sie können es bei Lock versuchen, in der Nähe der Cornmarket Street. Er müsste Ihnen helfen können.«

Er bedankte sich und hielt länger Blickkontakt als nötig. Bitte gehen Sie, dachte Maggie, damit mein Gesicht wieder eine normale Farbe annimmt. Doch aus irgendeinem Grund bewegte er sich nicht. Er stand mit seinem massigen Körper zwischen ihr und der Tür. Sie kam sich vor wie in einer Falle. Ihr war heiß, und sie war viel zu nervös.

Er hielt diesen lästigen, intensiven Blickkontakt und grinste sie verschmitzt an, als könnte er ihre Gedanken lesen.

Maggie versuchte, freundlich aber bestimmt zu lächeln, während ihr durch den Kopf ging, dass sie wahrscheinlich dem Elefantenmenschen ähnelte. Ihr Bauch fühlte sich irgendwie komisch an, und in ihren Ohren klingelte es eigenartig. Sie hatte das Gefühl, als sollte sie noch etwas sagen, und zumindest versuchen, wie ein einigermaßen intelligenter Mensch zu wirken, doch ihre Stimmbänder hatten beschlossen zu streiken. Dieser Mann war einfach so … wunderbar. Und groß. Und kräftig. Ihn umgab eine Art Leuchten, dass es ihr die Sprache verschlug.

»Ich muss mal Aa«, sagte Luca.

Wenigstens einer, der nicht um Worte verlegen war.

# KAPITEL 4

Ihm tat alles weh. Die Rippen, das Gesicht. Das Bein. Besonders das verdammte Bein. Marco hatte viel Sport in seinem Leben getrieben und einige Verletzungen einstecken müssen. Häufig waren sie ihm von Männern von der Größe eines kleinen SUVs zugefügt worden. Doch nichts hatte je so Schmerzen verursacht wie das hier. Er fühlte sich von Kopf bis Fuß … zerbrochen. Wie ein Glas, das in tausend Scherben zersprungen war.

Alles war so schnell gegangen. In der einen Minute radelte er noch über die Straße, lauschte der Playlist, die ihm Leah geschickt hatte, die Gedanken immer mal wieder bei dem Vortrag, an dem er gearbeitet hatte, um dann in der nächsten Minute … rums, vielen Dank gnädige Frau, von seinem Fahrrad zu fliegen, im eisigen Schnee zu landen, nach Luft zu schnappen und am liebsten wie ein Riesenbaby zu weinen, während aus seinen Ohrhörern noch immer *Love is an Elevator* von Aerosmith tönte. Äußerst unpassend. Wahrscheinlich waren nur die daran schuld. Die Rockmusik hatte ihn zu schnell Rad fahren lassen.

Doch zu all den Schmerzen, dem Durcheinander und der verdammten Kälte brüllte ihn diese Irre auch noch so laut an, dass ihm die Ohren anfingen wehzutun. Sie schrie eindeutig lauter als noch vor wenigen Minuten Steven Tyler.

Neben ihm im Schnee kniend rüttelte sie an seinen Schultern. Jedes Mal wenn sie an ihm zerrte, schossen noch stechendere Schmerzen in sein linkes Bein, die sich anfühlten wie ein Elektroschock. Das Schlimmste war, dass er nicht richtig verstehen konnte, was sie sagte. Wahrscheinlich stand er unter Schock. Oder er hatte eine Gehirnerschütterung. Oder er befand sich gerade in einer Art Schwebezustand, da der Chef ganz oben noch nicht entschieden hatte, ob er hinauf zu den himmlischen Chören oder hinab zu den glühend heißend Schürhaken geschickt werden sollte. Nicht *Love in an Elevator*, sondern *Dead in an Elevator*. Aerosmith lässt grüßen.

Aber selbst das wäre noch besser als diese Folter, ging es ihm durch den Kopf, und er versuchte, sich auf den aus ihrem Mund dringenden Wortschwall zu konzentrieren. Er blinzelte ein paarmal und ballte die Hände zu so festen Fäusten, dass er spürte, wie sich seine Nägel in die Handflächen bohrten. Dann blickte er sie an. Komm schon, Junge, sagte er sich. Reiß dich zusammen!

Er konnte Sirenengeheul im Hintergrund hören und hoffte, dass Hilfe unterwegs war. Hilfe mit Morphium. Hilfe, die ihn in einen Zustand des Vergessens versetzen würde. Selbst wenn das mit glühend heißen Schürhaken einherging. Er musste nur noch ein bisschen länger durchhalten. So lange seinen Mann stehen, bis die Sanitäter ihn in den Wagen verfrachtet hatten.

»Ja, ja …, okay! Hören Sie auf, mich zu schütteln, verdammt noch mal!«, schaffte er zu sagen. »Das tut höllisch weh!«

Die Frau ließ seine Schultern augenblicklich los und streckte ihre zitternden, blau angelaufenen Finger mit einer Geste der Kapitulation in die Luft. Ihre Augen waren hellgrün und schimmerten feucht von nicht vergossenen Tränen. Wilde rote Locken lugten aus den Ritzen ihres Fahrradhelms hervor und bildeten einen struppigen kastanienbraunen Kranz um ihren unversehrten Kopf. Sie kam ihm … durchgeknallt vor. Und irgendwie bekannt.

»Tut mir leid!«, rief sie und beugte sich nahe zu seinem Gesicht. »Aber wo ist der kleine Junge? Wo ist Luca?«

»Er ist nicht hier, okay? Ihm geht's gut! Mir … aber nicht! Haben Sie sich nicht mal gefragt, ob mein Rückgrat vielleicht verletzt sein könnte, ehe Sie angefangen haben, mich durchzurütteln, Sie Wahnsinnige? Ich könnte für den Rest meines Lebens gelähmt sein!«

Sie fiel zurück auf ihren Hintern. Erleichterung machte sich auf ihrem Gesicht breit. Dann rollten ihr schließlich die Tränen über die Wangen. Er bemerkte, dass sich ihr Gesichtsausdruck schmerzhaft verzog und dass sie sich auf dem Schnee wand, um eine angenehmere Sitzposition zu finden. Er kannte diese Haltung. Ein geprelltes Steißbein. Er hatte schon häufig genug einen Schlag darauf abbekommen, um die Symptome zu erkennen. Hätte er in dem Moment nicht selbst so unsägliche Schmerzen gehabt, hätte er Mitleid für sie empfunden. Er versuchte, das Bein ein paar Millimeter zu bewegen, und war froh, als es reagierte. Wenigstens würde er nicht den Rest seines Lebens gelähmt sein. Doch auf den Schmerz, der ihn dann durchfuhr, war er nicht vorbereitet.

Marco stieß einen Schrei aus und biss sich anschließend so fest auf die Lippe, dass er Blut schmeckte. O Mann. Das war nicht gut. Gar nicht gut.

Die Frau, mit der er zusammengestoßen war, beugte sich zu ihm vor, woraufhin er so weit wie möglich zurückwich. Wahrscheinlich zückte sie gleich einen glühend heißen Schürhaken.

»He, fangen Sie nicht wieder an, mich zu schütteln, okay? Lassen Sie mich einfach nur in Ruhe!«

Sie nickte, blieb aber an seiner Seite. Er spürte, wie ihre eisigen Finger zu seinen wanderten, während sie ihm mit der anderen Hand sanft eine Haarsträhne aus der Stirn strich.

»Es tut mir leid«, sagte sie noch einmal. Der Ton in ihrer Stimme war jetzt leise und beruhigend, überhaupt nicht mehr angsteinflößend wie noch eben. »Ich habe den Kindersitz hinten auf dem Fahrrad gesehen. Sie waren gestern in meinem Laden, und da habe ich gedacht … na ja, ich bin vom Schlimmsten ausgegangen.«

Er umklammerte ihre Finger. Ihr war noch kälter als ihm. So kalt, dass ihre Tränen drohten, auf den Wimpern festzufrieren. Sie hatte wunderschöne Augen. Riesig. Klar. Dunkelgrün wie Gras. Ihre Augen passten zu der hellen, sommersprossigen Haut und dem langen, dunkelroten Haar. Als er den Fahrradhelm gedanklich entfernte, fiel es ihm wieder ein. Sie war die Frau aus dem kleinen Geschäft mit den Brautkleidern im Schaufenster. Die Schneiderin mit dem Lächeln und der Spielzeugpistole, die Luca die Weihnachtsschleife geschenkt hatte, die er so gern mochte. O Mann! Wie klein die Welt doch war, dachte er, während eine weitere Welle von Schmerzen ihn durchzuckte.

Zumindest erklärte das ihre Reaktionen. Wen kümmerte schon der Zustand eines Riesenochsen wie ihm, wenn das Leben von einem zweijährigen süßen Fratz in Gefahr sein könnte? Wären ihre Rollen vertauscht gewesen, hätte er sie genauso geschüttelt.

»Es ist alles okay. Er ist in Sicherheit. Und jetzt, sagen Sie mir bitte … wie sieht mein Bein aus? Ist damit alles in Ordnung? Denn so fühlt es sich nicht an.«

Sie schaute an ihm herunter und gab sich die größte Mühe, ihr Entsetzen zu verbergen.

»Ja, soweit ganz gut. Nichts, was ein paar Nadelstiche nicht wieder in Ordnung bringen könnten.« Zusätzlich zu ein paar Metallplatten und einer Hauttransplantation, dachte Maggie, während sie versuchte, beruhigend zu lächeln. Das Bein war ein grässlicher Mischmasch aus seiner Jeans und einer riesigen, offenen Fleischwunde. Sie hatte nicht zu lange darauf gestarrt, um zu vermeiden, irgendeinen hellen, weißen Knochen zu erkennen, der eigentlich überhaupt nicht sichtbar sein sollte.

»Gut«, antwortete er und verstärkte den Griff um ihre Finger. »Ich nehme Sie beim Wort. In puncto Nadelstiche kennen Sie sich ja aus. Hören Sie, behalten Sie mich im Auge, ja? Mein Personalausweis ist in meiner Tasche. Genauso wie mein Handy. Suchen Sie die Nummern von Rob und Leah heraus und richten Sie den Typen vom Krankenhaus aus, dass sie sie anrufen sollen, ja?«

»Seien Sie nicht albern!«, entgegnete sie. »Sie werden sie sicher selbst anrufen können.«

»Nein«, erwiderte er. Sein Kopf fiel zurück in den Schnee und rollte zur Seite. »Ich glaube, ich werde jetzt ohnmächtig. Und ich glaube, ich werde es genießen.«

# KAPITEL 5

Die Frau, die Maggie einen Kaffee reichte, war einige Zentimeter kleiner, wahrscheinlich ein paar Jahre jünger, aber auf jeden Fall um einiges schwangerer als sie.

Sie war auch ungemein hübsch, fand Maggie. Blondes Haar, zu einem lockeren Pferdeschwanz gebunden. Makellose Haut. Riesige, bernsteinfarbene Augen, knapp über ein Meter fünfzig. Nach ihrem Riesenbauch zu urteilen, konnte es jeden Moment losgehen.

Sie setzte sich langsam auf den Plastikstuhl neben Maggie. Keuchend und schnaufend nahm sie die allgemein beliebte Haltung hochschwangerer Frauen ein, bei der man aussah, als hätte man eine Bowlingkugel zwischen den Beinen.

»So was werde ich auch bald brauchen«, sagte sie und zeigte auf den aufblasbaren Sitzring, auf dem Maggies Hinterteil ruhte. »Nach Lucas Geburt konnte ich drei Tage lang nicht sitzen. Die ganze Zeit lag ich seitlich auf meinem Schwabbelbauch, verlangte nach Kaviar und Champagner und sah mir mit einem Riesenhass auf die ganzen dünnen Mädels die Wiederholungen von America's Next Top Model an.«

Maggie lächelte zaghaft, denn sie war sich nicht ganz sicher, ob die Frau neben ihr scherzte oder nicht.

»Kleiner Witz«, sagte sie und stellte die Sache klar. »Aber ich hatte ziemliche Wundschmerzen, und die dünnen Mädels hasse ich noch immer. Sie wissen doch, wie das ist, oder? Haben Sie Kinder?«

»Eine Tochter«, antwortete Maggie und nahm den Becher mit dem brühend heißen Kaffee in die andere Hand, um zu verhindern, dass sie sich neben ihrem geprellten Steißbein noch Verbrennungen dritten Grades zuzog. »Aber sie ist mittlerweile schon achtzehn. Und eins dieser dünnen Mädels.«

Die Frau, die Leah hieß, wie Maggie mittlerweile wusste, und Marco Cavellis Schwägerin war, musste nach diesem Satz ein zweites Mal hinsehen, so wie alle anderen. Doch sie versuchte erst gar nicht, ihr Erstaunen zu verbergen, was herzerfrischend war. Leah wirkte nicht wie jemand, dem schnell etwas peinlich war. Sie fühlte sich viel zu wohl in ihrer Haut, um sich darüber überhaupt Gedanken zu machen.

»Wow!«, sagte sie und nippte an der heißen Schokolade. Sie verzog augenblicklich das Gesicht, was am Geschmack, der unsagbar heißen Temperatur oder womöglich an beidem liegen konnte. »Sie haben früh losgelegt. War es der Schulfreund oder zu viel Cider am Wochenende im Park?«

Maggie lachte laut und verschüttete den guten Nescafé auf ihre Jeans. Leah hatte fast ins Schwarze getroffen. Vielleicht hatte sie ihre Jugendzeit ebenfalls vergeudet.

»Um ehrlich zu sein, ein bisschen von beidem«, antwortete sie. »Damals kam es einem vor wie eine Katastrophe, aber … das war's nicht. Es war das Beste, was mir je passiert ist.«

Leah nickte, und ihr blonder Pferdeschwanz wippte heftig. »Ich weiß genau, was Sie meinen. Luca war auch so ein glücklicher Unfall, und er ist …«

»Hinreißend«, vollendete Maggie den Satz.«

»Ja. Eigentlich halte ich mich ja für befangen, aber dass er der entzückendste kleine Kerl ist, den es je auf diesem Planeten gegeben hat, beruht offensichtlich wohl doch auf einer objektiven Tatsache. Obwohl er im Moment nicht gerade in Hochstimmung ist. Als Sie anriefen, wollten wir gerade mit ihm zurück nach Schottland zu fahren. Und jetzt sitzt er in Marcos Wohnung fest, wo dessen Vermieterin auf ihn aufpasst, die er auf der moralischen Verwerflichkeitsskala für fast so schlimm hält wie Cruella de Vil. Die Dame hat schon einmal auf ihn aufgepasst. Und na ja, es bedurfte der Erwähnung von Krankenwagen und Notoperationen, um sie zu überreden, es noch einmal zu tun.«

Maggie hatte die letzten drei Stunden im Krankenhaus verbracht, ungefähr fünfzehn dieser Kaffees getrunken, deren dünne Plastikbecher eine ernste Gefahr für die Unversehrtheit der Finger bedeuteten. Ihr Hintern war geröntgt worden. Ein Junge von ungefähr zwölf Jahren, der behauptet hatte, Arzt zu sein, was aber eine Lüge sein musste, hatte sie untersucht. Man hatte ihr zwei Schmerztabletten und einen aufblasbaren Sitzring gegeben. Ihre kostbare Erstausgabe steckte zerknittert und klatschnass im Rucksack, und das ersehnte Stück Schokoladentorte hatte sie auch nie zu Gesicht bekommen. Insgesamt betrachtet war das der schlimmste freie Tag ihres Lebens.

Doch immerhin war sie unverletzt. Was man von Marco nicht behaupten konnte. Die Ärzte hatten ihn in Windeseile abtransportiert, als sie am Unfallort angekommen waren, und ihm sofort Medikamente verabreicht, sodass er nicht mehr sprechen konnte. Also war Maggie im Wartezimmer für Familienangehörige geblieben, wo das Bürschchen von Arzt ihr kurze Zeit später erklärte, was sie bereits wusste, nämlich dass sie einen wunden Hintern hatte, und hatte auf Marcos Handy seine Familie verständigt.

Die Nummer seines Bruders, Rob, hatte auf die Mailbox geschaltet, doch Leah hatte sich sofort gemeldet. »Was gibt's, Schwagerhengst?«, hatte sie ins Telefon gerufen und einen amerikanischen Akzent nachgeäfft.

Die Unterhaltung, die daraufhin gefolgt war und in der Maggie ihr erklärt hatte, was passiert war, war recht hölzern verlaufen. Luca hatte die ganze Zeit im Hintergrund gequäkt, und als Leah schließlich die Worte »Marco«, »Unfall« und »Krankenhaus« miteinander verbunden hatte, war ein kurzer Augenblick der Sprachlosigkeit entstanden.

Eine Stunde später waren die beiden im Krankenhaus eingetroffen. Leah hatte sich schnurstracks zu Maggie begeben, während ihr Mann losgezogen war, um »dem Personal einen verbalen Einlauf zu verpassen«, wie Leah es formulierte.

Seitdem saßen die beiden Frauen zusammen, Maggie auf ihrem aufblasbaren Sitzring, plauderten miteinander und schlürften Heißgetränke. Auf dem Tisch stand ein kleiner künstlicher Weihnachtsbaum, und eine verstaubte Lametta-Girlande hing über dem Türrahmen. Dieses Krankenhaus war einer der unweihnachtlichsten Orte, die Maggie je gesehen hatte. Sie wollte nichts sehnlicher als nach Hause, noch mehr Schmerztabletten einnehmen und ihren lädierten Hintern in warmem Wasser einweichen. Hoffentlich würde Ellen nachher nach Hause kommen, und sie würden sich einen lustigen Abend machen, Schmerzgel auftragen, Essen vom Chinesen holen und sich gegenseitig die Erlebnisse vom Tag erzählen.

Wie sich herausgestellt hatte, war Luca gar nicht Marcos Sohn. Marco war der tolle Onkel, nicht der tolle Dad. Er war in Oxford wegen eines Gastvortrags, den er am juristischen Institut halten sollte, und hatte ein paar Tage auf seinen Neffen aufgepasst. Leah und Rob hatten die Zeit in ihrem Cottage in Schottland verbracht.

»Eigentlich ist es aber nicht unser Cottage«, stellte Leah fest. »Es gehört einer kleinwüchsigen Frau namens Morag. Ich weiß, das klingt lächerlich, weil ich selbst aussehe, als bräuchte ich noch einen dieser Kinderhocker, um an das Waschbecken zu kommen. Ich habe ihr nie verziehen, dass ich mir dick vorgekommen bin, als ich das erste Mal dort gewohnt und versucht habe, mich in ihre Kleider zu zwängen. Ich hatte damals nur ein Hochzeitskleid dabei …«

Maggie runzelte die Stirn und war drauf und dran, die naheliegende Frage zu stellen. Und sich nach dem Hochzeitskleid zu erkundigen, aus rein beruflichen Gründen.

»Das ist eine lange Geschichte«, sagte Leah und grinste. »Nur so viel … sie hat damit geendet, dass ich jede Menge sagenhaften Sex hatte, mit Rob nach Chicago gezogen bin und dass schließlich Luca dazukam, der unser Leben auf den Kopf gestellt hat. Und jetzt ist die kleine Bella unterwegs«, beendete sie den Satz und rieb sich ihren Riesenbauch.

»Es wird also ein Mädchen?«, fragte Maggie, spürte die bekannte Welle aus grüblerischem Nachdenken, Bedauern und verschiedene Stufen von Neid in sich aufsteigen, und versuchte, sie in Gedanken wieder in die kleine, bittere Ecke zurückzudrängen, wo sie hingehörte.

»Wir wissen es nicht mit Sicherheit«, antwortete Leah. »Aber ich bestehe darauf, dass das Universum mir wenigstens einen Menschen zugesteht, der nicht auf die Klobrille pinkelt.«

»Warten Sie nur ab, bis sie ins Teenageralter kommt und Sie sich mit ihr einen Badezimmerschrank teilen müssen«, wandte Maggie ein und rief sich das Katastrophengebiet in Erinnerung, das Ellens Regal zu Hause war. »Vielleicht werden Sie sich dann nach ein paar Pinkeltropfen auf der Klobrille sehnen.«

»Tja, das kann durchaus möglich sein ... oh, sehen Sie nur, da kommt mein Herr und Meister. Er wird Neuigkeiten für uns haben ...«

Leah stellte ihren Becher mit heißer Schokolade auf den Tisch und schraubte sich so schnell und so anmutig von ihrem Sitz hoch, wie es für einen Menschen mit einem weiteren Menschen in sich möglich war.

Der Mann, der den Raum betreten hatte, kam auf sie zu, nahm seine kleinwüchsige Frau in den Arm und drückte sie so fest, dass ein kleines »Uh« zu hören war. Leah lehnte den Kopf einen Augenblick gegen seine Brust, und Maggie konnte förmlich spüren, wie erleichtert sie war.

Leah war so gesprächig gewesen und hatte so entspannt gewirkt, dass Maggie sich schon zu fragen begonnen hatte, ob sie sich überhaupt Sorgen um Marco machte. Sie hatte sie sich gemacht, wie Maggie jetzt erkannte. In den Armen dieses Mannes erschien sie plötzlich klein und ängstlich und gar nicht mehr so überlebensgroß. Es war, als könnte sie sich endlich fallen lassen.

Leah umfasste Robs Gesicht und drückte ihm einen dicken, feuchten Kuss auf die Lippen, ehe sie sich von ihm löste und ihn hinüber zu Maggie führte.

»Maggie, das ist Rob«, sagte sie. »Rob, das ist Maggie. Nein, bitte, versuchen Sie nicht aufzustehen. Denken Sie an Ihren armen Hintern!«

Maggie befolgte ihren Rat und blieb sitzen. Ihr armer Hintern protestierte in der Tat. Sie blickte zu Marcos Bruder hoch.

Trotz der unerfreulichen Umstände musste sie unwillkürlich lächeln, als sie ihn sah. Er war genauso groß wie Marco, vielleicht nicht ganz so muskulös, und hatte das gleiche dunkle, wellige Haar. Seine Augen waren braun, nicht haselnussbraun, doch die Ähnlichkeit war frappierend. Frappierend genug, dass Maggie errötete, als sie sich an ihre nicht ganz so züchtigen Gedanken erinnerte, die sie in den vergangenen Tagen im Zusammenhang mit seinem Zwillingsbruder gehabt hatte.

»Hallo, Maggie«, sagte er und ging in die Hocke, sodass sie auf Augenhöhe miteinander sprachen. »Vielen Dank für Ihre Mühen. Marco ist wieder im Aufwachraum. Sie konnten den Knochen ohne chirurgischen Eingriff wieder richten, und die Ärzte sagen, dass er wieder in Ordnung kommt. Es war nichts allzu Kompliziertes. Ich habe gerade kurz mit ihm gesprochen. Er steht noch ziemlich unter dem Einfluss von Medikamenten, weshalb ich mir nicht so sicher bin, was ich davon halten soll. Aber er hat mich gebeten, Ihnen auszurichten, dass er sich geschlagen gibt und dass Sie ihn nicht erschießen, nicht schütteln und nicht anschreien sollen.«

»Ooooh«, meinte Leah kichernd. »Das hört sich ja sehr interessant an! Ich war davon ausgegangen, dass Sie beide sich nicht kennen. Wie haben Sie es geschafft, all das in dieser kurzen Zeit zu tun?«

»Wir kennen uns auch nicht«, erwiderte Maggie, trank den Kaffee aus und versuchte, ihre roten Wangen zu zwingen, wieder einen Farbton im Normalbereich anzunehmen. Robs unmittelbare Nähe war da nicht gerade hilfreich. Er besaß das gleiche sonnengebräunte, attraktive, natürliche Leuchten, das ihr schon bei seinem Bruder aufgefallen war. Das war dem weiblichen Geschlecht gegenüber wirklich nicht fair.

»Aber … na ja, unsere Wege haben sich ein paarmal gekreuzt. Bis wir uns schließlich auf demselben Weg begegnet sind, und da ist es ein bisschen unangenehm geworden. Geht es ihm so weit gut?«

»Ja, Rob«, fügte Leah hinzu. »Wird er je wieder Geige spielen können?«

»Wahrscheinlich nicht mit seinem linken Bein«, antwortete der und grinste seine Frau an, dass seine weißen Zähne blinkten. »Aber er kommt wieder in Ordnung. Willst du ihn sehen? Sie auch, Maggie?«

Maggie begann zu protestieren. Ihn zu besuchen war ehrlich gesagt das Letzte, was sie jetzt machen wollte. Ihr Körper pochte an unaussprechlichen Stellen und auf eine Weise, die nicht angenehm war. Ihre Kleider waren noch immer feucht. Ihr Haar war so aufgeplustert, dass sie es vielleicht nicht einmal damit durch die Tür schaffen würde. Sie musste nach Hause. Zurück zu Behaglichkeit, Ruhe und Sicherheit. Weg von gefährlich attraktiven Amerikanern und ihren herzzerreißend schwangeren Frauen.

Leah hörte sich ihr Gestotter an und fixierte sie nüchtern mit ihren bernsteinfarbenen Augen.

»Natürlich möchten Sie ihn sehen, Maggie«, sagte sie bestimmt. »Warum wären Sie sonst die letzten drei Stunden hier geblieben? Bestimmt nicht wegen des Kaffees.«

# KAPITEL 6

»Ich könnte eine Krankenschwester engagieren«, sagte Rob und betrachtete seinen noch immer unter Medikamenten stehenden Bruder stirnrunzelnd.

»Wenn's 'ne scharfe Braut ist ...«, antwortete Marco murmelnd. Seine Augen nahmen allmählich Maggie wahr, die verlegen im Türrahmen stand und der anzumerken war, dass es ihr unangenehm war, überhaupt dort zu sein. Sein Blick war noch immer etwas verschwommen, sodass sie wie ein riesiger roter Haarwuschel für ihn aussah, der auf einem Körper steckte.

»Nein«, entgegnete Leah. »Wir werden dir die fieseste, gemeinste und hässlichste Krankenschwester von ganz England besorgen«, fügte sie hinzu. Sie saß am Ende des Betts und blickte auf sein Krankenblatt. »Genau das steht hier. Du brauchst jemanden über siebzig mit Warzen im Gesicht.«

»He, was Frauen betrifft, bin ich großzügig«, antwortete Marco und kämpfte mit der Fernbedienung des Betts, bis er in einer halb aufrechten Position war. »Ich könnte so jemanden durchaus für scharf halten. Mit den ganzen Medikamenten könnte ich im Moment alles und jeden für scharf halten. Maggie, so heißen Sie doch, oder? Kommen Sie doch herein! Wie geht's Ihrem Hintern?«

Maggie spazierte langsam ins Zimmer und versuchte, Leahs leises Kichern auf die Frage zu ignorieren. Sie setzte sich vorsichtig auf den Besucherstuhl, der neben seinem Bett stand. Marco trug ein kotzgrünes Krankenhaushemd, das viel zu klein für ihn war. Das Leuchten, das ihn umgeben hatte, war eindeutig verschwunden. Er war an mehrere piepende Geräte und einen Tropf angeschlossen. Eine dieser spitzen Kanülen, die sie stets unwillkürlich zusammenzucken ließen, guckte aus seinem Arm. Sie konnte den Umriss seines Gipses unter dem Laken erkennen, was gleichermaßen schrecklich war. Auch wenn sie den Unfall nicht verursacht hatte, fühlte sie sich trotzdem schuldig.

»Meinem ›Hintern‹ geht es wunderbar«, antwortete sie und legte eine Hand auf die Bettkante, zu der sofort eine seiner Hände wanderte, glücklicherweise nicht die mit der spitzen Kanüle. »Und wie geht es Ihrem Hintern?«

»Der hängt aus diesem Hemd heraus … He, Maggie? Danke, dass Sie dageblieben sind und die beiden hier angerufen haben. Tut mit leid mit dem Unfall. Ich bin froh, dass ich hier drinnen gelandet bin und nicht Sie.«

»Ich auch«, erwiderte sie, verschränkte die Finger mit seinen und drückte sie kurz. Sie hatte es als freundliche und beruhigende Geste gemeint, doch jetzt hielt er ihre Hand in einem so festen Griff, dass es sich völlig anders anzufühlen begann. Maggie wollte die Hand wegziehen, doch er hielt sie weiter fest und zwinkerte ihr zu, während sie versuchte, ihre Finger freizuwinden. Auch wenn seine Augen von den Schmerzen und den Medikamenten noch immer trüb waren, funkelten sie dennoch genug, dass ihr Bauch kribbelte.

Sie kannte diese Augen noch von seinem Besuch im Laden. Wie sie sie nur einen Augenblick zu lange betrachtet hatten, und sie sich ausgeliefert und in die Enge gedrängt vorgekommen war und das Gefühl gehabt hatte, innerlich zu schmelzen.

Natürlich waren es nicht nur die Augen. Auch das Gesicht war umwerfend. Der breite, lächelnde Mund. Die Wangenknochen. Diese verdammt beeindruckenden Arme, die aus dem grünen Hemd hervorragten. So etwas am Bett eines Kranken zu bemerken war äußerst unpassend, aber sie war nun mal nicht blind. Oder tot. Nur sehr, sehr … kribbelig. Ja. Das war das richtige Wort. Sie war auf keinen Fall spitz, was unter den gegebenen Umständen auch geschmacklos gewesen wäre. Und selbst wenn, wäre sie sich nicht sicher gewesen, ob sie es erkannt hätte. Sie war einfach nur … kribbelig. An sehr eigenartigen Stellen.

»Vielleicht könnten *Sie* meine Krankenschwester sein«, meinte Marco und grinste. Sein von Schmerz gezeichnetes Gesicht leuchtete kurz auf.

»Sie ist nicht hässlich genug«, warf Leah ein und blickte von dem Kurvenblatt auf, das sie nicht im Geringsten verstand.

Hmm, dachte Leah. Zugegeben, Krankenblätter verstehe ich nicht, aber die Art, wie Marco Maggie ansieht und wie Maggie krampfhaft versucht, seinen Blick nicht zu erwidern … *das* verstehe ich. Leahs Adleraugen wanderten hinüber zu Rob, und sie erkannte an seiner hochgezogenen Augenbraue, dass es ihm ebenfalls nicht entgangen war. Es war für jeden, der Marco kannte, unübersehbar.

Leah klappte die Mappe zu und stand von dem Bett auf. Sie liebte es, wenn ein Plan funktionierte. Jetzt musste sie nur noch alle anderen davon überzeugen, dass sie Hannibal Smith vom A-Team war, und an einer imaginären Zigarre ziehen.

# KAPITEL 7

Maggies Wohnzimmer hatte sich in eine Szene von *Grey's Anatomy* verwandelt. Den normalerweise großzügigen Raum mit seinen hohen Decken und dem riesigen Erkerfenster, durch das viel Licht drang, beherrschten jetzt ein Liegesessel und ein krankenhausähnliches Bett.

Ein krankenhausähnliches Bett, das Lea eifrig mit Lametta schmückte. Sie wickelte die Büschel um das Kopf- und das Fußende und gab leicht gurrende Geräusche von sich, als sie einen Schritt nach hinten machte, um das Gesamtbild auf sich wirken zu lassen.

»Was meinen Sie?«, fragte sie, blickte Maggie an und deutete auf das Bett mit einer »Tada«-Geste.

Ich glaube, ich habe einen furchtbaren Fehler begangen. Ich glaube, ich will mein Haus wieder zurückhaben. Ich glaube, ich bin einfach nicht nett genug hierfür, dachte Maggie im Stillen.

»Ich meine, dass ich gleich einen großen Gin Tonic trinken werde«, sagte sie laut.

»Da erfasst mich ganz schön der Neid. Warten Sie nur, bis das hier draußen ist. Dann komme ich wieder, und wir zwei machen ordentlich einen drauf.«

Maggie musste bei der Vorstellung unwillkürlich lächeln. Leah besaß eine Ausstrahlung und eine ansteckende Fröhlichkeit, der man sich nur schwer entziehen konnte. Streng genommen war es genau das gewesen, was überhaupt dazu geführt hatte, dass ihr wunderschönes viktorianisches Wohnzimmer gekapert worden war. Das und die Tatsache, dass es ihr doch nicht ganz egal war, was mit Marco Cavelli geschah, wie sie zugeben musste. Dem heißen Papa vom Park. Dem Mann mit dem Smoking. Dem Idioten, der in ihr Leben gekracht war und es nun offenbar übernahm.

Der Unfall war vor fünf Tagen passiert, und vor zwei Tagen war Leah mit einem riesigen Strauß weißer Rosen und einer genauso riesigen Schachtel edler Pralinen in Ellen's Empire aufgetaucht. Rob war zuerst durch die Tür getreten, nachdem er sie geöffnet und die Klingeln wie gewohnt gebimmelt hatten. Maggie war gerade dabei, den Boden zu fegen. Wie üblich. Sie bemühte sich, einen Kartonstreifen mit Haken und Ösen hervorzukehren, der ihr hinter die Nähmaschine gefallen war.

Ein Maßband hing um ihren Hals, und das Haar war zu einem wilden Knoten zusammengesteckt. Kleine elfenbeinfarbene Garnfäden klebten wie fusselige Kletten vorne auf ihrem T-Shirt, und sie hatte sich eine Schleife um das Handgelenk gebunden als Erinnerung, auf dem Weg nach Hause Milch zu kaufen. Es war ihre Art, sich etwas auf den Handrücken zu notieren.

»Sie sehen aus wie Aschenputtel«, sagte Leah und lächelte sie an.

»Und Sie sind meine gute Fee, oder was?«, meinte Maggie, lehnte den Besen gegen die Wand und ging auf die beiden zu, um die Geschenke entgegenzunehmen. Sie schnupperte unwillkürlich an den Blumen, und ihre Nase wurde mit einem opulenten wunderbaren Rosenduft belohnt. Einer ihrer Lieblingsdüfte überhaupt.

»Kommt auf den Standpunkt an«, sagte Rob und blickte sich in dem äußerst femininen Laden um wie ein Meerestier, das in der Sahara gestrandet war. »Wenn Sie ihr lang genug zuhören, kommt einem eher die böse Stiefmutter in den Sinn …«

Leah tat entsetzt und stach ihm genau in dem Moment mit dem Finger in den Bauch, als die Tür der Umkleidekabine sich öffnete und Lucy Allsop in einem der schönsten Hochzeitskleider hervortrat, das Maggie je genäht hatte.

Lucy war groß und schlank und hatte dunkelbraunes Haar und sonnengebräunte Haut. Das Kleid passte zu ihr, als … als wäre es für sie gemacht worden. Was auch den Tatsachen entsprach, und es war mit viel Sorgfalt geschehen. Die A-Linien-Form betonte ihre schlanke Taille, und ein V-Ausschnitt deutete Kurven an, ohne die Grenzen der stilvollen Eleganz zu überschreiten. Arme und Rücken waren aus Spitze, und auch sonst war das gesamte Kleid mit Spitze besetzt, was ihm eine klassische Note verlieh. Aufgrund ihres Teints gehörte Lucy zu einer der wenigen Bräute, die strahlendes Weiß tragen konnten, ohne dadurch zu wirken, als litten sie unter Blutarmut.

Sie sah nicht nur absolut atemberaubend aus, sondern wurde auch ihres eigenen Atems beraubt, als sie aus der Umkleide trat und sich einer hochschwangeren Frau gegenübersah, die das größte Kleid der Welt brauchen würde, und ihrem umwerfend gut aussehenden Mann.

»Donnerwetter!«, rief Leah und brach damit das Eis. Sie eilte zu der jungen Frau. »Sie sehen absolut fantastisch aus, wie eine sexy Kate Middleton.«

»Hmm … danke«, antwortete Lucy, und ihre Hände glitten nervös über die Spitze. »Sie finden nicht, dass es zu … eng ist?«

Maggie wurde bei diesen Worten ganz bange ums Herz. Sie hatte diesen Satz schon viele Male zuvor in abgewandelter Form gehört. Stets kam er von nervösen Bräuten, die Angst hatten, mit ihrem Kleid einen grässlichen, modetechnischen Fauxpas zu begehen und denen ihre Hochzeit langsam über den Kopf wuchs, und die insgeheim nichts weiter wollten, als eine Riesenpackung Schokoladenkekse zu verdrücken. Es ging selten um das Kleid selbst, sondern eher um das bevorstehende lebensverändernde Ereignis. Maggie war zwar Schneiderin, fungierte aber nebenbei auch noch als Lebensberaterin, beste Freundin und Expertin für Stressbewältigung.

Lucy fühlte sich besonders unter Druck gesetzt durch ihre Eltern, die Schwiegereltern und die riesige Hochzeit, die sich von einer kleinen Familienfeier zu einem gigantischen Fest entwickelt hatte. Sie hatte über die gesamte Sache völlig die Kontrolle verloren, und mehrere der vor Kurzem stattgefundenen Anproben waren von Tränen begleitet gewesen und einmal sogar von einer Flasche Notfall-Prosecco.

»Nein, nein, nein!«, widersprach Leah. »Das Kleid sitzt perfekt, Sie sind perfekt. Alles ist perfekt. Und Sie werden den perfektesten Tag Ihres Lebens haben!«, sprudelte es aus ihr heraus, und sie blickte Rob an auf der Suche nach Unterstützung. Leah war eine schillernde Persönlichkeit, doch Maggie war aufgefallen, wie häufig sie ihren Mann in ihre Unterhaltungen einbezog. Er schien in jeglicher Hinsicht ihre andere Hälfte zu sein.

»Sie sehen wunderschön aus«, sagte Rob wie aufs Stichwort. Lucys Augenbrauen hoben sich wenige Millimeter, als sie seinen amerikanischen Akzent hörte. »Wer immer der glückliche Kerl sein mag, es wird ihm die Sprache verschlagen, wenn er Sie vor den Altar treten sieht.«

Lucy starrte ihn einen Augenblick lang an, und ein Hauch von Röte überzog langsam ihre Wangen, als sie nickte.

»Schön. Genau das war der Plan. Maggie, ich gehe nur noch mal schnell in die Kabine, um den Schmuck anzuprobieren, okay?«

»Wunderbar, ich bin in ein paar Minuten bei dir, um dir aus dem Kleid zu helfen. Und die beiden hier haben recht, Lucy. Du siehst fantastisch aus. Du und dein Kleid, ihr zwei seid atemberaubend.«

Lucy lächelte sie zaghaft an. Ehe sie, offensichtlich beruhigt, in die Umkleidekabine zurückkehrte, warf sie noch einmal einen schnellen Blick zu Rob hin, dem großen, dunkelhaarigen, bezaubernden Mann, den man unweigerlich ansehen musste. Uff, dachte Maggie. Das war ja noch mal gut gegangen.

Sie legte die Blumen und die Schokolade neben den Weihnachtsbaum, der Luca so fasziniert hatte, und ging zurück zu ihren unerwarteten Gästen.

»Vielen Dank für die Geschenke«, sagte sie und steckte sich mal wieder eine widerspenstige Strähne ihres roten Haars hinter das Ohr. »Lucy hatte eine schwere Zeit. Die Bräute ... na ja, sie werden gern nervös.«

»Daran kann ich mich erinnern«, antwortete Leah. »Ich habe mich genauso gefühlt. Als ich das zweite Mal zur Schneiderin gegangen bin, das erste Kleid war genauso eine Katastrophe wie die Hochzeit, die letztendlich dann auch nicht stattgefunden hat, die gute Frau stand nach meinem ganzen Gejammer jedenfalls kurz vor einem Nervenzusammenbruch. Ich wollte unbedingt, dass alles perfekt war.«

Maggie kannte mittlerweile die Eckpfeiler ihrer Geschichte. Leah, Rob und sein Bruder hatten sie ihr in groben Zügen erzählt. Vor drei Jahren hatte Leahs Märchenhochzeit an Heiligabend stattfinden sollen, doch dann hatte sie ihren Verlobten in einer äußerst kompromittierenden Stellung mit einer der Brautjungfern überrascht. Entsetzt war sie weggefahren, aber ihr Wagen hatte in dem Schneesturm gestreikt. Ein Glücksfall, wie sich herausstellte, denn sie strandete vor Robs Cottage in Schottland, noch immer in ihrem Hochzeitskleid. Der Rest war Romantik pur, dachte Maggie angesichts des riesigen Bauchs und der wunderbar glücklichen Frau, die ihn vor sich herschob.

»Selbst wenn du in einem Clownskostüm mit einer großen roten Nase und riesigen Schuhen in den Raum spaziert wärst, hättest du für mich perfekt ausgesehen«, sagte Rob und warf ihr ein Lächeln zu, dass sämtliche Frauen im Umkreis von vier Kilometern hingeschmolzen wären, wenn sie es gesehen hätten. »Selbst wenn du mein Gesicht mit dem Wasser einer künstlichen Blume besprüht hättest.«

Ach, wie verliebt sie sind, dachte Maggie. So, wie sie es noch nie gewesen war. Die Ironie in der Tatsache, dass sie ihren Lebensunterhalt damit verdiente, die wunderschönsten Kleider zu kreieren, in denen Frauen ihren Liebsten heirateten, war ihr nicht verborgen geblieben. Sie war weder verheiratet noch jemals richtig verliebt gewesen. Sie hatte nie dieses zufriedene Leuchten erfahren, das Lea ausstrahlte, die ihre Schwangerschaft genoss, statt sich ihrer zu schämen. An der Seite eines hingebungsvollen Mannes, der jeden Schritt des Weges mit ihr ging, statt eines verlegenen und erschrockenen 17-jährigen Jungen, der sein Bestes tat, aber eigentlich noch selbst ein Kind war. Es war, als würde sie einen Blick in eine andere Welt werfen.

»Wie geht es ihm?«, fragte Maggie etwas unvermittelt. Sie musste den Zauber brechen. Aufhören, sich selbst zu bemitleiden. Lucy aus dem Kleid helfen. Milch einkaufen. Ihr Leben weiterleben, in dem der Himmel zwar nicht voller Geigen hing, das aber trotzdem durchaus zufriedenstellend war.

»Gut«, antwortete Leah und eiste ihren Blick schließlich von ihrem Mann los. »Er verlässt in ein paar Tagen das Krankenhaus, und wir müssen bald nach Schottland zurückfahren, um die Taufe vorzubereiten. Hoffentlich kann er rechtzeitig zu Heiligabend nachkommen. Bis dahin braucht er nur ein paar Streicheleinheiten, dann geht es ihm bestimmt wieder gut. Die Ärzte meinen, dass er die ersten drei Wochen versuchen sollte, sich zu schonen und zu erholen, um fit genug zu sein, die Reise anzutreten. Genau genommen sind wir deswegen auch hier …«

Und seit dieser Unterhaltung waren Maggies Leben und ihr Haus völlig auf den Kopf gestellt worden.

Als sie ihr die Bitte das erste Mal vorgetragen hatten, hatte sie sofort abgelehnt. Und danach ein zweites, drittes und viertes Mal. Aber irgendwie wurde sie dann doch noch überzeugt. Leah ging natürlich sehr geschickt vor und drückte auf die Tränendrüse. Marco würde eigentlich niemanden in Oxford kennen und bräuchte Gesellschaft. Schließlich zog sie ihr Trumpfass aus dem Ärmel und meinte, dass sie, Leah, hochschwanger und gestresst, ein ungutes Gefühl hätte, wenn sie ihren Schwager in die Hände von Fremden geben würde. Stünde die Geburt der kleinen Bella nicht bevor und müsste sie sich nicht um Luca und die Taufe kümmern, bliebe sie selbstverständlich hier. Sie könne den Gedanken nicht ertragen, den armen, einsamen Marco irgendeiner unbekannten Krankenschwester anzuvertrauen, die womöglich ein

Verschnitt von Nurse Ratched aus *Einer flog übers Kuckucks-nest* sein könnte.

Maggie hatte sich alles angehört und gewusst, dass sie ma-nipuliert wurde, aber innerlich grollend die Art und Weise des Vorgehens bewundert. Schließlich schaltete sich noch Rob ein und trug die Sachargumente vor. Es wäre nur für we-nige Wochen. Sie würden für alles aufkommen. Gerätschaf-ten, Extrapflege, falls notwendig, ein Fahrzeug, das groß ge-nug für den Rollstuhl war. Marco wäre es nicht gewohnt, außer Gefecht gesetzt zu sein, und bräuchte wahrscheinlich eine feste Hand. Er hätte schon viel zu früh viel zu viel ge-wollt. Außerdem würde er Maggie kennen und sich für den Unfall verantwortlich fühlen, sodass er über ihren Rat nicht so schnell hinweggehen würde wie über den einer fremden Hilfe. Sie könnten sie auch finanziell entschädigen und ihr den üblichen Stundensatz zahlen, sollte sich die Betreuung seines Bruders auf ihre Arbeit auswirken.

An diesem Punkt hob sie die Hände und warf dabei verse-hentlich das Maßband über die Schulter. »Okay!«, sagte sie. »Okay, okay. Das reicht. Leah, Sie sind eine liebenswerte Per-son, aber ich merke, wenn man mir Unsinn erzählt. Und Rob, ich bin nicht hinter Geld her. Ich muss auch nur noch ein Kleid vor Weihnachten fertigstellen. Es ist nur so … na ja, ich habe eine Tochter, die bei mir zu Hause lebt, und einen Vater, der nicht mehr ganz so jung ist. Ich habe Verantwortung. Ich habe ein eigenes Leben.«

Das war zumindest teilweise eine Lüge, was Maggie auch genau wusste. Ellen war viel zu beschäftigt, um sie noch zu brauchen. Und ihr Vater war zwar achtundsechzig, aber fit wie ein Turnschuh. Er war häufiger mit Freunden unterwegs als sie und Ellen zusammen. Was ihr eigenes Leben betraf …

die Anzahl ihrer Termine konnte sie locker auf die Rückseite einer Streichholzschachtel kritzeln, wenn sie die Arbeit abzog. Also, was war der wahre Grund? Kannte sie selbst überhaupt die Antwort?

»Es tut mir wirklich leid, was Marco zugestoßen ist, aber ich bin mir nicht sicher, ob ich die richtige Person bin, ihm in seiner Notlage zu helfen. Ich bin Schneiderin, kein Kindermädchen. Außerdem, wie kommen Sie darauf, dass er das überhaupt will? Das letzte Mal, als ich ihn gesehen habe, war er auf der Suche nach einer scharfen Krankenschwester! Wieso glauben Sie, dass er auf mich hört, wenn ich etwas sage?«

Bob und Leah sahen sich an. Zu Maggies Überraschung war Rob derjenige, der antwortete.

»Das habe ich so im Gefühl. Ich glaube, dass es ihm schneller wieder besser geht, wenn er bei jemandem ist, den er kennt«, sagte er. »Wenn er bei Ihnen ist. Und ich habe über die Jahre hinweg gelernt, meinen Instinkten zu vertrauen. Ich bitte Sie, es ebenfalls zu tun.«

# KAPITEL 8

So geschah es, dass Marco Cavelli wider besseres Wissen für die nächsten Wochen ihr unerwarteter Hausgast wurde.

Maggie hatte teilweise gehofft, dass Ellen Einwände erheben und ihr die perfekte Entschuldigung liefern würde abzulehnen, doch als ihre Tochter erst einmal aufgehört hatte zu lachen, hatte sie die Idee befürwortet.

»Dann hast du was zu tun, außer Gin zu trinken und dir weihnachtliche Kochshows anzusehen«, hatte sie gemeint. Dein Spleen vom letzten Jahr mit dem Gänsefett verfolgt mich noch heute. Jetzt kannst du Gin trinken und ihn stattdessen ansehen. Lad dir doch noch Sian und die Frauen aus dem Park ein. Dann macht ihr so eine Art Chippendale-Party. Ich habe kein Problem damit, solange er nicht die Nase in meine Sachen steckt.«

Dummerweise hatte Maggies Vater, Paddy, die Idee genauso begrüßt.

»Einem Fremden in einer Notsituation zu helfen, ist ein Zeichen christlicher Nächstenliebe, mein Kind«, hatte er gesagt. »Besonders zu dieser Jahreszeit. Außerdem wirst du beschäftigt sein, nicht?«

Beide Antworten hatten Maggie einen sehr unerfreulichen

Umstand vor Augen geführt. Nämlich dass die Menschen, die sie am meisten liebte und die ihr am nächsten standen, sie für eine traurige, einsame Frau hielten, deren Leben aus nichts anderem bestand als aus ihnen und ihrer Arbeit. Der noch unerfreulichere Umstand war, dass sie vielleicht recht damit hatten.

Insgeheim war sie immer stolz darauf gewesen, die Herausforderungen ihres Lebens gemeistert zu haben. Den Verlust ihrer Mutter mit vierzehn Jahren. Die Schwangerschaft nur zwei Jahre danach. Die Aufgabe ihres Traums von einem Studium und die Entscheidung für das Baby. Die traumatische Geburt und die anschließende Operation. Die langen, mitunter schwierigen Jahre danach.

Sie hatte ihr Kind großgezogen, aus dem trotz seiner Scharfzüngigkeit ein wunderbarer Mensch geworden war, und es geschafft, aus ihrem Hobby einen Beruf zu machen, mit dem sie ihren Lebensunterhalt verdiente. Sie hatten ein Dach über dem Kopf, Essen auf dem Tisch und waren glücklich, was sie fast völlig aus eigener Kraft geschafft hatte. Sie hatte gelernt, unabhängig, schlau und stark zu sein, sich um ihren Vater zu kümmern, wenn es notwendig war, und dafür zu sorgen, dass es Ellen an nichts fehlte.

Doch im Moment veränderte sich die Landschaft ihres Lebens. Paddy hatte seine dunklen Zeiten hinter sich gelassen. Jene Tage, an denen er die Welt durch den Boden eines Glases betrachtet hatte. Und Ellen … Ellen war im Begriff, ihr eigenes Leben zu führen. Was gut war. So sollte es sein. Man erzieht seine Kinder zu guten, selbstbewussten, tüchtigen Menschen und wird damit belohnt zu erleben, wie sie das Nest verlassen und davonfliegen. So war der natürliche Rhythmus des Lebens, auch wenn Maggie nicht ganz darauf vorbereitet gewesen war, wie sie zugeben musste.

Egal, wie erschreckend die Vorstellung auch war, sich um Marco zu kümmern, sie würde dadurch in der Tat beschäftigt sein.

Leah war schließlich gegangen, nachdem sie im Eiltempo das Haus inspiziert hatte, um sich zu vergewissern, dass alles »perfekt« war. Ihre Überprüfung beinhaltete vorwiegend das Hinzufügen von weiterer Weihnachtsdekoration, das Ausprobieren des Liegesessels, begleitet von diversen »Ahs« und »Ohs«, und das Befüllen des Kühlschranks mit Marcos Lieblingsbier. An der Haustür hatte sie Maggie in die Arme genommen und fest gedrückt, ehe sie im Schnee verschwunden und mit Rob und Luca nach Schottland gefahren war. Sie hatte versprochen, sich zu melden.

Es schneite noch immer. Der Schnee bedeckte den Vorgarten wie eine Zuckerglasur eine riesige Torte. Er blieb liegen, unberührt und rein. Vor nicht allzu langer Zeit wäre Ellen noch hinausgestürmt, hätte Schneebälle geformt und sich hinter den Büschen versteckt, um damit vorbeigehende Postboten zu bewerfen. Jetzt war sie im Pub, wo sie Cider trank und sich verliebt von Jacob, ihrem superschnieken Freund, für die Weihnachtsferien verabschiedete.

Maggie setzte sich auf die Fensterbank, blickte erst nach draußen und dann auf die Uhr. Schon fast sechs Uhr abends. Marco müsste jede Minute kommen, und sie hatte keine Ahnung, was sie mit ihm machen sollte. Das große Wohnzimmer war inzwischen für seine Bedürfnisse ausgestattet, und eine Krankenschwester würde jeden Morgen vorbeischauen, um ihm bei der »Körperpflege« zu helfen. Allein die Worte ließen sie schon erröten, weshalb sie bisher noch nicht intensiv darüber nachgedacht hatte. Es gab einen Fernseher, sie hatte DVDs, und in der unteren Etage befand sich ein Gästeklo, das er bestimmt benötigte, wenn er all das Bier trinken würde, das Leah ihm gekauft hatte. Das zweite Wohnzimmer, wo normalerweise überall Stoffproben, Muster und Artikel von Brautzeitschriften herumlagen, war aufgeräumt worden, sodass Maggie ihren eigenen Bereich hatte, wohin sie sich zurückziehen konnte

Die obere Etage war aufgrund des ärgerlichen, in diesem Fall aber praktischen gebrochenen Beins für Marco völlig unerreichbar. Wahrscheinlich gut so. Der einzige Mann, mit dem Maggie je zusammengelebt hatte, war ihr Vater. Ellen hatte sogar noch nie mit einem zusammengelebt. Marco würde bei dem Anblick der Massen an Unterwäsche, Make-up und Tamponschachteln, die nie weggeräumt wurden, wohl in Ohnmacht fallen. Bisher war es nie nötig gewesen, diesen Teil des Hauses männerfest zu machen, und Maggie war darüber froh. Sie war überzeugt, dass das Bad durch einen einzigen Hauch Testosteron in die Luft fliegen würde.

Kurz nach sechs fuhr ein Wagen vor, eines von diesen eckigen kleinbusartigen Fahrzeugen. Maggie wusste, dass das Auto für sie gemietet worden war, damit sie, wenn nötig, Marco befördern konnte. Ihr eigener Wagen, ein kleiner Fiat 500, war vermutlich noch nicht einmal groß genug für ihn selbst ohne ein gebrochenes Bein.

Sie beobachtete, wie ein Mann in Pflegeruniform ausstieg, nach hinten ging und einen zusammengeklappten Rollstuhl herausholte. Er stellte ihn auf, ging seitlich um den Van herum und öffnete die Schiebetür. Marco versuchte augenblicklich aufzustehen und zog sich an dem Rahmen des Fahrzeugs hoch. Maggie beobachtete die Szene weiter. Der Krankenpfleger schimpfte und erklärte seinem ungeduldigen Patienten zu warten, bis er ihm helfen und ihn in den Rollstuhl setzen würde.

Auf Marcos Gesicht spiegelten sich Frust und unterdrückter Zorn. Maggie verkniff sich ein Lächeln. Es schien, als hätte Rob in einer Sache eindeutig recht. Sie würde mit Marco in der Tat einen schwierigen Patienten haben.

Maggie schnellte von der Fensterbank hoch, lief zur Haustür und öffnete sie weit. Glücklicherweise war davor keine Treppenstufe, der Zugang zum Haus war barrierefrei. Mit klappernden Zähnen stand sie im Eingang, während ihr neuer Schutzbefohlener zu ihr geschoben wurde. Der Rollstuhl hinterließ parallel verlaufende Spuren im Schnee.

Marco sah wieder viel besser aus als bei ihrer letzten Begegnung im Krankenhaus, wozu vermutlich nicht viel gehörte. Der natürliche Glanz seiner sonnengebräunten Haut war zurückgekehrt. Sein zerschundenes Gesicht war dabei zu heilen, und er trug eine locker sitzende Trainingshose statt des kotzgrünen Krankenhaushemds. Das linke Bein war hochgelagert und befand sich in einem Gipsverband, und auf seinen Knien ruhte ein Laptop.

Ihre Blicke trafen sich, als er über den Weg geschoben wurde. Er grinste sie schief an, was ihre Gänsehaut noch stärker werden ließ. Es beschlich sie das Gefühl, dass sich ihr Bauch selbst dann noch so eigenartig anfühlen würde, wenn er von Kopf bis Fuß eingegipst wäre.

Der Krankenpfleger blieb an der Tür stehen, das Gesicht zu einem gewaltigen, finsteren Blick verzogen. Die Fahrt vom Krankenhaus hierher war offensichtlich für beide ein großer Spaß gewesen.

»Tja«, sagte Marco. »So sieht man sich wieder. Gibt's ein Bier? Meine Großmutter hier hat sich nämlich geweigert, auf dem Weg anzuhalten.«

# KAPITEL 9

O Mann, dachte Marco, als er dem verdammten Krankenpfleger zuhörte, der die Checkliste seiner Nachsorge zum dritten Mal durchging. Der Typ sollte sich echt mal entspannen. Er erklärte und erklärte und erklärte. Zuerst die Medikamente, dann den Liegesessel, schließlich die Warnzeichen. Wann die Dosierung zu erhöhen war. Wann der Arzt gerufen werden musste. Wann man ihn in die Notaufnahme bringen musste. Er sprach über ihn, als wäre er nicht da. Als säße er nicht direkt vor ihm und würde am liebsten aus diesem schicken Liegesessel aufstehen und ihm mit den Krücken eins überbraten.

Er hatte sich schon früher Knochen gebrochen. Es war keine große Sache. Es tat weh, aber er würde wieder gesund werden. Doch dieser Kerl hier sprach mit Maggie, als würde sie die Versorgung einer gesamten Truppe von Kriegsveteranen übernehmen. Die arme Frau blickte sekündlich nervöser, während sie versuchte, sämtliche Informationen zu verarbeiten.

Er hatte nicht einmal hierherkommen wollen. Zwar konnte er verstehen, dass Leah und Rob nach Schottland fahren mussten, aber warum er nicht einfach in seine Wohnung zurückkehren konnte, war für ihn nicht nachvollziehbar. Er hätte sich mit irgendeiner angestellten Hilfe viel wohler gefühlt. Da hätte er nach Lust und Laune herumpöbeln und -fluchen, denjenigen schikanieren und sich generell danebenbenehmen können ohne irgendwelche Folgen, außer dass er sich danach vielleicht selbst angewidert hätte.

Doch Maggie gegenüber konnte er sich so nicht verhalten. So war er einfach nicht. Angesichts der Tatsache, dass sie sich erst zweimal begegnet waren und er das eine Mal davon damit beschäftigt gewesen war, das Bewusstsein zu verlieren, machte er sich einfach etwas zu viele Gedanken, was sie von ihm halten könnte.

Selbst als er in dem Krankenhausbett gelegen hatte, vollgepumpt mit Morphium, hatte er sich um sie Gedanken gemacht. War besorgt gewesen wegen ihrer Verletzung und leicht beschämt, so hilflos und verletzlich vor ihr zu liegen. So hatte er sich ihr Wiedersehen nicht vorgestellt.

Bei ihrer ersten Begegnung in dem Brautmodengeschäft hatte er gespürt, dass sie in seiner Nähe nervös war. Vielleicht erging ihr das bei allen Menschen so, vielleicht aber auch nur bei ihm. Er wusste es nicht. Der Effekt war aber der gleiche. Es rief den ganzen Kerl in ihm hervor. Seinen Beschützerinstinkt. Am liebsten hätte er sie in die Arme geschlossen und vor dem Rest der Welt beschützt.

Es war eine eigenartige Mischung, die das bei ihm ausgelöst hatte. Körperliche Anziehung und ihr Verhalten. Eine Mischung, die in ihm sowohl das Bedürfnis weckte, sie zu beschützen, als auch sie ein wenig zu schikanieren, wenn er denn ehrlich war.

Die Frauen, mit denen er normalerweise gesellschaftlich verkehrte, übten diese Wirkung nicht auf ihn aus. Es waren zumeist erfolgreiche, knallharte, berufstätige Frauen, die ihn mit der gleichen sorglosen Unbekümmertheit benutzten wie er sie. Freunde mit gewissen Vorzügen. Oberflächlich, aber befriedigend.

Genau genommen war Leah die einzige Frau, die davor schon einmal diesen Beschützerinstinkt in ihm wachgerufen hatte. Damals, in dieser schrecklichen, chaotischen Zeit in Chicago, als Rob sich ihr gegenüber wie ein Riesenarschloch verhalten hatte. Mittlerweile schien ihm das eine Ewigkeit her, doch in jener Zeit war es schwer gewesen zu erleben, wie der Schmerz seines Bruders sie alle in ein schwarzes, emotionales Höllenloch riss.

Er hatte sich gegenüber Leah wie ein Beschützer verhalten, aber auf eine brüderliche Art. Das hier war etwas anderes. Als er Maggie zum ersten Mal gesehen hatte, war ihm als Erstes durch den Kopf geschossen, dass sie ein Hingucker war, ohne es zu wissen. Und danach, dass sie einen etwas schüchternen, verängstigten Eindruck machte. Sein dritter Gedanke war nicht mehr ganz so mustergültig gewesen. Als sie über den Kopf von Luca hinweg geplaudert hatten, hatte er sich gefragt, was passieren würde, wenn er sie bedrängen oder provozieren würde. Ob er es schaffen würde, etwas von dem Feuer zu entfachen, über das Rothaarige angeblich verfügten.

Und so hatte er geflirtet, Blickkontakt hergestellt und war länger geblieben als notwendig. Nur um herauszufinden, ob sie überhaupt etwas von dieser Anziehung verspürte, oder ob sie einseitig bei ihm lag. Er war nicht überheblich, doch er hatte einen leichten Stand bei Frauen, und diese Frau faszinierte ihn. Alles verlief bestens, bis ihm Luca mit seinen Toilettengewohnheiten dazwischenfunkte. Er musste noch einmal ein ernstes Wörtchen mit seinem Neffen reden, was die

Erwähnung darmtechnischer Belange in der Gegenwart heißer Frauen betraf. Das war gar nicht cool.

Er hatte über eine Ausrede nachgedacht, sie wiederzutreffen, denn er war in den nächsten Wochen sowieso in Oxford, und es wäre schön gewesen, etwas Gesellschaft zu haben. Besonders solche, die groß war, über weibliche Rundungen und eine wilde rote Mähne verfügte, von der er sich vorstellen konnte, wie sie ausgebreitet auf einem Kopfkissen lag.

Doch ehe er überhaupt Zeit gefunden hatte, das weiter in Betracht zu ziehen, hatte das Schicksal bereits zugeschlagen, und er hatte, reduziert zu einem Trümmerhaufen, vor der Frau gelegen, die er gehofft hatte zu beeindrucken. Wenn ein Mädel einen erst einmal im Krankenhaushemd gesehen hat, gibt es kein Zurück mehr, fürchtete er. Da verwandelte man sich nicht wieder in ein Alphatier. Und jetzt … jetzt war er hier, dank Leahs und Robs Hartnäckigkeit. Saß in ihrem Shabby-Chic-Look-Wohnzimmer und wurde von einem Krankenpfleger, der aussah wie Attila, der Hunne, wie ein unartiges Kind behandelt.

»Sie hat das schon kapiert«, unterbrach er den Krankenpfleger mitten im Satz. »Sie ist kein Volltrottel. Wir haben die Medikamente. Wir haben die Telefonnummern. Also, wie wär's, wenn Sie jetzt einfach mal einen Abgang machen.«

Sowohl der Krankenpfleger als auch Maggie starrten ihn fassungslos und entsetzt an, wie es nur Engländer konnten, wenn sie sich unverfrorener Unhöflichkeit gegenübersahen, selbst wenn sie verdient war.

Maggie blickte ihn finster an, und ihre Fingerknöchel traten weiß hervor, als sie die getippte Kontaktliste etwas zu fest hielt.

»Seien Sie nicht so unhöflich, Mr. Cavelli, oder es wird vor dem Zubettgehen für Sie heute kein Bier geben!«, wies sie ihn zurecht.

Sie wandte sich wieder dem Krankenpfleger zu, der noch einmal empfahl, dem Patienten in seinem derzeitigen Zustand keinen Zugang zu Alkohol zu gewähren, und führte ihn langsam zur Tür. Marco war sich sicher, dass auch Maggie genug von seinen Ratschlägen hatte, aber höflicher war als er. Er stieß einen kleinen Seufzer aus, als die beiden im Flur verschwanden.

Er war in der Tat unhöflich gewesen. Ein völlig unnötiges Gebaren. Er war nur so … frustriert. So stinksauer. Seine Hilflosigkeit, seine Müdigkeit und die mehr als latenten Schmerzen sprachen aus ihm heraus. Er war es gewohnt, den Ton anzugeben, das Sagen zu haben. Sich als Anwalt Schlagabtausche zu liefern. Ein erfülltes, aktives Leben zu führen mit Sport, Freunden, Frauen und einem Bier, wann immer er darauf Lust hatte. Untätig zu sein passte überhaupt nicht zu ihm. Außerdem schämte er sich seiner Reaktion. Schämte sich, dass Maggie erlebt hatte, wie er sich innerhalb kürzester Zeit, nachdem er ihr Haus betreten hatte, in ein Riesenarschloch verwandelt hatte.

O Gott, diese Wochen werden sich hinziehen, dachte er. Körperliche Qualen, unfreiwillige Untätigkeit und eigenartige Schuldgefühle würden bestimmt nicht dazu beitragen, dass er sich in der Nähe dieser Frau von seiner besten Seite zeigte. Am liebsten hätte er losgeheult, doch das war natürlich völlig unmöglich. Maggie war bestimmt schon gestresst genug, ohne noch ein jammerndes Weichei trösten zu müssen.

Er hörte, wie die Haustür zugemacht wurde, und sah den Krankenpfleger vorsichtig über den schneebedeckten Weg gehen, das Handy am Ohr. Wahrscheinlich meldete er ihn gerade der Rüpelpatienten-Polizei. Dann trat er durch das Tor und verschwand. Der glückliche Mistkerl spazierte bestimmt zum nächsten Pub, um sein Leid im Alkohol zu ertränken.

Er horchte auf Maggies Schritte draußen im Flur. Vor der Tür blieb sie kurz stehen, bevor sie das Zimmer betrat und ihn stirnrunzelnd betrachtete, die Hände in den Hüften.

»Wie geht es Ihnen?«, fragte sie schließlich nach einem Moment der Stille.

»Ganz ehrlich, total beschissen«, antwortete er.

»Gut. Denn genauso haben Sie sich gerade benommen. Ich weiß, dass die Situation schwierig ist. Für uns beide. Ich weiß auch, dass wir uns wahrscheinlich gerade fragen, warum wir uns überhaupt auf diesen lächerlichen Plan eingelassen haben. Und ich weiß, dass Sie vermutlich frustriert sind und Schmerzen haben. Doch wir müssen einen Weg finden, das Beste daraus zu machen. Sie werden sich bestimmt schon bald wieder besser fühlen, und wir können rechtzeitig zu Weihnachten in unseren gewohnten Alltag zurückkehren. Aber bis dahin sollten wir wenigstens versuchen, so zu tun, als wäre dieses Arrangement hier nicht völlig hirnrissig. Abgemacht?«

Es war so ziemlich die längste Rede, die er von ihr bisher gehört hatte. Ihre Körpersprache, ihre Augen und ihr Gesichtsausdruck hatten sich völlig verändert. Die kleine Maus war verschwunden, und das nur, weil er sie wütend gemacht hatte. Gut zu wissen, dachte er, und merkte, dass er es irgendwie genoss, die Leviten von ihr gelesen zu bekommen. Pervers!

»Abgemacht«, antwortete er. »Es tut mir leid. Ich war ein Vollidiot. Wissen Sie, ich bin es nicht gewohnt, herumzusitzen und mich schwach zu fühlen.«

»Das kann ich mir vorstellen«, erwiderte sie, und der Blick ihrer grünen Augen wanderte auf eine Weise über seinen üblicherweise nicht so schwachen Körper, in dem eindeutig mehr als nur fürsorgliches Interesse lag. Als sie sich dessen bewusst zu werden schien, riss sie sich mit einem fast körperlichen Ruck zusammen.

»Okay, Sie bleiben brav dort sitzen, Marco. Ich werde Ihnen ein Bier holen. Und ich glaube, ich brauche auch eins.«

# KAPITEL 10

Zwei Stunden später war Marco in seinem Bett, gestützt von Kissen, sodass er aufrecht sitzen konnte, während Maggie mit angezogenen Beinen auf dem Liegesessel Platz genommen hatte.

Sie hatten ein paar potenzielle Probleme bewältigt. Darunter Marcos Toilettenbesuch, nachdem Maggie ihn zur Tür geschoben hatte, seine Weigerung, die Medikamente zu nehmen, bis sie ihm drohte, ihn gegen das Schienbein zu treten, und die Diskussion, wer die bestellten Pizzas bezahlen sollte. Als er zustimmte, ins Bett zu klettern, war sie um einiges erleichtert gewesen. Er füllte den Raum aus, weshalb der Umgang mit diesem großen Mann in ihren vier Wänden für sie einfacher war, wenn er unter einer Decke steckte.

Jetzt, nach ein paar Bierchen, hatten sich die beiden in der Gesellschaft des anderen genügend entspannt, um einfach nur miteinander zu reden. Maggie hatte vergessen, die Lichter einzuschalten und die Vorhänge zuzuziehen, sodass das Zimmer durch das Mondlicht, den glitzernden Weihnachtsbaum und die flackernden Bilder des lautlos gestellten Fernsehers beschienen wurde.

Marco hatte ihr von seiner Arbeit und seinem Leben erzählt.

Von seinem Vater, den er durch einen Herzinfarkt verloren hatte. Von Robs verstorbener ersten Frau und dem Chaos, das ihrem Tod gefolgt war. Vom Leid der gesamten Familie, bis Leah schließlich aufgetaucht war und sie alle gerettet hatte. Maggie hatte ihm von Ellen, ihrem Dad und dem Geschäft erzählt. Sie war leicht beschwipst gewesen und hatte sich so wohlgefühlt, dass sie ihm beinahe auch noch andere Sachen anvertraut hätte. Sachen, über die sie noch nie gern gesprochen hatte, da sie ihr einfach zu wehtaten.

Der gesamte Abend hatte einen viel netteren Verlauf genommen, als sie es sich hatte vorstellen können. Sie hatte selten abends einen erwachsenen Gesprächspartner und erkannte, wie einsam es in der letzten Zeit um sie herum geworden war. Wie sehr sich ihre Lebensumstände verändert hatten, ohne dass es ihr besonders aufgefallen war. Ellen studierte Medizin am Godwin College, und obwohl sie noch zu Hause lebte, um Geld zu sparen, verbrachte sie häufig die Nächte bei Freunden oder bei Jacob.

Sian hatte selbst drei Kinder, und ihr Dad, Paddy, genoss es, seine Zeit mit einer völlig neuen Gruppe von Freunden zu verbringen. Aktive graue Panther, die ständig Butterfahrten zu buchen schienen und an eigenartige Orte reisten.

Die meisten Abende verbrachte Maggie damit zu arbeiten, fernzusehen oder zu lesen. Es war nett. Es war angenehm. Es war sicher. Doch es war auch traurig, und das wusste sie. Verdammt noch mal, sie war erst vierunddreißig. Andere Frauen befanden sich in der Blüte ihres Lebens, und sie benahm sich wie eine alte Jungfer in einem Roman von Jane Austen. Ehe sie sichs versah, würde sie ein Bild sticken mit der Aufschrift »Trautes Heim, Glück allein«, ihre grauen Haare zählen, streunende Katzen einsammeln, Spinett spielen lernen und darauf warten zu sterben. Was für eine aufregende Zukunft! Absolut inakzeptabel!

Nur dieser eine Abend in ihrem behaglichen Heim in der Gesellschaft eines witzigen, intelligenten, wortgewandten Mannes war notwendig gewesen, um zu begreifen, dass sie möglicherweise etwas verpasste.

Marco erzählte ihr gerade eine Geschichte, in der Rob sich so betrunken hatte, dass er in einer Lederhose und mit einem Paar Hasenohren festgenommen und in eine Zelle gesteckt worden war, als sie die Haustür zuschlagen hörten. Es folgten mehrere Kraftausdrücke und zwei dumpfe Schläge.

Marco hielt in seiner Erzählung inne und blickte Maggie fragend und mit gerunzelter Stirn an.

»Das wird wohl Ellen sein«, klärte sie ihn auf. »Betrunken. Sie hat sich gerade ihre Stiefel ausgezogen. Jetzt schwankt sie gleich in die Küche, holt sich ein Wasser und kommt dann hier herein, um uns zu schikanieren. Schnallen Sie sich fest oder tun Sie einfach so, als würden Sie schlafen. Dafür hätte ich durchaus Verständnis.«

Die beiden horchten. Marco grinste, als er torkelnde Schritte hörte, die genau das machten, was Maggie vorausgesagt hatte. Sie gingen den Flur hinunter zur Küche. Das Geräusch einer sich öffnenden und wieder zuschlagenden Kühlschranktür war zu hören, begleitet von weiteren Kraftausdrücken. Schließlich wurde die Wohnzimmertür aufgerissen, sodass Licht vom Flur hereinfiel.

»Hallo, Mummy. Ich bin wieder zu Hause«, sagte Ellen, und ihre Silhouette zeichnete sich im Türrahmen ab. »Verdammt noch mal, was ist denn hier los? Warum sitzt ihr im Dunkeln? Soll ich euch allein lassen?«

Maggie beugte sich vor und schaltete eine der Lampen an.

Sie hatte bis dahin nicht einmal bemerkt, wie dunkel es war, und ihre Augen blinzelten unwillkürlich durch den grellen Schein.

Ellen bemerkte die Bierflaschen und die Pizzaschachteln auf dem Tisch, spazierte ins Zimmer und griff nach einem mit Salami belegten Stück, das übrig geblieben war.

»Super«, sagte sie und ließ sich auf die Lehne des Liegesessels fallen. »Wie ich sehe, kümmerst du dich vorbildlich um unseren Patienten.«

Ellens Blick wanderte zu Marco, und sie kaute bedächtig auf ihrer Pizza herum, während sie ihn in Augenschein nahm.

»Ich bin Ellen«, sagte sie, nachdem sie den Bissen heruntergeschluckt hatte.

»Ich bin Marco«, antwortete er. »Schön, dich endlich kennenzulernen. Ich habe schon viel von dir gehört.«

»Ha!«, stieß sie aus und verschluckte sich fast. »Ich wette nur Schlechtes! Du siehst ganz passabel aus, dafür dass du gerade aus dem Krankenhaus entlassen worden bist. Natürlich nicht so gut wie …«

Maggie stieß ihr den Ellenbogen in die Seite, sodass sie fast von ihrem Sitzplatz fiel. Sie starrte ihre Tochter an und schickte ihr eine stille, flehentliche Botschaft. Bitte, erwähn den Park nicht! Bitte sag nicht, dass wir ihn schon einmal gesehen haben! Und was immer du tust, bitte erwähn nicht, dass ich vorgeschlagen habe, er könnte mich ruhig vernaschen, auch wenn mein Mindesthaltbarkeitsdatum schon leicht überschritten ist.

Ellen starrte zurück. In ihrem Gesicht breitete sich ein Lächeln aus.

»Nicht so gut wie du wahrscheinlich ausgesehen hast, ehe meine Mutter dich von deinem Rad geholt hat«, beendete sie den Satz. Maggie war so erleichtert, diese äußerst peinliche Klippe umschifft zu haben, dass sie die unzutreffende Version des Fahrradunfalls durchgehen ließ.

»Eigentlich war es meine Schuld«, entgegnete Marco, sichtlich amüsiert über das Geplänkel. »Ich bin zu schnell Fahrrad gefahren. Und das auch noch auf der falschen Straßenseite. Außerdem habe ich gerade Aerosmith gehört.«

»Igitt!«, erwiderte Ellen und schüttelte den Kopf in gespieltem Entsetzen. »Und hattest du etwa noch den da an?«, fügte sie hinzu und zeigte auf den mit Kobolden gemusterten Pulli, der über der Stuhllehne hing.

Marco nickte und schnitt eine Grimasse. »Ja«, antwortete er. »Meine Schwägerin Leah hat mir ein ganzes Sortiment davon geschenkt. Sie findet sie lustig. Genauso wie mein Neffe, Luca. Also bleibt mir nicht viel anderes übrig, als sie zu tragen.«

»Nun, angesichts deiner Garderobe und deines Musikgeschmacks ist ein Fahrradunfall wohl das geringere Übel. Also, was habt ihr zwei Hübschen heute den ganzen Abend gemacht?«

»Nur geredet«, kam es wie aus der Pistole geschossen von Marco und Maggie. Ellen kniff die Augen zusammen und beäugte die beiden misstrauisch.

»Hmmm … wenn ihr das sagt. Gibt's noch 'n Bier, Mum?«

»Ich bin mir nicht sicher, ob du noch ein Bier brauchst, mein Schatz. Was ist das da für ein Fleck auf deiner Jeans?«

»Es ist genau das, wofür du es hältst. Da ist mir wohl ein Bier nicht bekommen. Ich habe eine Tüte benutzt, aber da waren überall diese kleinen Löcher drin, um zu verhindern, dass ein Kind aus Versehen darin erstickt. Total nervig! Findest du nicht auch, Marco?«

»Das haben wir alle schon durchgemacht«, sagte er mit einem Lachen in der Stimme. »Mein Rat wäre, im Zweifelsfall zwei Tüten zu benutzen.«

»Ist wahrscheinlich in allen Lebenslagen ein guter Tipp. Du hast recht, Mum. Ich brauch kein Bier mehr. Ich leg mich mal besser ins Bett. Ich wollte nur kurz vorbeischauen und dich kennenlernen, Marco. Und dir, Mum, wollte ich noch was sagen.«

»Und was?«, fragte Maggie. Sie spürte, wie Panik in ihr hochstieg. War sie etwa schwanger? Sollte sich die Geschichte wiederholen?

»Mach dir keine Sorgen, Mum! Ich bin nicht schwanger«, antwortete Ellen und wischte die mittlerweile fettigen Finger an der bereits traumatisierten Jeans ab. »Es geht um Weihnachten. Jacob und seine Familie fahren über die Feiertage in ihre Wohnung nach Paris und haben ein paar von uns eingeladen mitzukommen. Ist das in Ordnung für dich? Ich meine, Granddad wird ja noch hier sein, oder?«

Maggies Gesicht blieb ausdruckslos, während sie die Neuigkeit verarbeitete. Nicht schwanger = gut. Das erste Weihnachtsfest ohne ihre Tochter = nicht so einfach. Sie wollte instinktiv Nein sagen. Ablehnen. Ihr erklären, dass sie zu jung war und dass sie Jacob und seine Familie noch gar nicht lang genug kannte. Doch die Realität sah anders aus … Ihre Tochter würde in ein paar Monaten ihren neunzehnten Geburtstag feiern. Sie war eine willensstarke junge Frau und fast selbstständig. Viel erwachsener als Maggie, als sie sie zur Welt gebracht hatte. Außerdem, Weihnachten in Paris mit ihren Freunden? Wie sollte sie damit konkurrieren? Sie hatte noch nicht einmal mehr die Erstausgabe, die sie ihr hatte schenken wollen. Aber was noch wichtiger war, wie könnte sie ihr ein solch aufregendes Erlebnis verwehren? Wie egoistisch wäre denn das?

»Ich bin mir sicher, dass wir eine Lösung finden werden. Lass uns die Sache morgen besprechen, wenn du und deine Jeans nicht mehr so müde und aufgewühlt seid«, lautete Maggies dünne Antwort, da sie befürchtete in Tränen auszubrechen, wenn sie viele Worte machte. Abgesehen davon war sie sich bewusst, dass sich dieses Minidrama vor den Augen eines Mannes abspielte, um den sie sich kümmern sollte.

»Okay«, sagte Ellen, stand auf und streckte sich. »Hört sich nach 'ner guten Idee an. Gute Nacht. Und schön sauber bleiben, ihr zwei!«

# KAPITEL 11

Als Maggie am nächsten Morgen aufwachte, wurde sie von einem leichten Kater und den Geräuschen kriegerischer Handlungen im Erdgeschoss begrüßt.

Schüsse wurden abgefeuert, Bomben explodierten, und Männer schrien herum. Das in Verbindung mit dem dumpfen, pochenden Schmerz hinter ihren Augen war sehr verwirrend, und Maggie hätte am liebsten Winterschlaf gehalten. Stöhnend und widerwillig steckte sie den Kopf unter der Bettdecke hervor und hielt eine Hand in die Luft. Es war nicht eiskalt, also musste es nach ihrer üblichen Aufstehzeit sein, denn die Heizung war bereits angesprungen.

Sie stieg aus dem Bett, blickte zum Wecker auf dem Nachttisch und stellte fest, dass es schon fast zehn Uhr war. Mist! Sie musste nach Marco sehen, eine Schmerztablette einwerfen, sich vergewissern, dass Ellen noch lebte und vor elf Uhr im Geschäft sein für Isabels letzte Kleideranprobe.

Sie kämpfte sich in ihre »Arbeitsuniform«, eine Jeans und ein T-Shirt, und flitzte kurz ins Bad, um sich die Zähne zu putzen. Als sie sich mit der Zahnpastatube abmühte und die Zahncreme auf die Zahnbürste drückte, sah sie die Haftnotiz am Spiegel.

»Ich lebe noch!«, stand da in Ellens krakeliger Schrift, die einer zukünftigen Ärztin eindeutig würdig war. Sie kennt mich echt gut, dachte Maggie. Oder bin ich einfach viel zu vorhersehbar?

Sie griff nach dem Zettel, zerriss ihn und warf ihn in den überquellenden Mülleimer. Hausarbeit war weder ihre noch Ellens Stärke.

Als sie einen Blick in den Spiegel warf, beschloss sie, etwas getönte Tagescreme aufzutragen. Vielleicht auch noch einen Hauch Rouge. Ein bisschen Wimperntusche? Nein, das wäre übertrieben. Sie führte sich albern auf. Das letzte Mal, dass sie sich geschminkt hatte, war … ewig her. Eine Ausnahme bildeten nur die Hochzeiten, zu denen sie eingeladen war. Was war an diesem Tag hier schon anders?

Natürlich wusste sie ganz genau, was an diesem Tag anders war und weshalb sie sich nicht überwinden konnte, ihr Spiegelbild zu betrachten. Sie schämte sich ihrer Gefühle und suchte hastig nach einem Haargummi, um sich abzulenken. Dafür, dass zwei Frauen dieses Bad benutzten, die langes Haar hatten, schien nie eins von diesen verdammten Dingern irgendwo herumzuliegen … Schließlich wurde sie doch fündig und band ihre Haarpracht zu einem Pferdeschwanz zusammen. Mit einer Haarbürste hielt sie sich erst gar nicht auf, da sie sowieso nur in der zerzausten Mähne stecken bleiben würde. Sie brauchte dringend eine Haarkur. Oder eine Perücke. Oder eine Schlaftablette.

Maggie zog den Pferdeschwanz fester zusammen. Dann setzte sie sich auf den Toilettendeckel und zwang sich, tief Luft zu holen und sich zu beruhigen.

Das hier ist ein Tag wie jeder andere, sagte sie sich. Es ist egal, wie du aussiehst. Es ist egal, dass da unten in deinem

Wohnzimmer ein Mann ist. Ein Mann, den du magst und den du körperlich nicht abstoßend findest. Es ist völlig egal, und du bist erbärmlich.

Sie beschloss, damit aufzuhören erbärmlich zu sein, und besprühte sich gleich darauf mit Parfüm. Vielleicht machte der Duft die Tatsache wett, dass sie keine Zeit gehabt hatte, sich zu duschen.

Als sie barfuß nach unten tapste, gesellte sich zu dem Geräusch kriegerischer Handlungen ein Lachen. Was immer im Wohnzimmer vor sich ging, offensichtlich schien jemand Spaß zu haben.

Sie stieß die Wohnzimmertür auf und sah Marco, der über eine Xbox gebeugt in seinem Bett saß und wild an irgendwelchen Knöpfen herumspielte. Ellen hatte im Schneidersitz auf dem Liegesessel Platz genommen, deutete auf den Bildschirm und kreischte vor Vergnügen. Ellen. Ihr Kind, das an Weihnachten wegfahren wollte. Okay, beschloss Maggie, damit setze ich mich nachher auseinander.

»Du bist echt schlecht in diesem Spiel«, rief ihre Tochter. »Du hast gerade deinem eigenen Mann in den Kopf geschossen! Sollte eine Apokalypse der Zombies stattfinden, während du hier bei uns bist, versteck dich besser unter deinem Bett, Marco. Ich mach denen dann schon die Hölle heiß!«

»Ich brauche nur ein bisschen mehr Übung«, verteidigte sich Marco. »Dann mache ich *dir* die Hölle heiß!«, fügte er hinzu und warf den Joystick lachend und in gespielter Empörung in seinen Schoß.

Maggie spazierte ins Zimmer und bemerkte, dass die Pizzaschachteln und die Bierflaschen weggeräumt worden waren.

»Ach, es geht doch nichts über die Pflicht, Sie an einem

Wintermorgen zu wecken«, sagte sie und marschierte zu Marcos Nachttisch, um seine Tablettenschachtel zu überprüfen. Die Tabletten für den heutigen Tag waren eingenommen, was zumindest eine Auseinandersetzung weniger bedeutete.

»Hallo«, sagte er und lächelte sie an. »Wie geht es Ihnen?«

»Danke, gut«, antwortete sie und runzelte die Stirn, als sie bemerkte, dass sein Haar feucht war und er andere Kleider trug als die vom Abend zuvor. Ein enganliegendes, khakifarbenes T-Shirt spannte sich über seinem muskulösen Oberkörper, was ihn den militärischen Figuren auf dem Bildschirm nicht unähnlich machte.

»Haben Sie es geschafft, sich allein umzuziehen? Ich hätte helfen können.«

In dem Moment, als sie es sagte, war sie bereits froh, dass es nicht nötig gewesen war. Wahrscheinlich wäre es ihrem Blutdruck nicht gut bekommen, wenn sie Marco ohne Kleider gesehen hätte. Sie hätte in Ohnmacht fallen können, was vollkommen peinlich gewesen wäre.

»Er brauchte deine Hilfe nicht, Mum«, sagte Ellen, schaltete den Fernseher aus und schlenderte zur Tür. Sie trug noch immer ihren Schlafanzug, wo vorne »Kaffee oder ich sterbe« draufstand, und in ihrem kastanienbraunen Haar nisteten sich langsam Dreadlocks ein. »Dafür hatte er Nanny McPhee. Es war witzig hier unten, während du oben in deinem Bett vor dich hingeschlummert hast. Na gut, ich geh dann jetzt mal unter die Dusche und verwandle mich wieder in ein menschliches Wesen … Granddad hat angerufen. Er kommt zum Abendessen vorbei. Er bringt Essen mit.«

Maggie wandte sich wieder zu Marco um, der die Beine aus dem Bett schwang und auf den Knopf drückte, um es abzusenken. Er verzog leicht das Gesicht, als er sich bewegte.

Sie wusste, dass er noch immer ziemliche Schmerzen haben musste.

»Nanny McPhee?«, fragte sie, jetzt noch verwirrter.

»Ja. Oder Doris, wie sie eigentlich heißt. Leah hat Wort gehalten und es tatsächlich geschafft, die älteste Krankenschwester von Großbritannien zu engagieren, um mir morgens zu helfen. Ich bin also sauber und umgezogen. Von mir aus kann's losgehen, wenn Sie mir nur kurz in den Rollstuhl helfen.«

Maggie eilte zu ihm. Marco schlang einen Arm um ihre Schulter. Sie vergewisserte sich, dass er einen festen Griff hatte, und als er bereit war aufzustehen, half sie ihm, die zwei Schritte zum Rollstuhl zu hüpfen. Er landete sicher auf dem Sitz und keuchte vor Anstrengung, wenngleich er sofort versuchte, es zu verbergen.

»Ist schon in Ordnung«, sagte sie und ging in die Hocke, um die Fußstützen anzupassen. »Ich weiß, dass es wehtut. Sie müssen meinetwegen nicht so tun, als wären Sie Superman.«

»Was, wenn ich aber so tun *will?*«, erwiderte er und grinste sie an. »Was, wenn Nanny McPhee mich durch ihre Waschtechniken mit dem Schwamm des Grauens meiner Männlichkeit beraubt hat und ich jetzt versuchen muss, den Macho in mir wiederzufinden? Könnten Sie nicht wenigstens so tun, als ob Sie von meiner männlichen Stärke beeindruckt wären?«

Sie kniete noch immer auf dem Boden und sah zu ihm hoch. Ihre Blicke trafen sich. Er machte Witze. Größtenteils. Doch sein Gesichtsausdruck ließ sie erkennen, dass es nicht nur witzig gemeint war.

Sie tätschelte seinen Gips und richtete sich auf.

»Ich sag Ihnen was. Wenn Sie einen Vormittag in meinem Brautmodengeschäft mit mir überstehen, dann bin ich beeindruckt. Überall wird es Schleifen und Schleier geben, Satin und Seide. Und Sie werden die ganze Zeit für mich Tee kochen müssen. Kann sein, dass Sie im Geschäft sogar weinenden Frauen begegnen. Ist der Mann in Ihnen stark genug, damit fertigzuwerden? Alternativ können Sie hierbleiben und sich in einem virtuellen Kampf von einem Teenager demütigen lassen!«

»O Mann«, sagte Marco und verzog das Gesicht. »Das ist ja eine tolle Auswahl. Könnte ich mich stattdessen nicht einfach mit meinem Rollstuhl von einer Klippe stürzen?«

»Tut mir leid, aber Klippen gibt es hier weit und breit keine, auch wenn ich Ihnen gern damit gedient hätte. Ich hole Ihre Jacke. Wir können auf dem Weg kurz bei der Bäckerei vorbeigehen und uns Kaffee und Croissants holen. Vorausgesetzt, das ist Ihnen nicht zu mädchenhaft.«

»Nein, überhaupt nicht. Kohlenhydrate und Koffein. Das ist das, was ein Mann braucht. Kann ich meinen Laptop mitnehmen? Ich muss den Vortrag vorbereiten, den ich am juristischen Institut halten soll. Auch wenn ich jetzt vielleicht auf ein paar zusätzliche Sympathiepunkte zählen kann, weil ich ein rollstuhlfahrender Kriegsveteran bin, muss ich trotzdem noch daran arbeiten. Und mich darum kümmern, wie ich dorthin komme.«

»Das ist bereits geregelt«, entgegnete Maggie, spazierte in den Flur und griff nach seiner Jacke. Sie war dunkelblau und ordentlich wattiert. Das war gut, denn der Schnee war liegen geblieben. Sie nahm einen seiner Arme … ein nettes Exemplar … und begann, ihn in den Ärmel zu schieben, während sie sprach.

»Vor der Tür steht das Marco-Mobil«, sagte sie und zog ihm weiter die Jacke an. »Rob hat bereits mit der Uni gesprochen und ihnen erklärt, dass Sie einen Aufzug und eine Rampe brauchen, um zur Bühne zu gelangen, und … hören Sie auf herumzuzappeln! Ich versuche, Ihnen zu helfen.«

»Meine Jacke kann ich schon noch allein anziehen, danke!«, blaffte er sie an. »Ich habe ein gebrochenes Bein, meinen Armen geht es bestens! Ziehen Sie sich mal besser ein Paar Socken an und lassen mich in Ruhe!«

Maggie machte einen Schritt zurück und überließ ihm den Reißverschluss. Er wirkte nervös und verärgert. Abgesehen davon hatte er recht. Barfuß im Schnee klang zwar nett, würde aber wahrscheinlich zur operativen Entfernung all ihrer Zehen führen. Sie nickte, ließ ihn mit seinem Groll allein und lief die Treppe hinauf.

Als Marco ihre tapsenden Füße oben hörte, stieß er einen langen, tiefen und frustrierten Seufzer aus. Er zog den Reißverschluss zu und schüttelte verärgert den Kopf. Beinahe hätte er wieder die Beherrschung verloren, und es wäre nicht im Geringsten ihre Schuld gewesen.

Doch während sie versucht hatte, ihm die Jacke anzuziehen, wobei sie sich notgedrungen über seinen Rollstuhl hatte beugen müssen, in dem er sich vorkam wie ein fettes Riesenbaby, hatte ihre Brust sein Gesicht berührt. Noch eine winzige Bewegung weiter vor, und er hätte seinen Kopf in ihren Brüsten vergraben können. Ernsthaft!

Sie hatte nach hinten gegriffen und die Jacke über seine Schulter gezogen, völlig ahnungslos, dass dieses Herumhampeln vor seinen Augen in ihm jene Art von Gefühlen auslöste, die unweigerlich zu einer einzigen, total peinlichen Reaktion führten. Im Gegensatz zu seinem Bein waren alle anderen

Körperteile wunderbar in Ordnung, womit er sie aber nicht als Allererstes am Morgen konfrontieren wollte. Auf keinen Fall vor ihrem ersten Kaffee.

Er hörte sie oben herumlaufen und wusste, dass ihm nur wenige Augenblicke blieben, um sich zu beruhigen. Er rief sich die Ankunft von Nanny McPhee in Erinnerung, einschließlich ihrer Warzen und dem orthopädischen Schuhwerk, um so zu versuchen, das wilde Tier in sich zu bändigen. Ein Mann zu sein war mitunter schon mal kein Spaß. Es war, als besäße sein Körper zwei Gehirne. Eins, das auf Vernunft reagierte, und das andere auf eine schöne Frau, die ihm ihre Rundungen vor die Nase hielt.

Er hatte gut geschlafen, entspannt durch Bier, Schmerztabletten und die angeregte Unterhaltung mit Maggie. Der Abend war viel angenehmer gewesen, als er es erwartet hatte. Er hatte gewusst, dass er sie attraktiv fand, jedoch nicht vermutet, sie auch zu mögen. Das machte seine körperliche Reaktion auf ihre Reize nur umso peinlicher. Sie war nett, sanft und gutherzig. Er wollte auf keinen Fall dazu beitragen, dass sie sich unbehaglich fühlte. Marco hatte den Eindruck, als würde Maggie sich nicht einmal als sexuelles Wesen, als begehrenswerte Frau wahrnehmen. Sie hatte so viele Jahre ihres Erwachsenendaseins als Mutter verbracht, dass sie keine One-Night-Stands, Dates und Flirts gehabt hatte, wie andere Frauen ihres Alters. Es mangelte ihr an diesem Selbstvertrauen, und er würde es wirklich vorziehen, ihr den körperlichen Beweis ihrer Fehleinschätzung nicht auf dem Präsentierteller zu servieren.

Als sie wieder ins Wohnzimmer zurückkehrte, gestiefelt und gespornt, mit einer Wollmütze auf dem Kopf und Handschuhen an den Händen, hatte er das Gefühl, sich wieder besser unter Kontrolle zu haben. Vorsichtshalber beugte er sich aber doch vor und griff nach der Laptoptasche, um sie sich auf die Knie zu legen und sich daran festzuhalten.

»Fertig!«, sagte sie und musterte ihn kurz, um sich zu vergewissern, dass alles mit ihm in Ordnung war. »Nein … einen Moment. Ihnen wird zu kalt werden. Ich hole noch schnell einen Schal.«

Sie flitzte in den Flur und kam mit einem dieser verrückten Strickschals zurück, die er in Wiederholungen von alten *Doctor-Who*-Folgen gesehen hatte. Sie beugte sich vor, um den Schal um seinen Hals zu legen, doch er griff behutsam nach ihren Händen.

»Schon in Ordnung, Maggie«, sagte er sanft, da er nicht wieder ausflippen wollte. »Das kann ich selbst. Danke.«

Sie nickte nur und lächelte ihn kurz an, während sie ihn durch den Flur zur Tür hinaus in das strahlende Sonnenlicht eines neuen Tages schob.

# KAPITEL 12

Marco war Schnee gewöhnt. Er kam aus Chicago, wo man jeden Winter unter einer meterhohen Schicht von Schnee zu leben schien, doch selten sah er so bezaubernd aus wie hier in Jericho. Dieser Stadtteil, der an das Zentrum grenzte, war zwar nicht so großartig wie die Colleges und Bibliotheken von Oxford, aber trotzdem wunderschön. Auf seine amerikanischen Augen wirkte alles märchenhaft. Wie aus einer Szene von Harry Potter, mit all den viktorianischen Reihenhäusern, idyllischen Läden und Alleen. Insbesondere, wenn alles in Schnee eingehüllt war und begleitet wurde von Maggies Erläuterungen. Sie wies ihn auf die schönsten Cafés, den besten Delikatessenladen und die kleine Schule hin, die Ellen besucht hatte. Sie zeigte ihm den Durchgang zur St. Giles Street und deutete auf den Pub, wo Tolkien gerne vorbeigeschaut hatte, als er *Herr der Ringe* schrieb … es war fantastisch.

Er wünschte sich nur, er könnte aus dem Rollstuhl aufstehen und alles selbst erkunden. Als der Unfall passierte, war er bereits seit einer Woche in Oxford. Er hatte den Vortrag als Grund benutzt, einen verlängerten Urlaub zu machen, sich um Luca zu kümmern und für die Taufe hier zu sein. Doch er hatte die Stadt noch nie durch die Augen eines Einheimischen gesehen.

Maggie ließ alles lebendig werden, während sie ihn plaudernd durch den Schnee schob und leicht schnaufte, wenn Bordsteinkanten zu überwinden waren. Schließlich erreichten sie ihren Laden. Sie zog die Handschuhe aus und kramte in ihren Taschen nach dem Schlüssel.

»Alles in Ordnung?«, fragte sie Marco, trat einen Schritt zurück und musterte ihn. Seine Wangen waren dank des eisigen Hauchs rosiger als üblich, und auf seinen Wimpern hatten sich Schneeflocken verfangen, doch ansonsten sah er gut aus, fand sie. »Tut mir leid, mein Mund hat nicht stillgestanden, was? Sie hätten nach Hilfe schreien können, und ich hätte weiter von der Dame auf der anderen Straßenseite gequasselt, die Schokolade selbst herstellt.«

Marco griff nach einer ihrer mittlerweile zitternden Hände, umschloss sie mit beiden Händen und drückte sie sanft.

»Mir geht es absolut großartig, und ich mag es, wenn Sie ›quasseln‹. Aber jetzt lassen Sie uns reingehen, damit ich meine neue Stelle als unbezahlter Teekocher antreten kann … eigenartig, oder? Als ich das erste Mal hier war, waren wir uns noch nie zuvor begegnet. Und jetzt bringen Sie mich abends ins Bett!«

Maggie spürte, wie ihr Gesicht sie, wie zu erwarten, verriet. Der Fluch der Röte kehrt zurück, dachte sie. Für sie war es nämlich nicht ihre erste Begegnung gewesen, und jedes Mal wenn diese kleine, unschuldige Tatsache in ihrem Kopf auftauchte, wurde sie rot.

»Ja«, sagte sie. »Eigenartig.«

Sie wandte sich unvermittelt ab, schloss die Tür auf und öffnete, woraufhin die kleinen Klingeln bimmelten. Dann schaltete sie die Lichter an. Der Laden sah genauso aus, wie sie ihn gestern Abend verlassen hatte. Sauber, aber unordentlich, ultrafeminin, und er duftete noch immer nach den Rosen, die Leah ihr mitgebracht hatte. Die Nähmaschine stand noch immer auf dem Tisch in der Ecke, der Weihnachtsbaum war noch immer mit den Schleifen geschmückt, die die Feen hergestellt hatten, und auf dem Boden lagen noch immer Garnfäden und kleine Stofffetzen. Das änderte sich nie.

Der einzige Unterschied war der, dass der Laden ihr etwas kleiner vorkam, was hauptsächlich an dem großen Mann lag, den sie mitgebracht hatte.

Sie biss sich fest auf die Lippe, begann, ihre Jacke und ihre Mütze auszuziehen, und überließ es Marco, sich aus seiner Jacke zu kämpfen. Als er fertig war, nahm sie sie ihm ab und hängte sie auf einen der Haken in der Küche. Sie hielt die Tür zum hinteren Raum auf und deutete hinein.

»Alles, was Sie brauchen, um Tee zu kochen, finden Sie dort. Sie kommen überall problemlos dran, da sich alles auf Hüfthöhe befindet. Es müsste auch genügend Platz sein für den Rollstuhl. Die Toilette ist ebenfalls da hinten, also sagen Sie mir einfach Bescheid, wenn Sie Hilfe brauchen. Ich weiß, dass Sie das nicht wollen, aber glauben Sie mir, wenn Sie am Schluss hinfallen und ich versuchen muss, Ihnen mit heruntergezogener Hose aufzuhelfen, ist das für alle Beteiligten peinlicher. Ich laufe nur schnell zum Bäcker und hole Kaffee und Croissants … Sie können sich in der Zwischenzeit da drüben in der Ecke mit Ihrem Laptop einrichten. Ich muss nur noch kurz diese Zeitschriften wegräumen und … puh, eigentlich muss ich noch ein Kleid fertig machen … Isabel wird gleich hier sein …«

»Isabel? Ist das die zukünftige Braut?«, fragte Marco und

schob probeweise die Räder vor und zurück. Er fragte sich, wie lange es noch dauern würde, bis er selbstständig mit dem Rollstuhl fahren konnte.

»Ja, ist sie. Und diese Braut ist … besonders. Na ja, das sind sie alle, aber Isabel und ihr Verlobter sind ganz besonders. Michael hat Leukämie. Er ist in Remission, aber es geht ihm noch immer nicht gut. Ständig müssen Bluttests gemacht werden, was wirklich nicht fair ist. Die beiden sind das netteste Paar überhaupt. Aber Sie werden sie ja gleich kennenlernen.«

»Oje! Wie alt ist er?«, fragte Marco.

»Erst zweiunddreißig. Ist das nicht furchtbar? Die Diagnose wurde gestellt, kurz nachdem sie das Datum für die Hochzeit festgelegt hatten, und er hat sofort mit der Behandlung begonnen. Sie haben den Hochzeitstermin beibehalten. Ich weiß nicht, es ist, als würden sie auf ein Ziel hinarbeiten. Etwas, das ihnen Hoffnung gibt.«

Als Maggie in einem weiteren Raum hinten verschwand, dachte Marco über die Geschichte nach und beschloss, in den Momenten, in denen er mal wieder auf dem besten Weg war, in Selbstmitleid zu zerfließen, sich an sie zu erinnern. Es gab viel schlimmere Schicksale, als mit einer wunderschönen Frau und einem gebrochenen Bein in einer wunderschönen Stadt festzusitzen. In seinem Fall gab es nichts, was nicht durch die Zeit und ein paar schöne, starke Schmerztabletten in Ordnung gebracht werden konnte. Das sollte er sich in Erinnerung rufen, wenn er sich in einen humpelnden Weihnachtsmuffel verwandelte, oder wenn Nanny McPhee mit ihrem Schwamm des Grauens zurückkehrte.

Er rollte zu dem Tisch hinüber und stapelte in einer Ecke die Brautzeitschriften. Du lieber Himmel! Nur das Berühren der glänzenden Titelblätter mit den blumigen Überschriften und den Bilderbuchbräuten, die ihn mit strahlenden Zähnen anlächelten, ließ seine Männlichkeit schwinden.

Als er den Laptop aus der Tasche zog, sah er ein Paar auf das Geschäft zukommen. Der Mann, groß und dünn, die Frau, klein und blond. Sie warteten kurz am Eingang und umarmten sich, bevor sie eintraten.

Sie lachten noch immer über irgendeinen Witz, als sie beim Anblick von Marco wie angewurzelt stehen blieben. Die Frau runzelte die Stirn, und der Mann stellte sich schützend vor sie, obwohl er beim Gehen einen Stock benutzte und aussah, als könnten zwei kräftige Windstöße ihn umwehen.

»Hallo«, begrüßte Marco sie schnell. »Sie sind Isabel und Michael, oder? Ich bin Marco. Schön, Sie kennenzulernen.«

Er streckte die Hand aus, um den beiden zu versichern, dass Maggies Geschäft nicht von einem Invaliden mit einem Fetisch für Brautzeitschriften überfallen worden war, und lächelte, als der Mann auf ihn zutrat und sie schüttelte.

»Um es kurz zu machen, Maggie kümmert sich um mich, bis ich wieder auf den Beinen bin«, sagte er. »Im wahrsten Sinne des Wortes«, fügte er hinzu und zeigte auf sein Gipsbein.

Isabel machte nun ebenfalls einen Schritt auf Marco zu und schüttelte seine Hand. Sie blickte auf das Bein und verzog mitleidvoll das Gesicht.

»Ach, wie scheußlich! Mussten Platten eingesetzt werden?«

»Nein, Gott sei Dank nicht. Wenn alles gut geht, werde ich in ein paar Wochen wieder munter herumlaufen können … na ja, die Ärzte gehen zwar von ein paar Monaten aus, aber ich habe andere Pläne.«

»Das glaube ich Ihnen sofort! Sie werden Ihnen schon zeigen, wer der Herr im Haus ist«, sagte Michael lachend und nahm vorsichtig auf dem Stuhl Marco gegenüber Platz. Er sah ungefähr zwanzig Jahre älter aus, als er aussehen sollte. Sein Gesicht war dünn und eingefallen, und die Finger zitterten, als er sie auf die Tischplatte legte. Marco bemerkte, dass Isabel verstohlen zu ihrem Verlobten hinüberblickte, so wie auch Maggie ihn ansah, als könnten sie durch bloßes Hinsehen die Vitalzeichen einschätzen. Vielleicht hatten diese Frauen ja wirklich einen geheimen Röntgenblick oder so.

Wie aufs Stichwort kam Maggie aus dem hinteren Raum in den Laden zurückgeeilt und drückte Isabel und Michael. Ihr Gesicht hatte beim Anblick der beiden zu leuchten begonnen, und Marco spürte, wie ihn eine Welle der Zuneigung erfasste. Maggie war so aufrichtig. So menschlich. So völlig anders als die Frauen, mit denen er üblicherweise ausging. Dadurch wurde ihm irgendwie bewusst, wie oberflächlich sein eigenes Leben doch war. Etwas, womit seine Mutter ihm schon seit Jahren in den Ohren lag.

Früher hatte das Augenmerk von Mrs. Cavelli auf Rob gelegen. Doch da dieser nun glücklich verheiratet war und ihr brav Thronerben bescherte, hatte sich ihre Aufmerksamkeit mittlerweile auf ihn verlagert. Auf denjenigen, der nie eine ernst zu nehmende Freundin nach Hause gebracht hatte, geschweige denn eine, die er heiraten wollte. Eden war die einzige Frau gewesen, mit der er am ehesten so etwas wie eine richtige Beziehung geführt hatte. Er war damals Ende zwanzig. Sie war eine tolle Frau gewesen, und vielleicht hätte sich daraus etwas entwickeln können, wenn sie genügend Zeit gehabt hätten. Aber nach dem Tod seines Vaters änderte sich alles. Seine Mutter und das Familienunternehmen waren an die erste Stelle für ihn gerückt. Alles andere musste in den Hintergrund treten.

Seitdem nichts mehr. Freundinnen, klar. Auch viel Spaß, neben viel Arbeit. Aber nichts Ernstes. Den Grund dafür kannte Marco nicht. Er war einer Beziehung nicht vorsätzlich aus dem Weg gegangen. Es gab keinen in Stein gemeißelten Plan, dass er ein alternder Playboy werden wollte. Er hatte einfach niemanden mehr kennengelernt, für den er tiefere Gefühle empfunden hatte. Außerdem hatten die Ereignisse nach dem Tod von Robs erster Frau, Meredith, jeglichen noch so latenten Wunsch in ihm ausgelöscht, sesshaft zu werden. Die Kehrseite der Liebe war nämlich Schmerz, und das jahrelange Leid und Trauma seines Bruders hatte ihn schließlich zu der Überzeugung kommen lassen, dass das kein Weg war, den er beschreiten wollte. Selbst das Glück, das Rob jetzt erlebte, genügte nicht ganz, um die Qualen dieser verlorenen Jahre auszulöschen, die Sorge, dass jedes Mal, das er seinen Bruder sah, vielleicht das letzte gewesen sein könnte.

Die Zeit und Leah waren notwendig gewesen, um Rob zurück ins Land der Lebenden zu führen. Rückblickend betrachtet erkannte Marco, dass seine Mutter und er bis zu diesem Wunder ihr eigenes Leben zurückgestellt hatten, wartend und hoffend, während sie machtlos zugesehen hatten, wie Rob sich selbst zerstörte. Er war eine tickende Zeitbombe gewesen, der alle in seiner Abwärtsspirale ungewollt mitgerissen hatte.

Jetzt, wo er Isabel und Michael vor sich sah, die sich so offensichtlich liebten, und Maggie mit ihrer Tochter erlebte, begann er sich zu fragen, ob er vielleicht doch irgendetwas verpasste. Ob es sich vielleicht doch lohnen könnte, nach dem goldenen Apfel zu greifen.

Vielleicht stehe ich aber auch nur unter dem Einfluss von zu vielen Medikamenten, dachte er und schüttelte den Kopf, um diese Gedanken zu vertreiben.

# KAPITEL 13

»Also, wie gefällt es Ihnen bisher, Marco?«, fragte Maggies Dad, einen Teller chinesischer Nudeln auf dem Schoß.

Paddy O'Donnell war Mitte sechzig und ähnelte sehr dem Weihnachtsmann. Er hatte einen buschigen, weißen Vollbart und einen Bauch, der über dem Gürtel seiner Hose hing, was vor allem auf seinen ausgiebigen Biergenuss zurückzuführen war. Seine leuchtend blauen Augen mit den kleinen Lachfalten musterten Marco mit einem väterlichen Blick.

Marco stand neben dem Bett und übte mithilfe seiner Krücken aufrecht zu stehen. Maggie schaute ihm dabei zu, ein Auge auf ihr Essen, das andere auf ihren Patienten gerichtet. Vielleicht befürchtete sie, dass er in ihrem riesigen Weihnachtsbaum landen und ihn wie ein mit Lametta behängter Yeti mit sich reißen könnte, wenn er umfiel.

»Den Umständen entsprechend gut, Mr. O'Donnell«, antwortete Marco, er spürte allmählich die Belastung auf dem rechten Bein und fragte sich, wie lange er es schaffen würde, stehen zu bleiben. »Ihre Tochter ist ein Engel, dass sie es mit mir aushält.«

»Nennen Sie mich Paddy, mein Sohn«, erwiderte er. »Und sie ist in der Tat ein Engel. Ich weiß nicht, ob sie es Ihnen erzählt hat, aber vor ein paar Jahren ist mein Leben aus den Fugen geraten. Alkohol. Blackouts. Leichte Mädchen.«

»Dad!«, rief Maggie entsetzt. »Es gibt Dinge, die möchte niemand hören! Behalt deine Geschichten über die leichten Mädchen für dich, Herrgott nochmal!«

»Wie auch immer«, fuhr er fort und grinste auf ihre Antwort. »Sie war es, die mich schließlich aus dem Sumpf herausgezogen hat. Ich weiß nicht, wie sie mit all dem fertiggeworden ist. Dem Tod ihrer Mutter, der Geburt von Ellen, meinem Absturz …«

»Dad, ich glaube, es war der Situation nicht unbedingt förderlich, dass ich schwanger geworden bin«, warf Maggie ein, die Stimme leise und sanft. Auch nach so vielen Jahren war sie sich noch immer der Turbulenzen bewusst, die diese eine Nacht betrunkener Ausgelassenheit ausgelöst hatte. Trotz all der Freude, die Ellen ihnen beschert hatte, erschrak sie noch immer, wenn sie daran dachte, wie sie damals im Bad gesessen und geweint hatte, als drei Schwangerschaftstests sich hartnäckig geweigert hatten, negativ zu sein. Schockiert hatte sie geschluchzt und sich nichts sehnlicher als ihre Mutter herbeigewünscht.

»Tja, damals schien das keine gute Nachricht zu sein, was?«, sagte Paddy und stellte den Teller ab. »Aber wie sich herausgestellt hat, war dieses Kind ein Segen. Und du hast sie wunderbar erzogen, Liebes. Wo ist sie überhaupt? Irgendwo sich vergnügen, was? Ich sehe einen neuen Weihnachtsschmuck am Baum …«

Ellen steuerte jedes Weihnachtsfest ihre eigene, freche Dekoration bei. Begonnen hatte es in ihrer Kindheit mit Engeln aus Karton und Stanniolpapier, gefolgt von Nikoläusen aus Toilettenpapierrollen. Mit zunehmendem Alter und zunehmendem Humor war Ellen immer tiefer in eine eher Tim-Burton-artige Weihnachtslandschaft vorgedrungen. Es gab einen Vampirengel aus ihrer Twilight-Phase und eine Sammlung von Zombieelfen aus Pappmaschee aus der Zeit von *The Walking Dead*. Letztes Jahr hatte sie den Baum mit einer Karte geschmückt, auf der sie das mit Glitzer verzierte Wappen des Godwin College handgezeichnet hatte, um zu unterstreichen, dass die Universität sie angenommen hatte.

Also, dachte Maggie, und wandte sich dem Baum zu, um ihn zu inspizieren. Welche potenzielle Scheußlichkeit erwartet uns dieses Jahr? Sie spähte hinüber und sah es sofort. Auf einem Zweig der stattlichen Kiefer steckte eine alte Action-Man-Figur in einem Tarnanzug und schwang ein winziges Plastikgewehr. Eins der Beine schien in Toilettenpapier eingewickelt zu sein, und auf dem Kopf thronte ein winziges Krönchen aus Pfeifenreinigern.

»Ha!«, rief Maggie und grinste Marco an. »Damit werden Sie gewürdigt. Ab jetzt wird sich die Familie O'Donnell zu Weihnachten immer an Sie erinnern.«

Marco lächelte ebenfalls, doch sie konnte erkennen, dass er auf der Stirn zu schwitzen begann. Sie kämpfte gegen das Verlangen an, ihm das Haar aus dem Gesicht zu streichen und zu prüfen, ob er Fieber hatte. Mittlerweile hatte sie begriffen, dass es ihm wichtig war, zumindest einen Anschein von Selbstständigkeit zu wahren. Er würde es nicht schätzen, bemuttert zu werden, wenn er sich gerade alle Mühe gab, aufrecht stehen zu bleiben.

»Ich empfinde es als eine Auszeichnung«, sagte er und lehnte sich fast unmerklich ein paar Zentimeter zurück zum Bett. »Das muss ich für die Nachwelt mit einem Foto festhalten. Vielleicht werde ich es als Motiv auf meiner Visitenkarte verwenden. Ich glaube, Ellen hat mein wahres Ich eingefangen.«

Maggie antwortete ihm mit einem Lächeln. Dann stand sie auf, sammelte die Teller mit den Resten ein und stellte sie schnell in der Küche ab. Marco musste sich hinlegen, sich ausruhen, aufhören, sich anzustrengen. Doch sie hatte das Gefühl, dass er das erst dann tun würde, wenn sie nicht mehr im Raum war.

Als sie ins Wohnzimmer zurückkehrte, war er tatsächlich ins Bett geklettert und lag ausgestreckt auf den Laken. Seine Arme waren unter dem Kopf verschränkt, und seine Bizepse bewegten sich beeindruckend. Eigentlich konnte ein Mann nicht gleichzeitig erschöpft und männlich wirken, er aber irgendwie schon.

»Mein Liebes«, sagte Paddy und bemerkte verdutzt Maggies Blick hinüber zu Marco. Er beschloss, später darüber nachzudenken. »Ich wollte mit dir über Weihnachten sprechen. Ich weiß, dass wir das Fest normalerweise gemeinsam verbringen, aber aufgrund einer Stornierung ist Jim eine Kabine auf einem Kreuzfahrtschiff angeboten worden, das zu den Kanarischen Inseln fährt. Zum halben Preis. Sonnenschein, nette Gesellschaft und Alkohol so viel man will. Er hat sonst niemanden, der mit ihm verreisen würde. Ehrlich gesagt, finde ich die Vorstellung sehr verlockend.«

Maggie war in der Tür stehen geblieben, die Augen auf Marco gerichtet, doch ihre Ohren hatten erfasst, was ihr Vater gerade gesagt hatte. Sie verarbeitete die Worte. Schließlich kam sie zu dem logischen Fazit. Noch eine Ratte, die das sinkende Weihnachtsschiff verließ.

»Ja, klar. Hört sich toll an«, sagte sie und versuchte, das aufkeimende Gefühl von Enttäuschung zu verbergen.

»Du hättest also nichts dagegen, mein Liebes? Ich meine, Ellen wird ja hier sein, oder?«

Maggie nickte nur, wanderte zum Weihnachtsbaum, um sich zu beschäftigen, und hob einzelne Streifen Lametta vom Boden auf. Ihr stiegen Tränen in die Augen, die sie unterdrückte, indem sie die Augen zusammenkniff. Als sie glaubte, sich wieder im Griff zu haben, drehte sie sich mit einem Lächeln um, das so leuchtend und falsch war wie das Lametta.

»Natürlich habe ich nichts dagegen, Dad«, antwortete sie. »Habt ihr zwei mal schön Spaß! Ich werde der britischen Botschaft später noch eine E-Mail schicken und sie warnen.«

Paddy prustete vor Lachen und stand auf, um zu gehen. Er strich sich über die Hose, und Maggie gab ihm noch schnell einen Kuss, bevor er ging. Er hatte offenbar noch eine »heiße Verabredung mit einem Guinness und einem Dartboard«. Maggie blickte ihrem Vater hinterher, als er vorsichtig die Straße hinunterstapfte und rechts um die Ecke bog zu seinem Pub. Zitternd schloss sie die Tür, schlenderte langsam zurück ins Wohnzimmer und steuerte schweigsam auf die Vorhänge zu. Sie hielt kurz inne, bevor sie sie zuzog, und blickte zu den Häusern auf der anderen Straßenseite hinüber. Sie waren mit kitschigen Lichterketten dekoriert so wie ihr Haus. In den Erkerfenstern standen schillernde Weihnachtsbäume, und die mit Frost überzogenen Lorbeerkränze glitzerten an den Haustüren. Der Garten direkt ihr gegenüber war mit Neonweihnachtskugeln und einem riesigen, aufblasbaren Weihnachtsmann geschmückt, der zusammen mit den Rentieren, die aus glänzenden orangefarbenen Glühbirnen bestanden, in der Dunkelheit leuchtete.

Sie hatte Weihnachten schon immer geliebt, wenngleich sie eine furchtbare Köchin war. Es musste einen Grund haben, warum sämtliche Besucher etwas zu essen mitbrachten. An Weihnachten gab sie sich jedoch stets Mühe, auch wenn sie es schaffte, den Truthahn trocken werden zu lassen, den Rosenkohl zu verbrennen und die Kartoffeln so lange zu rösten, bis sie schrumpelig waren. Doch die Familie war zumindest immer zusammen gewesen. Sie, Ellen und Dad. Eine kleine, aber perfekte Einheit.

Jetzt würde sie zum ersten Mal allein sein. Allein mit dem riesigen Weihnachtsbaum, einer Flasche Baileys, und wenn sie vernünftig war, einem Mikrowellenessen für eine Person. Sie fühlte sich ausgelaugt, leer und traurig. Das genaue Gegenteil von der festlichen Stimmung, die sie umgab.

»Warum haben Sie es ihm nicht erzählt?«, erklang Marcos Stimme leise und ernst. Herrje noch mal, dachte Maggie, und zuckte zusammen. Sie hatte seine Anwesenheit völlig vergessen. Vertieft in ihre melancholischen Gedanken war sie geradewegs an ihm und seinem Bett vorbei zum Fenster spaziert. Sie würde schon am ersten Tag von der Pflegeschule fliegen. »Oh, tut mir leid, Mr. Smith, ich habe nicht gehört, dass Sie vor Schmerzen geschrien haben. Mir ist gerade ein Nagel abgebrochen.«

»Ihm was erzählt?«, fragte sie und verschränkte schützend die Arme vor der Brust, um sich zu wärmen.

»Das mit Ellen. Dass sie nach Paris fährt. Dass Sie an Weihnachten allein sein werden.«

»Oh … das. Ach, ist doch egal, oder? Ich bin ein großes Mädchen. Das ist schon in Ordnung für mich … völlig in Ordnung.«

Sie kam zu dem Schluss, dass sie was trinken musste. Was richtig Starkes. Der Tag war so wunderschön gewesen mit Isabel und Michael, denen ihr Glück anzusehen war. Dem

Wissen, dass ihr Kleid perfekt war. Dem Wissen, dass alle Kleider der Bräute, die noch vor Weihnachten heiraten würden, perfekt waren. Mit Marco, der sie im Laden unterhalten hatte. Den Cranberry Muffins zum Mittagessen. Der SMS von Ellen, in der sie ankündigte, dass sie gerade auf dem Weg zu einem Sexshop war, um ihr ein Weihnachtsgeschenk zu kaufen (ein Witz hoffentlich). Ihrem Dad, der mit zwei großen Tüten Essen von ihrem Lieblingsinder aufgekreuzt war. Sie hatte sich glücklich gefühlt, dass ihr Leben so geschäftig und erfüllt war. Sie hatte es sogar geschafft, nicht zu viel über das Thema Paris nachzudenken.

Jetzt war sie einfach nur ernüchtert und ärgerte sich über ihren Egoismus. Die beiden Menschen, die sie über alles in der Welt liebte, hatten die Chance, ein atemberaubendes Weihnachtsfest zu erleben. Sie sollte sich für sie freuen und nicht sich selbst bemitleiden.

»Ich hole mir was zu trinken«, sagte sie und spazierte zur Tür. »Wollen Sie auch was?«

Als sie an seinem Bett vorbeispazierte, schnellte Marcos Hand vor und griff nach ihrem Arm. Sie versuchte instinktiv, sich zu befreien, doch er hielt sie fest. Sein Bein war zwar gebrochen, doch sein Oberkörper hatte nichts an Kraft eingebüßt.

»Sie tun mir weh«, sagte sie leise und fixierte ihn mit einem Blick, von dem sie hoffte, dass er streng war.

»Das tut mir leid, aber ich möchte mit Ihnen sprechen. Wenn Sie jetzt das Zimmer verlassen, werde ich versuchen, Ihnen hinterherzulaufen. Sollte ich dabei hinfallen und mir auch noch das andere Bein brechen, wird das einzig und allein Ihre Schuld sein.«

Maggie betrachtete die große Hand, die ihren Arm umklammerte. Betrachtete den dazugehörigen Mann, dessen Gesicht sie noch nie so ernst gesehen hatte.

»Okay«, sagte sie. »Ich möchte natürlich nicht, dass das passiert. Das würde mir Leah nie verzeihen. Worüber wollen Sie mit mir reden?«

Als Marco sah, dass sie blieb, lockerte er den Griff, und seine Hand glitt an ihrem Arm hinunter, bis sie ihre Finger gefunden hatte. Er umschloss sie, nur für den Fall, dass sie sich doch noch dazu entschied wegzulaufen. Ihre Hand lag sanft und weich in seiner, die Haut fühlte sich noch immer kühl an. Sie wirkte geschlagen, traurig und etwas ängstlich. Seit seiner Ankunft hatte er Seiten an Maggie kennengelernt, die er so nicht erwartet hatte. Wärme, Humor, mitunter Funken sprühendes Feuer. Doch jetzt hatte sie sich in sich selbst zurückgezogen und schien überall sein zu wollen, nur nicht neben ihm.

»Kommen Sie, legen Sie sich zu mir!«, sagte er, rückte auf dem Bett und zog an ihrer Hand. »Es ist reichlich Platz.«

Sie versuchte, sich loszureißen, doch er hielt sie weiter fest und zog sie zu sich, bis sie gegen die Bettkante stieß.

»Was?! Nein! Seien Sie nicht albern!«, entgegnete sie mit schriller Stimme und verdrehte die Augen leicht wie ein in Panik geratenes Pferd.

»Kommen Sie! Ich glaube, Sie können eine Umarmung gebrauchen, und genau darin habe ich zufällig einen schwarzen Gürtel. Machen Sie sich um Ihre Tugendhaftigkeit keine Sorgen! Ich glaube kaum, dass ich zu mehr in der Lage bin.«

Noch während er die Worte aussprach, hoffte er, dass sie der Wahrheit entsprachen und sein Körper ihm keinen Strich durch die Rechnung machte, der unweigerlich zu der Frage führen würde: »Ist das ein Gips oder freuen Sie sich nur, mich zu sehen?«

»Kommen Sie! Sie wissen, dass Sie es auch wollen«, sagte er, ließ ihre Hand los und klopfte leicht auf den Platz neben ihm.

Maggie musste bei seinem Ton unwillkürlich lächeln. Trotz aller Widrigkeiten konnte er sie noch immer zum Lachen bringen, auch wenn sie das Gefühl hatte, dass ihr Leben auseinanderbrach, und sich dessen zeitweilig sicher war. Vielleicht hatte er recht ... vielleicht brauchte sie eine Umarmung. Umarmungen waren schon seit ziemlich langer Zeit Mangelware. Ellen war zu alt und zu cool dafür. Ihr Dad war stets beschäftigt, und die Bräute, die sie über ihre Hochzeitsangst hinweg betreute, begannen unweigerlich zu zittern und waren entsetzt, wenn sie sie umarmte. Manchmal waren sie auch etwas weinerlich und mitunter sogar patzig. Vielleicht wäre es nett, nur für eine Minute loszulassen und das Gefühl zu haben, jemand, der größer und stärker war als sie, würde für fünf glückselige Minuten das Steuer übernehmen.

Außerdem, dachte sie, und blickte zu Marco und der Stelle hin, auf die er zeigte, was könnte schlimmstenfalls schon passieren? Sie entschied sich, diese Frage im Raum stehen zu lassen, zog ihre Ballerinas aus und setzte sich auf die Bettkante.

Er zog sie umgehend zu sich ins Bett und schlang den Arm um sie, sodass ihr Gesicht auf seiner Brust ruhte, ihr Kopf unter seinem Kinn. Sie schmiegte sich an ihn und war froh, dass sich das gebrochene Bein auf der anderen Seite befand. Sie konnte seinen kräftigen Herzschlag hören und legte vorsichtig einen Arm um seinen Bauch. Er roch nach Seife, Shampoo und herrlich nach Mann. Und er fühlte sich ... gut an. O Gott, wie fühlte er sich gut an. Diese muskulösen Arme, in denen sie lag. Diese breite Brust unter ihrer Wange. Der straffe Kiefer, der auf ihrem Haar ruhte.

An der Stelle, wo sein T-Shirt nach oben gerutscht war, spürte ihre Hand nackte, weiche Haut. Sie biss sich auf die Lippe, damit ihre Finger nicht weiter nach oben wanderten, um mehr davon und von den kräftigen Muskeln zu erkunden. Als sie Blut in ihrem Mund schmeckte, begriff sie, dass sie etwas zu fest zugebissen hatte.

Sie lag einen Augenblick nur da, und sie beide schwiegen. Was er wohl gerade dachte? Wahrscheinlich, dass ihr Haar mal wieder gebürstet werden musste.

»Also«, sagte er schließlich und drückte sie sanft. »Was ist los? Warum haben Sie Ihrem Vater nicht von Ellen erzählt? Er wird es irgendwann sowieso herausfinden, und dann werden beide sich schlecht fühlen.«

»Ich weiß«, erwiderte sie und war froh, dass sie ihm bei dieser Unterhaltung nicht in die Augen blicken musste. »Genau aus dem Grund habe ich ihm nichts erzählt. Keiner der beiden soll sich schlecht fühlen. Ich möchte, dass sie schöne Weihnachten haben. Also werde ich mir etwas ausdenken …, irgendeine Reise oder eine kurzfristige Einladung, wo ich den fünfundzwanzigsten Dezember mit Gerard Butler verbringen werde. Irgendwas, damit sie kein schlechtes Gewissen haben wegen mir. Ich will von niemandem bemitleidet werden. Das können Sie sicherlich sehr gut nachvollziehen, Mr. Macho Man.«

Er prustete vor Lachen, und Maggie spürte, wie seine Finger durch ihr Haar strichen, damit spielten und sanft daran zogen, was ihr einmal mehr die Tatsache vor Augen führte, dass er nicht einfach nur ein Patient und ein unterhaltsamer

Hausgast war, sondern der erste Mann, den sie seit vielen, vielen Jahren attraktiv fand.

»Das verstehe ich. Besonders als Macho. Aber das ist bei mir genetisch bedingt ... meine italienische Abstammung. Dagegen bin ich machtlos. Aber zwischen bemitleidet und geliebt werden, gibt es einen Unterschied. Und Paddy und Ellen? Die beiden lieben Sie.«

»Das weiß ich. Wirklich. Und vielleicht bin ich auch ein Volltrottel, aber das Ganze hat mich einfach überrumpelt. Seit Ellens Geburt haben wir Weihnachten immer zusammen verbracht. Ihr Dad ist mit seiner Familie nach Neuseeland ausgewandert, als sie ein Jahr alt war. Sie hat ihn dort besucht, die beiden kommen gut miteinander aus. Er hat mittlerweile noch zwei Kinder. Doch Weihnachten war immer ... unser Fest. Etwas Besonderes, verstehen Sie?«

»Ja, tue ich. Es ist die Zeit der Gefühle. Rob hat sich früher schon wochenlang vorher in Schottland eingeigelt und sich vor uns versteckt. Es war Merediths Todestag, und er konnte Mitleid genauso wenig ertragen. Für mich und meine Mutter in Chicago war das Fest nie mehr das gleiche, weil wir wussten, dass er hier war und litt. Und wir haben alles getan, um ihm zu helfen. So wie Ellen und Paddy alles für Sie täten, wenn Sie sie nur fragen würden.«

Maggie dachte über seine Worte nach. Gleichzeitig genoss sie das Gefühl seiner langen, kräftigen Finger, die durch ihr Haar strichen und auch ihren Nacken und die Wange streichelten. Schwarzer Gürtel in Umarmungen und einiges mehr.

Ohne es zu merken, war eins ihrer Beine hochgewandert und ruhte auf seinem Bauch, sodass sie eng an ihn geschmiegt lag. Eigentlich hätte sich das merkwürdig anfühlen müssen, tat es aber nicht. Es war vielmehr herrlich und seltsamerweise natürlich. Sie konnte sich nicht mehr daran erinnern, wann sie das letzte Mal einem Mann so nahe gewesen war, trotzdem fühlte es sich irgendwie sicher an. Angenehm. Und erregend. Sie ertappte sich bei dem Gedanken, wie es wohl wäre, wenn sie beide nackt wären. Wenn Marco dieses T-Shirt nicht anhätte. Wenn seine Brust unbedeckt wäre, wenn seine Haut ihre berühren würde, wenn ihre Hand über seinen Körper wandern, ihn erkunden und erregen würde … er bewegte sich leicht und rückte etwas von ihr ab. Sie fragte sich, ob sie ihm wehgetan hatte.

»Alles okay mit Ihnen da unten?«, fragte er. »Sind Sie eingeschlafen?«

»Äh … nein … tut mir leid. Ich habe nur nachgedacht.«

Über Sie. In nacktem Zustand, fügte sie im Stillen hinzu. Sie musste sich zusammenreißen, oder sie würde sich zum völligen Idioten machen. Dann würde ihre Familie sie nicht nur bemitleiden, weil aus ihr ein einsamer Weihnachtstrauerkloß geworden war, sondern sie müsste auch noch mit der Peinlichkeit leben, versucht zu haben, einen armen, unschuldigen, invaliden Mann in ihrem eigenen Heim sexuell zu belästigen.

Sie richtete sich unvermittelt auf, rückte zur Bettkante und wandte ihm den Rücken zu. Dann griff sie in ihr Haar, um es einigermaßen zu ordnen, und wartete ein paar Sekunden in der Hoffnung, dass ihr Pulsschlag wieder in den Normalbereich zurückkehrte und ihr Gesicht nicht mehr die Farbe einer Tomate hatte.

Maggie stand auf und drehte sich zu ihm um. Er hatte sich aufgesetzt, stützte sich auf den Armen ab und sah sie mit einem verdutzten Gesicht an.

»Tut mir leid. Sie haben recht. Mit allem«, sagte sie. »Ich

muss nur darüber nachdenken. Sehen, wie es sich morgen anfühlt. Vielleicht sollte ich versuchen, alles positiv zu betrachten. Ellen wird immer selbstständiger, das ist völlig normal. Vielleicht sollte ich anfangen, mein eigenes Leben neu auszurichten, statt mich auf ihres zu konzentrieren. Das muss ich mir abgewöhnen.«

»Okay«, erwiderte er nickend. »Das hört sich gut an. Vielleicht kann ich ja helfen. Wie wär's damit? Sie kommen mit mir mit.«

»Wohin?«, fragte sie verwirrt und runzelte die Stirn.

»Nach Schottland. Leah würde Sie liebend gern wiedersehen. Ich habe freien Geleitschutz. Wir könnten sogar Nanny McPhee mitnehmen und das Ganze zu einem Ausflug machen. Sie wären nicht allein, und Ellen und Paddy müssten wegen Weihnachten kein schlechtes Gewissen haben. Ich weiß, mit Gerard Butler kann das nicht mithalten, aber es könnte funktionieren. Was meinen Sie?«

Maggie blickte ihn an und nahm alles in sich auf. Den muskulösen Körper, den sie mittlerweile etwas zu gut kannte. Die dunklen Locken, die jetzt echt einen Haarschnitt brauchten. Die entschlossenen haselnussbraunen Augen. Die Wangen, den Kiefer, den breiten, geschwungenen Mund … O Gott, der Mund. Ihn nur zu betrachten kam ihr schon wie eine Sünde vor.

»Danke, Marco«, antwortete sie. »Aber ich muss Ihr Angebot ablehnen.«

# KAPITEL 14

Als Maggie am nächsten Morgen ins Wohnzimmer herein-
spaziert kam, war Nanny McPhee bereits dabei, sich eifrig um
ihren Patienten zu kümmern.

Die museumsreife Krankenschwester hatte ihn bis auf die
Unterhose ausgezogen, und er befürchtete, dass sie ihn gleich
hinter den Ohren waschen und ihm erklären würde, dass man
dort Kartoffeln anpflanzen könnte. Wenigstens war sie das
natürliche Gegenmittel, um nicht an Maggie zu denken, ging
es ihm durch den Kopf, während er ihre Behandlung über
sich ergehen ließ.

Die wenigen Minuten mit ihr gestern Abend in seinem
Bett hatten ihn völlig verwirrt. Als sie endlich nachgegeben
hatte, ins Bett geklettert war und ihren kurvigen Körper an
ihn geschmiegt hatte, hatte er keinen klaren Gedanken mehr
fassen können. Das rote Haar hatte sich überall ergossen, so
nah, dass er ihr Shampoo hatte riechen können, und er war
körperlich außerstande gewesen, nicht hineinzugreifen. Sie
hatte so genau, so perfekt in seine Arme gepasst, als ob sie
beide füreinander bestimmt wären. Natürlich hatte er schon
andere Frauen so im Arm gehalten, doch er hatte nie zuvor diesen Drang verspürt. Diesen verrückten Drang, sie zu

beschützen und zu trösten, gleichzeitig aber auch weitaus weniger Ritterliches mit ihr anzustellen. Dessen er vermutlich im Moment gar nicht in der Lage war, da dieser verdammte Gips ihn in Geiselhaft hielt.

Er hatte sich krampfhaft auf die Unterhaltung konzentriert, darauf, was er glaubte, sagen zu müssen, um ihre kleinen Bewegungen und die Hand, die auf der nackten Haut seines Bauchs ruhte, zu ignorieren. Hätte sie den Kopf nur kurz geneigt und ihn angesehen, sodass er in ihre grünen Augen hätte blicken und ihre Signale deuten können, hätte er sie geküsst. Hätte etwas begonnen, was er vermutlich nicht hätte zu Ende führen können. Zumindest nicht formvollendet. Gewollt hätte er es auf jeden Fall.

Als sie dann das Bein um ihn geschlungen hatte, hatte er befürchtet, richtig in Probleme zu geraten. Sprich, sie mit einem Riesenständer in der Hose zu umarmen, während er ihr Ratschläge zu den vielschichtigen, dynamischen Prozessen innerhalb einer Familie gab. Das hätte ihr bestimmt einen Mordsschrecken eingejagt, und so war er teilweise erleichtert gewesen, als sie aufgestanden war, um zu gehen. Die Überbleibsel seines triebhaft gesteuerten Verhaltens erklärten vermutlich auch seine nächste dämliche Aktion ... nämlich sie zu fragen, ob sie ihn nicht nach Schottland begleiten wollte.

Ihr Nein war bestimmt eine gute Entscheidung. Sie überhaupt gefragt zu haben, war dumm gewesen. Er schien mit dieser ganzen Erfahrung Neuland zu betreten und war sich nicht sicher, ob er zu dieser Reise bereit war. Mit jeder anderen Frau hätte er bereitwillig die für beide Seiten angenehme Fahrt angetreten. Aber mit ihr? Da war er sich nicht so sicher. Irgendwie ... mochte er sie zu sehr. Was überhaupt keinen Sinn ergab.

Weißt du was, Marco Cavelli, sagte er sich, du benimmst dich wie ein Mädchen. Reiß dich zusammen! Und hör auf, so überheblich zu sein! Sie hat ohnehin Nein gesagt.

Genau in dem Moment, in dem er am lächerlichsten aussah, sich vorkam wie ein Mädchen und von einer Achtzigjährigen gewaschen wurde, stand sie in ihrer üblichen Kluft aus Jeans und T-Shirt mit wallendem Haar in der Tür. Perfektes Timing! Er bemerkte die dunklen Ringe unter ihren Augen, woraus er schloss, dass sie genauso blendend geschlafen hatte wie er, und den leicht verblüfften Ausdruck in ihrem Gesicht. Wahrscheinlich blendeten sie Nanny McPhees Warzen.

»Oh«, sagte sie, während ihre Augen über seinen nackten Oberkörper wanderten, bis sie schließlich abrupt wegsah. »Ich dachte, Sie wären fertig. Tut mir leid. Dann verschwinde ich noch mal kurz … und mache noch etwas anderes …«

»Ich bin fast fertig«, warf Doris ein, richtete sich auf und griff nach einem Handtuch. Sie trocknete Marco energisch ab und rieb mit dem Handtuch über seine Oberschenkel und den Bauch, als wäre er kein lebendiges Wesen. Genau das wünschte er sich, als er die Augen schloss und sich vorzustellen versuchte, an einem erfreulichen Ort zu sein. Er kämpfte gegen das Verlangen an, Doris gehörig die Meinung zu geigen, was unhöflich gewesen wäre, denn immerhin machte sie nur ihre Arbeit. Außerdem würde Maggie das überhaupt nicht gutheißen. Er begnügte sich damit, die Laken so fest zu umklammern, dass seine Fingerknöchel weiß hervortraten.

Als sie schließlich fertig war und ihm ein frisches T-Shirt holte, öffnete Marco wieder die Augen in der Hoffnung, dass Maggie in einer Rauchwolke verschwunden war. Schön wär's! Aber sie stand noch immer da, den Blick auf ihn gerichtet, und … lachte. Etwa über ihn? Sie hielt sich die Hand über den

Mund, um ihr Lachen zu verbergen, doch ihre Augen verrieten sie. Sie funkelten, waren feucht und … ja, sie lachte definitiv. Verflucht! Na ja, zumindest war er für etwas gut, sagte er sich.

Als er schon glaubte, dass es nicht mehr schlimmer werden könnte, rauschte Ellen an Maggie vorbei ins Zimmer. Weitaus weniger zurückhaltend als ihre Mutter, stieß sie einen anerkennenden Pfiff aus beim Anblick des fast nackten Mannes auf dem Bett, was Nanny McPhee mit einem strengen Blick quittierte. Großartig, dachte Marco. Warum laden sie nicht gleich noch den Rest der Straße ein, veranstalten eine kleine Party, filmen alles und stellen es auf YouTube?

Er schaffte es, den Mund zu halten, bis Doris mit dem T-Shirt auf ihn zukam, nach seinen Armen griff und sie hochhielt, als wäre er ein hilfloses Kind, das sich nicht einmal allein anziehen konnte.

»Danke, das kann ich selbst!«, sagte er mit zusammengebissenen Zähnen, krallte sich das T-Shirt aus ihren Händen und knüllte es in seinen Schoß. Das war eine Demütigung zu viel. »Vielen Dank für Ihre Hilfe. Bis bald!«

Die Krankenschwester sah ihn einen Augenblick verärgert an, begann dann aber ihre Utensilien zusammenzupacken, um zu gehen. Ellen lümmelte in dem Liegesessel und lachte laut. Wenigstens Maggie besaß den Anstand, ihre Belustigung zu verbergen, auch wenn mittlerweile ein Kichern zu hören war.

»Marco«, sagte Ellen und deutete mit dem Finger auf ihn. »Ist dir nicht klar, dass in diesem Haus leicht zu beeindruckende Frauen wohnen? Ich meine, du bist nicht mein Typ. Zu viel Masse. Abgesehen davon bist du so alt, dass du mein Vater sein könntest, aber du spielst mit dem Feuer. Meine

Mutter könnte vor Lust platzen, und die arme Doris wird wahrscheinlich seit Jahren so was Knackiges wie dich nicht mehr zu Gesicht bekommen haben …«

»Halten Sie mal besser den Mund, meine Kleine!«, wies Doris sie zurecht, machte den Reißverschluss ihrer Tasche zu und richtete sich auf. »Kann doch sein, dass ich einen schmucken Toyboy zu Hause habe. Na denn, bis morgen.«

Mit diesem Knaller, der allen die Sprache verschlug, verabschiedete sich die Krankenschwester und marschierte flotten Schritts nach draußen in das noch immer verschneite, aber nicht mehr ganz so eisige Oxford. Es sah nicht nach weiterem Schnee aus, fand Maggie. Vielleicht würde es sogar anfangen zu tauen. Der Schnee sah zwar malerisch aus, doch war es um einiges einfacher, sich ohne ihn fortzubewegen.

»Kaffee?«, fragte sie Marco, der sich gerade ein marineblaues T-Shirt überstreifte. Gott sei Dank! Ellen war ein freches Luder, hatte aber ungewollt einen wunden Punkt getroffen. Die unerwartete Intimität des gestrigen Abends und dann noch der Anblick so viel nackter Haut hatten dazu geführt, dass Maggie es tatsächlich für möglich hielt, vor Lust zu platzen. Was für die Umgebung unerfreulich wäre.

Marcos Kopf tauchte aus dem T-Shirt auf, das Haar total zerzaust. Er stieß ein verzweifeltes »Ja, bitte«, hervor.

Als sie mit zwei dampfenden Bechern zurückkehrte, war Ellen bereits dabei, ihn in die Mangel zu nehmen.

»Also, Marco, wann verlässt du uns wieder?«, fragte sie und warf ihrer Mutter einen bösen Blick zu, da sie ihr keinen Kaffee mitgebracht hatte.

»Wenn alles nach Plan verläuft, am dreiundzwanzigsten Dezember. Die Fahrt ist zwar lang, aber ich fühle mich jeden Tag besser. Wenn das Wetter nicht schlimmer wird, schickt mir Rob einen Fahrer. Sollten die Straßenverhältnisse zu schlecht sein, werde ich wohl nach Aberdeen fliegen und dort abgeholt werden.«

»Das klingt aus deinem Mund alles sehr normal. Fahrer mieten, Flüge kriegen. Hast du richtig Kohle, oder was?«, fragte sie völlig hemmungslos, was gleichzeitig Stolz wie Bestürzung in Maggie auslöste. Ellen litt offensichtlich nicht unter mangelndem Selbstbewusstsein.

»Ja«, antwortete Marco, nippte vorsichtig an dem Kaffee und blieb angesichts des Verhörs völlig gelassen. »Richtig Kohle.«

»Hmm … muss nett sein. Und was machst du hier? Hältst du irgendeinen Vortrag?«

»Nochmals ja. Während der Ferien findet am juristischen Institut eine Reihe von Vorträgen statt, zu denen sie internationales Publikum einladen und die sie in Zeitschriften veröffentlichen. Ich dachte, dass ich die Zeit hier ein bisschen nutze und mir Großbritannien ansehe, aber bisher habe ich hauptsächlich Oxford kennengelernt, und das zumeist in Gesellschaft eines Zweijährigen oder deiner Mutter und eines gebrochenen Beins. Nicht dass ich mich beschweren möchte.«

Ellen lauschte, verarbeitete die Informationen und sah dann ihre Mutter durchdringend an.

»Und was ist mit dir, Mum? Was hast du in den nächsten Wochen vor, außer dich um einen attraktiven Invaliden zu kümmern?«

»Gaynor, Lucy und Isabel heiraten bald. Aber das weißt du ja schon.«

»Ha«, sagte Ellen. »Drei Hochzeiten und ein Vortrag. Klingt wie ein besonders langweiliger, kitschiger Film. Also, ich werde mich wohl am zwanzigsten Dezember auf den Weg nach London machen, wenn das für dich in Ordnung ist, Mum. Am nächsten Tag gibt es einen Flug für uns alle nach Paris. *Ist das für dich in Ordnung?* Wir haben uns so gut wie nicht gesehen, seit ich davon erzählt habe.«

»Ja, natürlich ist das in Ordnung. Solange du es hinbekommst, dass ich vorher mit Jacobs Eltern gesprochen habe. Und ja, ich weiß, du bist erwachsen, aber das ist die Bedingung.«

»Hast du etwa Angst, dass sie mich als Sklavin verkaufen?«

»Nein, ich will sie nur vorwarnen, worauf sie sich einlassen. Hör mal, ich hatte ein Geschenk für dich geplant, aber … na ja, irgendwie hat der Weihnachtsmann das mit der Lieferung nicht richtig hingekriegt, also werde ich dir stattdessen Geld schenken. Du kannst es in Euro umtauschen und dir Croissants und falsche Bärte davon kaufen. Noch etwas. Wenn von den Sachen, die da oben in deinem Schlafzimmer herumfliegen, etwas gewaschen werden soll, musst du es schon herausfischen. Ansonsten können sie von mir aus dort vermodern.«

»Okay. Klingt nach einer guten Idee. Danke, Mum. Das ist echt nett von dir, und ich werde dir die Telefonnummer von Jacobs Mutter besorgen. Na, dann überlasse ich euch mal wieder euch selbst. Ihr habt bestimmt was Aufregendes vor. Ich gehe jetzt zu Rebecca. Vielleicht übernachte ich bei ihr. Falls ja, schicke ich dir eine SMS, Mum. Bis dann!«

Fröhlich winkend verließ sie das Zimmer, und zum ersten Mal seit Marcos Ankunft entstand zwischen ihnen so etwas wie eine leicht peinliche Stille.

Maggie blickte ihn über ihren dampfenden Kaffeebecher hinweg an. Ein zaghaftes Lächeln lag auf seinen Lippen, und seine Stirn war gerunzelt.

»Okay, okay! Ich weiß! Ich werde es den beiden irgendwann noch erzählen. Sobald ich meine Reise nach Bali oder wohin auch immer geplant habe …«

»He«, entgegnete Marco und hielt die Hände hoch. »Ich bin unschuldig. Das ist Ihr Leben. Ihr Kind. Machen Sie es so, wie Sie es für richtig halten! Ich kann mich nicht einmal selbst duschen. Es steht mir nicht zu, Ihnen irgendwas vorzuschreiben.«

»Ihre Situation ist eine vorübergehende Schlappe«, sagte Maggie und lächelte. »Im Gegensatz zu meiner. Die ist von Dauer. Wie auch immer. Ich möchte mich noch für gestern Abend bedanken. Dass Sie so … nett waren. Eigentlich sind Sie hier, um sich zu erholen und nicht um mich zu trösten.«

»Kein Problem«, erwiderte Marco. »Ich bin eine Mehrzwecknervensäge. Was haben Sie heute vor? Mein Vortrag findet bald statt, und ich muss noch daran feilen. Kann ich hierbleiben? Gehen Sie in Ihren Laden?«

»Nein, da brauche ich heute nicht hin. Ich muss ein paar Erledigungen machen, mich auf der Cornmarket Street anbieten, um so vielleicht etwas Geld für Ellens Reise zusammenzukriegen, aber den Rest des Tages kann ich hierbleiben, wenn Sie mich brauchen. Ich muss noch an ein paar Entwürfen arbeiten.«

»Was war das übrigens für ein Geschenk?«, fragte er. »Das für Ellen? Hat es irgendwas mit dem Buch zu tun, dass Sie an dem Tag, als wir, ähm … in das Leben des anderen gekracht sind, aus dem Schnee gefischt haben?«

»Das haben Sie mitbekommen? Ich dachte, Sie wären bewusstlos gewesen … ja, hat es. Es ist, na ja … besser gesagt, es war die Erstausgabe von *Alice im Wunderland,* die Mabel Lucie Attwell illustriert hat. Jetzt ähnelt das Buch mehr einem zerknitterten Haufen alten Papiers, das in meinem Schlafzimmer herumliegt. Aber machen Sie sich keine Gedanken, wahrscheinlich ist Ellen das Geld sowieso lieber. Die Seiten sind mittlerweile getrocknet. Vielleicht kann ich ein paar der Bilder rahmen lassen und sie im Flur aufhängen. Ehrlich gesagt, habe ich es ebenso sehr für mich gekauft wie für sie, glaube ich. Meine Mutter hat mir das Buch als Kind vorgelesen, und ich habe es Ellen vorgelesen …, aber sie hat noch nicht das Alter erreicht, wo Sentimentalität das Leben durchdringt, die Glückliche. Wie auch immer. Das ist traurig. Erzählen Sie mir lieber von Ihrem Vortrag. Wovon handelt er?«

»Wollen Sie wirklich was darüber wissen?«, fragte er und spürte, dass sie eher das Thema wechseln wollte, als etwas über seine Arbeit erfahren.

»Natürlich. Sie mussten ja auch gestern lernen, wie man säumt und abnäht. Ich bin mir sicher, dass Jura genauso spannend ist wie das.«

»Na gut«, sagte er und grinste sie an. »Sie haben es nicht anders gewollt. Der Titel des Vortrags lautet – und jetzt halten Sie sich fest – ›Zusammenarbeit im internationalen Wirtschaftsrecht: Das transatlantische Zentrum von Rechtsstreitigkeiten.‹«

Er hielt inne, wartete auf ihre Reaktion und lachte laut.

»He, Maggie! Was ist mit Ihren Augen? Die sind ganz glasig geworden …«

»Nein, wirklich!«, zwitscherte sie zurück und legte so viel falsche Begeisterung in ihre Worte, wie sie nur konnte. »Das hört sich großartig an! Richtig gepackt hat es mich bei ›Zentrum der Rechtsstreitigkeiten‹!«

»Ich weiß. Bestechend, nicht? Der Vortrag ist so gut wie fertig. Ich muss mir nur noch mal einige Notizen ansehen und die Präsentation überprüfen. Das kann ich hier machen, während Sie sich in der Stadt vor der Wechselstube prostituieren. Was ist mit den Hochzeiten, zu denen Sie eingeladen sind? Wann sind die?«

»Die erste findet an diesem Wochenende statt. Es ist Gaynors Hochzeit. Das ist die junge Frau mit dem riesigen Kleid, der Sie begegnet sind, als Sie das erste Mal in meinem Laden waren. Einen Tag später folgt Lucys Hochzeit. Und dann, an Heiligabend, heiraten Isabel und Michael … Darauf freue ich mich ganz besonders. Sie verdienen einen wirklich außergewöhnlichen Tag nach all dem, was sie durchgemacht haben.«

»Ja, das tun sie«, sagte Marco nickend. »Gehen Sie immer zu den Hochzeiten?«

»Nicht immer, aber ich werde oft eingeladen. Zufällig sind diese drei Kleider Anfertigungen von mir. Keine Kleider, die nur geändert wurden, oder vorrätige Modelle. Ich habe sie nur für sie genäht. So was dauert lange, und man ist viel in Kontakt miteinander. Am Schluss steht man sich tatsächlich nahe. Außerdem ist es für die Bräute praktisch, mich vor Ort zu haben, sollte es zu einem verheerenden, garderobentechnischen Unglück kommen.«

»Ich bin mir sicher, dass das nicht der einzige Grund ist, Maggie. Ich habe Sie zusammen mit Isabel gesehen … es ist, als ob Sie mit ihnen auf einer Reise gewesen sind. Als ob Sie Teil ihres Lebens sind. Es ist schön, dass Sie sie begleiten.«

Maggie lächelte zustimmend, wenngleich sie sich insgeheim nicht so sicher war. Sie arbeitete mittlerweile seit vielen Jahren als Schneiderin und hatte mit neunzehn begonnen, bei einer älteren Frau das Handwerk von der Pike auf zu lernen. Über die Jahre hinweg hatte sie Erfahrung und Mut gesammelt und schließlich ihr eigenes Geschäft eröffnet. Sie hatte schon zahlreiche Hochzeiten besucht, und alle hatten sie zu einem Häufchen Elend werden lassen.

Sie freute sich stets für das Paar, war begeistert, wenn alles nach Plan lief, und stolz auf die Kleider und ihre Arbeit. Aber … sie kam und ging stets allein. Das gesamte Leben mit den glücklichen Liebesgeschichten anderer Menschen zu verbringen war ein todsicherer Weg, sich der Schlichtheit des Daseins einer alleinerziehenden Mutter immer wieder bewusst zu werden. In den vergangenen Jahren hatte sie zunehmend mehr Kinder auf den Hochzeiten getroffen, die ihr gleichermaßen einen Stich versetzt hatten. So sehr sie Kinder auch mochte, erinnerten sie sie doch auf bittersüße Weise daran, was sie alles verloren hatte.

In dem Moment fiel ihr ein, dass sie zumindest bei den nächsten Terminen etwas ändern könnte, wenn sie tatsächlich das Angebot, jemanden mitzubringen, in Anspruch nehmen wollte, das sie normalerweise ablehnte. Einmal kein Mauerblümchen sein. Jemanden zum Reden haben, wenn nicht sogar zum Tanzen.

»Vielleicht würden Sie ja gern mitkommen?«, sagte Maggie und verbarg ihre flatternden Nerven hinter einem weiteren Schluck Kaffee. »Natürlich kann ich völlig verstehen, wenn Sie lieber hierbleiben, und ich werde auch nur ein paar Stunden weg sein, aber wenn Sie möchten …«

»Gibt es Kuchen?«, fragte er.

»Normalerweise, ja.«

»Und Bier?«

»So gut wie immer, Marco.«

»Und tragen Sie ein schickes Kleid und peppen sich auf?«

»Ich werde mich herausputzen, soweit Mutter Natur und die Döschen und Tuben meines Kosmetikarsenals das zulassen.«

»Tja, in dem Fall … können Sie mit mir rechnen«, sagte er und warf ihr eines dieser verschmitzten Lächeln zu, die ihre Knie schwach werden ließen und auch so ziemlich alles, was darüber lag.

# KAPITEL 15

»Ich komme mir vor wie ein Obdachloser«, sagte Marco und zeigte auf seine neue schwarze Jogginghose.«

»Sie sehen aber weder so aus, noch riechen Sie glücklicherweise so«, antwortete Maggie und betrachtete das schicke, weiße Hemd und die marineblaue Krawatte. Sie hatten versucht, ihm eine Anzughose anzuziehen, was aber nicht geklappt hatte. Der Gips wollte nicht in das Hosenbein passen. »Alle werden es verstehen. Sie werden Ihr Bein sehen und begreifen. Der Rest von Ihnen sieht … gut aus.«

Er zog die Augenbrauen hoch, woraufhin sie sich abwandte und so tat, als würde sie etwas in ihrer Handtasche suchen. Er sah mehr als gut aus. Er sah zum Vernaschen aus. Sie war insgeheim froh, dass er sich nicht hatte völlig herausputzen können. Das wäre zu viel für sie gewesen. James Bond nach vollständigem Verzehr seines Spinats und dem Gewinn einer ordentlichen Prise Humor.

Sie klappte den Spiegel in der Sonnenblende herunter und prüfte ihr Gesicht. Ja, dachte sie, es ist noch immer da. Ich habe noch immer ein Gesicht, das noch immer rot wird, wie zu erwarten war. Und es sieht auch mit Make-up immer noch so aus, wie es deine beschränkten Schminkkünste zulassen.

Sie trug ihr Standardhochzeitsgastkleid. Das teuerste Kleidungsstück, das sie besaß. Ein einfaches, grünes, tailliertes Gewand mit einem geschmackvollen V-Ausschnitt. Es hatte ihr noch nie sonderlich der Sinn danach gestanden, sich schick zu machen, und sie fand, dass das Augenmerk der anderen Gäste auf Hochzeiten sowieso und richtigerweise immer auf der Braut lag. Es interessierte niemanden wirklich, wie sie aussah. Und normalerweise war es ihr genauso egal. Doch aus irgendeinem rätselhaften Grund, den sie nicht ganz begreifen konnte, hatte sie sich heute besonders viel Mühe gegeben.

Sie hatte das Haar geglättet, das ihr so bis zur Taille reichte, sämtliche Knoten entfernt und die Ohrhänger aus Jade angelegt, die ihre Mutter ihr vor so vielen Jahren geschenkt hatte. Schwarze hochhackige Schuhe, eine schwarze Clutch und ein muskulöser, amerikanischer Prachtkerl rundeten ihr Outfit ab. Es war ein völlig neuer Look.

»Machen Sie sich keine Sorgen!«, sagte er und legte eine Hand auf ihr Knie. Es war wahrscheinlich als beruhigende Geste gedacht, jagte aber nur ihren Puls in die Höhe. »Sie sehen umwerfend aus. Ihr Haar ist … toll.«

»Ja, das habe ich auch mal gedacht«, antwortete Maggie, klappte den Spiegel wieder zu und lächelte. »Da war ich fünfzehn, und mein Spitzname war Duracell. Na ja, egal. Von mir aus kann's losgehen, wenn Sie bereit sind. Der Rollstuhl kommt übrigens mit, egal was Sie sagen. Das wird Ihnen nicht erspart bleiben, außer Sie zwingen mich zu Boden.«

»Sie Despotin«, sagte er und holte tief Luft, um sich für den Ausstieg zu wappnen.

Gaynors Hochzeit fand in einem Hotel vier Meilen außerhalb der Stadt statt. Obwohl es in der Nähe der Autobahnabfahrt lag, verfügte es über ein eigenes Gelände mit einem großen See, einer Schwanenkolonie und mehreren malerischen Plätzen, die mit dem Gedanken an Hochzeitsfotos extra angelegt worden waren. Maggie war schon mehrfach dort gewesen, und auf den stattgefundenen Hochzeiten war stets wild gefeiert worden. Die Gäste übernachteten fast ausnahmslos im Hotel, was zu einem sehr interessanten Verhalten führte. Sie hatte es nie nachgeprüft, hegte aber ihre eigene Theorie, warum die Geburtenrate nach so einem Ereignis neun Monate später häufig nach oben schoss.

Es hatte aufgehört zu schneien, so wie Maggie vermutet hatte, und auf den Straßen lag nur noch grauer Matsch. Das Hotel schien die Illusion einer bilderbuchartigen Schneelandschaft jedoch bewahrt zu haben. Der Rasen war mit glitzernden, weißen Flocken bedeckt, und Lichterketten funkelten in den Bäumen, die die Auffahrt säumten.

Die Trauung hatte am späten Nachmittag stattgefunden. Als sie für die abendliche Feier vor dem Hotel ankamen, war die Sonne untergegangen, und ein verführerischer Mond schien vom Himmel herab. Maggie spähte in das Gebäude und konnte erkennen, dass das wüste Gelage bereits in vollem Gang war und sich die Gäste auf der Tanzfläche tummelten. Gaynor nahm mit ihrem opulenten Kleid den meisten Platz ein. Eine der Brautjungfern hielt ihre Hände. Sie hatte sich wenigstens bei den Blumenkindern für zartere Kleider entschieden, was Maggie als eine Wohltat empfand. Sie musste beim Anblick der Hochzeitsgesellschaft unwillkürlich lächeln und fragte sich, wie der Trick mit der Spielzeugpistole gelaufen war.

»Warten Sie hier! Ich hole schnell die Sachen«, sagte Maggie, öffnete die Wagentür und stieg vorsichtig aus. Sie war hochhackige Schuhe nicht gewöhnt, und der Boden war noch immer eisig.

»Zu Befehl!«, antwortete Marco scherzhaft, während er beobachtete, wie sie nach hinten stöckelte. Sie sah wirklich klasse aus, dachte er. Wie ein zum Leben erwachtes präraffaelitisches Gemälde, mit dem leuchtenden kastanienroten Haar und den üppigen Kurven. Und die Schuhe … glänzend, schwarz und spitz. Fetischgeeignet für einen Mann. Wieder lernte er voller Staunen eine neue Seite von Maggie O'Donnell kennen. Sie sah aus wie eine zauberhafte, irdische Göttin und schien es nicht im Geringsten zu wissen.

Wobei er mit dieser irdischen Göttin den ganzen Tag dasselbe leidige Thema diskutiert hatte, Krücken oder Rollstuhl. Marco hatte darauf beharrt, dass der Rollstuhl ab jetzt der Vergangenheit angehörte, weil er nie wieder zu alter Stärke finden würde, wenn er weiterhin »mit seinem fetten Hintern in diesem fahrbaren Untersatz säße«. Sein Hintern war weit davon entfernt, fett zu sein, hatte Maggie ihm entgegnet, und dann den ärgerlichen Aspekt der Logik angeführt, dass er vielleicht zu fortgeschrittener Stunde und nach dem einen oder anderen Glas Alkohol froh über den Rollstuhl sein würde.

Sie hatte ihn zu dem Kompromiss gezwungen, dass sie beides mitnahmen, und er hatte zugestimmt. Er wusste, wann er sich logischen Argumenten gegenüber geschlagen geben musste. Immerhin war er Anwalt. Vor ihrer Abfahrt hatte er noch ein paar Schmerztabletten genommen und Rob und Leah ein Foto von seinem heruntergekommenen Hochzeitsoutfit geschickt, damit sie etwas zu lachen hatten. Jetzt war er bereit zu feiern, oder zumindest den Abend damit zu verbringen, seiner Begleiterin verstohlene Blicke zuzuwerfen. Zu Hause waren Hochzeiten normalweise erstklassige Gelegenheiten für Spaß und attraktive, weibliche Gesellschaft. Doch diese Frau hatte sein Gehirn völlig durcheinandergebracht. Wahrscheinlich würde er nicht einmal bemerken, wenn nackte Supermodels den Champagner servierten.

Sie erschien an der Beifahrerseite und zitterte in der eisigen Nacht so sehr, dass ihm beim Anblick der Gänsehaut auf ihren nackten Armen fast genauso kalt wurde. Sie hatte den Rollstuhl bereits auseinandergeklappt. Die Krücken lehnten an der Schiebetür. Sie hatten sich darauf geeinigt, dass er hineinging, nicht hineingeschoben wurde, aber sie schien ihre Meinung geändert zu haben.

»O bitte, fangen Sie jetzt nicht an mit mir zu diskutieren«, sagte Maggie, als er auf den Rollstuhl starrte, den sie ihm hingestellt hatte. »Seien Sie nett und setzen Sie sich hinein! Ich friere mir hier draußen den Hintern ab.«

Er lachte und begann vorsichtig auszusteigen. Zuerst hob er das gebrochene Bein heraus, dann drehte er sich auf dem Sitz, hielt sich am Türrahmen fest und zog sich hoch.

»Das wäre schade!«, meinte er und ließ sich mithilfe von Maggies fürsorglichen Händen in den Rollstuhl sinken.

»Halten Sie das mal bitte kurz fest!«, erwiderte Maggie und drückte ihm ihre Clutch und eine große, silberne Geschenktüte in die Hand. Er wagte einen Blick hinein und sah, dass sie voller Marzipanpralinen war. Dieses Geschenk wird den tollsten Kaffeeautomaten in den Schatten stellen, dachte er.

Sie schloss die Tür ab, schob ihn zum Hoteleingang und erklärte, dass sie seine Krücken holen würde, sobald er »versorgt sei«.

Als sie hineingingen, schlug ihnen ein ohrenbetäubender Lärm entgegen. Stühle und Tische, dekoriert mit violettsilbernen Tischdecken und Schleifen, standen in dem großen

Veranstaltungsraum an den Seiten. Die Gäste schienen allesamt schon genügend Alkohol intus zu haben, um den See draußen damit zu füllen. Überall standen Biergläser, Champagnerflöten, Flaschenbiere und Wein herum.

Ein DJ hatte sich auf der Bühne eingerichtet und freute sich vermutlich gerade über den einfachsten Auftritt seiner Karriere. Die Gästeschar war bereits angetrunken zur Feier erschienen. Er hätte wahrscheinlich auch einen Remix der moldawischen Nationalhymne spielen können, und die Leute hätten versucht, Macarena zu tanzen.

Gerade spielte er *Can't Get You Out of My Head* von Kylie Minogue, und die gesamte Tanzfläche pulsierte in unterschiedlichen rhythmischen Abstufungen. Das Alter umfasste das gesamte Spektrum, angefangen bei Kleinkindern, die man an ihren knubbeligen Händen führte, bis hin zu einem älteren Paar, das aussah, als hätte es zu Hause ein gerahmtes Telegramm der Queen an der Wand hängen. Aufgekratzt durch die Aufregung und die vermehrte Zuckeraufnahme in Form von Kuchen führten ein paar der jüngeren Kinder den in ihrer Altersklasse äußerst beliebten Tanzstil vor, den Maggie bei solchen Veranstaltungen schon häufig gesehen hatte. Er bestand darin, mit den besten Klamotten über den Boden zu rutschen und zwischen den Tanzbeinen der anderen zu verschwinden und wieder aufzutauchen.

Sie ließ den Anblick der Feier auf sich wirken und grinste. Alle schienen bisher einen schönen Tag gehabt zu haben, und ein noch schönerer Abend lag vor ihnen. Einen Augenblick bedauerte sie, mit dem Wagen gekommen zu sein, denn auf dieser Party würde ordentlich auf den Putz gehauen werden.

Maggie schob Marco zu einem Tisch, an dem einige Plätze frei waren, murmelte wenige Worte zu ihm und verschwand erneut hinaus in die Nacht, um die Zauberkrücken zu holen. Sie hätte sie natürlich draußen stehen lassen können, womit er in seinem Rollstuhl festsitzen würde. Doch wie sie Marco kannte, würde er eine Möglichkeit finden, aufzustehen und sich fortzubewegen, und es wäre wahrscheinlich nicht die sicherste Art. Er hatte ihr von seinem Leben in den Staaten erzählt, das darauf ausgerichtet war, mit seinem herrlichen Körper zu beeindrucken und ihn entsprechend einzusetzen … auf dem Football- oder dem Basketballfeld. Sie wusste, dass die Untätigkeit ihn verrückt machte.

Als sie zurückkehrte, hatte er zwei neue Verehrerinnen gefunden. Gaynor stand neben ihm. Wahrscheinlich wollte sie sich hinsetzen, doch die sagenhaften Ausmaße ihres Kleids ließen das zu einem kniffligen Unterfangen werden. Ihre sechsjährige Nichte, Ella, hockte auf Marcos Schoß und quietschte vor Vergnügen, da er mit dem Rollstuhl auf der Stelle kreiste, so schnell er konnte. Ihr Blumenmädchenkleid war bereits mit Schokolade bekleckert, und die Locken begannen, sich ihre Freiheit aus dem Haarreifen zu erkämpfen.

»Schneller, schneller!«, rief sie, die dünnen, kleinen Ärmchen um seinen Nacken geschlungen. Er gehorchte, was noch mehr begeisterte Schreie hervorrief. Dann blieb er unvermittelt stehen und keuchte, als wäre er erschöpft.

»Mehr! Noch mehr!«, verlangte Ella und hüpfte vor Aufregung auf seinem Schoß. »Das ist wie Karussellfahren!«

»Ich kann nicht mehr, mein Schatz«, sagte er und lächelte Maggie an. »Die Chefin ist wieder da. Außerdem ist mir richtig schwindelig. Und Hunger habe ich auch. Kannst du mir vielleicht etwas zu essen holen?«

Das kleine Mädchen nickte, sprang von seinem Schoß herunter und tapste mit mittlerweile nackten Füßen hinüber zum Büfett. Vermutlich wird sie sich den Rest ihres Lebens an ihn erinnern, dachte Maggie. Er hatte eine ganz natürliche Art mit Kindern und war der geborene Vater, egal wie viele Witze er über seinen Lebensstil als Junggeselle machte. Er war ein Mann, der eines Tages umgeben sein sollte von seinen eigenen Lucas und Ellens.

»Sie wissen schon, dass sie Ihnen nur Kuchen bringen wird, oder?«, sagte Gaynor, das Gesicht leicht gerötet von dem aufregenden Tag. Und womöglich von mehreren Gläsern prickelnden Champagners.

»Darauf baue ich«, erwiderte er mit einem verschmitzten Grinsen. »Ich bin nur wegen des Kuchens hier.«

Auch wenn Gaynor gerade frisch verheiratet war, blickte sie ihn dennoch ein bisschen hingerissen an und stutzte, als sie merkte, dass Maggie hinter ihm stand, die Krücken in den Händen.

»Maggie!«, schrie sie und umarmte sie, soweit das riesige Kleid und die Krücken es zuließen. »Ich bin so froh, dass du gekommen bist und Marco mitgebracht hast! Ich habe ihn sofort wiedererkannt. Er hat mir erzählt, was passiert ist, und dass er zurzeit bei dir wohnt. So wird ein Unfall zu einem Glücksfall, oder?«, sagte sie und knuffte Maggie ordentlich in die Seite, um sicherzugehen, dass sie den Witz mitbekommen hatte.

Maggie drückte Marco die Krücken in die Hand und griff nach dem Geschenk auf dem Tisch.

»Die Geschworenen sind sich darüber noch nicht einig. Er ist nicht einer der einfachsten Patienten. Wie auch immer … das hier ist für dich, Gaynor«, sagte sie. »Du hast es dir verdient.«

Gaynor öffnete die Tüte, und ihre Augen wurden so groß

wie Weihnachtskugeln. Sie leuchteten vor unbändiger Freude, die nur zu viel Konfekt in einer Frau auslösen kann.

»Marzipanpralinen! Und das in Unmengen! O Gott, Maggie, das ist das schönste Geschenk des Tages. Ich werde die Tüte am Ende des Abends mit aufs Zimmer nehmen und mir den Bauch damit vollschlagen. Jetzt muss ich aber los und mich unters Volk mischen. Ich muss meinen Gästen doch noch die Möglichkeit geben, die Weitwinkelobjektive einzusetzen, damit sie mein Kleid knipsen können! Holt euch was zu trinken und habt Spaß, ihr zwei. Bis nachher!«

Während Gaynors Worten war Marco damit beschäftigt gewesen, sich unter Zuhilfenahme seiner Krücken von dem Rollstuhl auf einen normalen Stuhl zu hieven. Mit ausgestreckten Beinen wirkte er noch viel größer.

»Sie scheinen mit sich selbst zufrieden zu sein«, sagte Maggie, setzte sich neben ihn und registrierte sein süffisantes Grinsen.

»Das liegt daran, dass ich es auch bin«, antwortete er und lehnte die Krücken gegen den Tisch. »Ich fühle mich wie ein starker, unabhängiger Italoamerikaner, der keinen Rollstuhl braucht, werte Schwester Maggie … Was ich allerdings in der Tat brauche, wenn Sie nichts dagegen haben, ist etwas zu trinken. Ich weiß, dass Sie uns später wieder nach Hause fahren werden, und ich verspreche Ihnen, mich nicht in einen lästigen Betrunkenen zu verwandeln, der Ihnen den ganzen Abend über dasselbe ins Ohr schreit. Aber wäre es möglich, dass Sie mir ein Bier besorgen? Wahrscheinlich könnte ich selbst zur Bar schwanken, aber ich möchte mir meine Kräfte für später aufbewahren, wenn ich mit Ihnen eine Runde auf der Tanzfläche drehe.«

»Oje!«, meinte sie und stand wieder auf. »Das würde ich

Ihnen nicht empfehlen. Ich bin keine großartige Tänzerin, schon gar nicht in diesen Schuhen. Gut möglich, dass ich Ihnen die Zehen breche, und das ist das Letzte, was Sie jetzt noch brauchen.«

»Glücklicherweise bin ich ein fantastischer Tänzer. Sie müssen sich also nur von mir führen lassen. Ich werde Ihnen schon alles beibringen, was Sie wissen müssen. Wir werden es nett und langsam angehen.«

Maggie spürte, wie sich diese gewisse Röte wieder auf ihren Wangen ausbreitete. Sie hätte genauso gut ihr ganzes Gesicht mit Rouge pudern können, bevor sie hierher gefahren waren. Irgendwie hatte dieser Mann einen Schalter in ihrem Kopf umgelegt, der alles, was er sagte, zweideutig erscheinen ließ. Sie hoffte nur, dass ihre Gehirnströme nach seiner Abreise wieder zum Normalzustand zurückkehrten.

»Mal sehen«, erwiderte sie unverbindlich. »Okay. Getränke. *I'll be back*«, fügte sie hinzu und ahmte Arnie auf jämmerliche Weise nach.

Einige Stunden später ging es hoch her. Eine Live-Band spielte auf der Bühne eine Version von *Mustang Sally,* die selbst die Bedienungen mithüpfen ließ, und Gaynor und Tony hatten ausgesprochen unanständige Reden gehalten. Mehrere Kinder waren bereits eingeschlafen und lümmelten entweder als kleine, gut gekleidete Häufchen auf den Stühlen oder im Schoß der Eltern herum, und einige lagen einfach unter den Tischen und schnarchten fröhlich vor sich hin wie erschöpfte Welpen.

Auf den Tischen standen mittlerweile überall Papierteller mit Hühnerbeinen, halb aufgegessenen Blätterteigpasteten und Resten von Schokoladenbiskuit herum. Das Personal schlich durch den Raum mit großen, schwarzen Plastiktüten und versuchte, das Chaos einigermaßen zu beseitigen. Die Servicekräfte hinter der Bar hatten das Gefühl, einen Wellnessurlaub zu brauchen, um sich von dem ständigen Kommen und Gehen zu erholen.

Maggie hatte ein herrliches, prickelndes Glas Champagner getrunken, bevor sie zu prickelndem Mineralwasser übergegangen war, und Marco hatte mehr als ein paar Flaschen Bier geleert. Er war durch den Raum gehumpelt, allein zur Toilette gegangen und hatte mit fast jedem geplaudert. Den Rollstuhl hatte er den Kindern ausgeliehen, die damit spielten. Mehrere Dutzend Menschen hatten sich auf seinem Gips verewigt und unlesbare Botschaften darauf gekritzelt, neben wahllos gemalten Herzen und Smileys. Sein Haar war völlig zerzaust, und die Krawatte saß locker und ein paar Zentimeter weiter unten als zu Beginn des Abends. Bis jetzt hatte er jedoch Wort gehalten und sich nicht in einen Betrunkenen verwandelt, der ihr den ganzen Abend andauernd dasselbe ins Ohr schrie.

Der DJ, der während seiner Pause, in der die Band gespielt hatte, die ganze Zeit intensiven Kontakt mit Gaynors jüngerer Schwester gepflegt hatte, war wieder im Einsatz und legte passend zur Jahreszeit einen Weihnachtshit nach dem anderen auf.

Maggie und Marco lachten sich schief, als der Vater der Braut zu *Jingle Bell Rock* einen richtigen Rock 'n' Roll aufs Parkett legte und sich seine über sechzigjährige Frau so schwungvoll über die Schulter warf, dass ihr Rock hochwehte und ihre Miederhose aufblitzte. Zu *Fairytale of New York* wurde wild Pogo getanzt, und die gesamte Gästeschar, einschließlich Maggie und Marco, schrie an den bekanntesten Stellen fröhlich mit. Dann sangen alle inbrünstig mit bei *I Wish It Could Be Christmas Every Day*.

Maggie wusste nicht, ob man in Chicago genauso feierte wie in England, doch Marco schien jede Minute zu genießen. Seine funkelnden haselnussbraunen Augen erfassten alles, er sang (schief) und klopfte mit dem unversehrten Fuß zum Takt der Musik. Auch wenn Maggie nüchtern war, konnte sie sich nicht daran erinnern, je so viel Spaß auf einer Hochzeit gehabt zu haben, was wohl teilweise an der Atmosphäre lag, Gaynors Großfamilie war genauso laut und liebenswert wie sie, aber auf jeden Fall auch an Marco. Das war Maggie klar. Sie hatte jemanden, mit dem sie all das teilen konnte.

Normalerweise hätte sie sich jetzt still und leise davongeschlichen, um zu Hause einen Kakao zu trinken, ein gutes Buch zu lesen und nachzusehen, ob Ellen in ihrem Bett lag und atmete. Gelegentlich auch um sie in die stabile Seitenlage zu bringen, wenn sie befürchtete, dass sie zu viel getrunken hatte. Anschließend wäre sie dann unter ihre Bettdecke geschlüpft, allein. So wie immer. Obgleich sie es geschafft hatte, irrwitzig jung schwanger zu werden, hatte Maggie noch nie eine ganze Nacht mit einem Mann verbracht. Noch nie unter einer Bettdecke gekuschelt, noch nie Löffelchen oder entspannt in den Armen eines anderen Menschen geschlafen.

Das Positive daran war, dass sie sich noch nie hatte darüber Gedanken machen müssen, im Bett zu pupsen oder mit schlechtem Atem aufzuwachen. Sie hatte ihr Leben sich selbst gewidmet. Beziehungsweise genauer gesagt, Ellen.

Doch heute Abend hatte sie sich nicht allein gefühlt. Eigentlich die gesamten letzten Wochen nicht. Was an ihm lag. An diesem großen, muskulösen, witzigen und seltsamerweise feinfühligen Mann, der neben ihr saß. Während der Arbeit hatte er sie zum Lachen gebracht, und ihr abends Gesellschaft geleistet. Sie hatten zusammen Pizza gegessen, Bier getrunken und ferngesehen. Sie hatte mit jemandem reden können, der kein verdammter Verwandter war und den sie nicht schon ihr ganzes Leben lang kannte.

Sie wusste, dass der Moment kommen würde, wo sie sich darüber Gedanken machen musste, was nach seiner Abreise passieren würde. Wenn er in sein eigenes Leben zurückhumpeln würde, Tausende Kilometer weit weg, und sie versuchen musste, in ihres zurückzukehren. Wahrscheinlich würde er sich befreit fühlen, aber sie? Da war sie sich nicht so sicher. Es war fast so, als ob ihr ein Einblick in ein anderes Leben gewährt worden war. Ein verstohlener Blick hinter den magischen Vorhang der Normalität anderer Menschen.

Während der DJ mit *Last Christmas* von Wham! einen Gang herunterschaltete, kam sie zu dem Schluss, dass es noch nicht an der Zeit war, sich darüber Gedanken zu machen. Jetzt stand das Vergnügen an erster Stelle, nicht das Grübeln. Die Realität würde sie schon noch früh genug einholen.

»Ein Tänzchen gefällig, die Dame?«, unterbrach Marco ihre Gedanken und streckte ihr die Hand entgegen. »Das Lied ist so langsam, dass selbst ich einen Tanz hinkriegen müsste ...«

»Nein, nicht darauf«, antwortete sie und ignorierte die Hand. Ihn ohne medizinischen Beweggrund zu berühren, kam der Aufforderung nach Problemen gleich. »Auf keinen Fall. Genau genommen auf gar kein Lied. Sie haben ein gebrochenes Bein. Sie sind betrunken. Und ich kann nicht tanzen.«

»Ach, Sie Spaßverderberin!«, antwortete er und lachte. »Außerdem, warum nicht auf dieses Lied?«

»Weil mir damit jemand das Herz gebrochen hat, als ich fünfzehn war. In der Schuldisco. Ich stand total auf einen

Jungen namens Martin Tellwight. Als die langsame Musik einsetzte für die Schieber, knutschte er mit Gemma Long auf der Tanzfläche herum. Das werde ich nie vergessen.«

»Oje, was für eine traurige Geschichte. Vielleicht ist es an der Zeit, neue Erinnerungen zu schaffen?«

Maggie betrachtete die Menge. Zahlreiche Paare tanzten eng aneinandergeschmiegt, einschließlich Tony und Gaynor, die ihr Kleid gegen einen Strampelanzug im Leopardenmuster getauscht hatte. Viele schwankten und knutschten herum, der Alkohol zeigte deutlich seine Wirkung. Einige waren wahrscheinlich miteinander verheiratet. Und andere schufen nach Marcos Definition gerade neue Erinnerungen, wenn sie sich überhaupt noch an etwas erinnern konnten am nächsten Morgen.

Das Lied ging zu Ende, und der DJ spielte für sein Publikum noch einmal *The Power of Love* von Frankie Goes to Hollywood.

Marco zog sich am Tisch hoch und klemmte sich eine Krücke unter den Arm.

»Kommen Sie«, sagte er und deutete auf die Tanzfläche. »Das ist es. Ganz bestimmt. Das hab ich im Gefühl. Daraus können wir unser Lied machen, und Sie können jedes Mal lachen, wenn Sie es hören und ich wieder weg bin. Sich daran erinnern, wie Sie sich in der Weihnachtszeit um den humpelnden Ami kümmern mussten.«

Sie blickte ihn zögerlich an, und er merkte, dass sie noch immer nicht überzeugt war. Dass sie noch immer vorsichtig war und ihren Schutzmantel trug.

»Maggie, wenn Sie jetzt nicht mit mir kommen, werde ich allein tanzen, und dann werden mich alle bedauern«, sagte er. »Und Sie wissen genau, wie sehr ich das hasse. Ich habe mittlerweile den einbeinigen Hopser geschafft, den habe ich die ganze Nacht geübt, und ich bin mir ziemlich sicher, dass ich auch den einbeinigen Schieber meistern werde. Abgesehen davon, nur fürs Protokoll, Ms. O'Donnell, gestrenge Hüterin der Sittsamkeit, ich bin definitiv *nicht* betrunken. Denn wenn ich das wäre, würde ich auf dem Tisch tanzen und fremde Frauen ermuntern, mir Geld in die Hose zu stecken.«

Maggie verdrehte die Augen und murmelte so etwas wie »das behaupten alle Betrunkenen«, stand aber schließlich auf. Sie griff nach der Hand, die er ihr entgegenstreckte, und sie wagten sich behutsam zum Rand der Tanzfläche vor. Maggie führte Marco zu einer Stelle nahe einer Wand, sollte er doch mehr Halt brauchen außer ihr und seiner Krücke.

Als das Lied erklang, das insgeheim eines ihrer Lieblingslieder war, und Holly Johnsons bittersüße Stimme alle mitriss, ließ sie es zu, dass er sie zu sich zog, den Arm fest um ihre Taille gelegt, bis sich ihre Körper berührten.

Sie lehnte den Kopf an seine Brust und schlang die Arme um ihn. Dann gab sie sich dem Moment und irgendeinem Grundbedürfnis, ihm nahe zu sein, hin und spürte, wie sie kopfüber in ein schwarzes Loch neuer und beängstigender Gefühle fiel. Es war nur ein Tanz, sagte sie sich. Nur ein Tanz in einem vollen Raum. Doch dieser Tanz löste in ihr gleichzeitig das Gefühl unbändiger Freude und unbändiger Angst aus und führte ihr vor Augen, wie mühelos dieser Mann sie an ihren so sorgfältig geschaffenen Säumen auseinanderreißen konnte.

Seine Hand blieb auf ihrem Rücken liegen. Er spreizte die Finger und streichelte sie sanft, sinnlich und bestimmt.

Die Lichter waren gedämpft worden und warfen flackernde Schatten. Sie nahm nur Marco wahr. Seine Arme, die sie hielten. Seine Finger, die sie berührten. Seine Schenkel, die sich gegen ihre pressten. Seine Lippen, die sanft ihre Stirn streiften.

Er hielt sie fest in seinem Arm, während seine Hüften sich langsam zum Takt der Musik bewegten. Die Muskeln auf seinem Rücken spannten sich unter Maggies Berührung an und lockerten sich wieder. Ohne sich zu fragen, was sie da machte, seufzte sie tief in seine Brust, schloss die Augen und stellte sich vor, dass sie die einzigen Menschen in diesem Raum waren. Die einzigen Menschen auf der gesamten Welt.

»He, Maggie«, flüsterte er, und er war ihr so nahe, dass sie die Wärme seines Atems spüren konnte. Sie blickte auf. In diese Augen. In diese wunderschönen haselnussbraunen Augen, die ihren Blick erwiderten. Auf seinem herrlichen Mund breitete sich zaghaft ein eigenartiges Lächeln aus.

Sie wusste, was gleich passieren würde, und sie konnte es nicht verhindern. Sie wollte es nicht verhindern. Sie besaß nicht einmal den Willen dazu.

Er sah sie einen Augenblick an und stellte still die Frage, ehe er sich zu ihr hinbeugte und sie küsste. Seine Lippen waren weich, als sie ihre berührten. Sanft und tastend, als wollte er ihr noch einmal die Möglichkeit geben, es sich anders zu überlegen.

Als das nicht geschah und sie auf den Kuss reagierte, indem sie den Atem anhielt und ihn mit zitternden Händen berührte, wurde er intensiver, wuchs und entwickelte sein eigenes Leben.

Seine Hände wanderten über den sanften Bogen ihres Rückens hinauf zu ihrem Haar, wo seine Finger in ihre Locken glitten, während er sie noch enger an sich zog. Beide hatten aufgehört zu tanzen und gaben sich diesem Kuss hin, gaben sich dem anderen hin. Sie spürte, wie ihr Körper sich in seinen ergoss wie Wasser, spürte den Funken zwischen ihnen, spürte ein Gefühl, als durchströmte sie eine warme, weiche Flüssigkeit.

Ihre Finger berührten sein Gesicht, strichen über seine Wangenknochen und seinen Kiefer und tauchten ein in sein dunkles, welliges Haar. Ihr ganzer Körper kribbelte, er stand in Flammen und flehte, dass er seine Lippen nicht von ihren löste. Flehte, dass er sie ewig küsste, dass er nie aufhörte, dass er sie ewig so fühlen ließ.

Als er dann schließlich doch aufhörte, weil beide atmen mussten, sagte keiner ein Wort. Eng umschlungen blickten sie sich in die Augen, während andere Paare tanzend an ihnen vorbeizogen. Die Zeit schien völlig zum Stillstand gekommen zu sein.

»Was ist hier gerade passiert?«, fragte Maggie atemlos mit großen, glänzenden Augen, während die Wirklichkeit langsam zurückkehrte.

»Ich weiß es nicht«, antwortete Marco und strich mit dem Handrücken über ihre Wange. »Muss an dem Lied gelegen haben ...«

# KAPITEL 16

»Wegen gestern Abend …« sagte Maggie, als sie Marco seinen dringend benötigten Becher dampfenden Koffeins in die Hand drückte.

»Ich fand den Film klasse«, antwortete Marco, nahm dankbar den Kaffee entgegen und trank einen Schluck. »Demi Moore war echt heiß.«

»Nicht so heiß wie Rob Lowe.«

»Oder dieser Kaffee.«

»Darüber kann man streiten … wie auch immer. Ist alles in Ordnung? Ich möchte nicht, dass irgendwas … zwischen uns steht.«

Das war untertrieben, dachte Maggie. Auf der Rückfahrt hatten sie fast nur geschwiegen. Beide waren sich darüber im Klaren, dass sie eine Grenze überschritten hatten, die etwas verändert hatte, was nicht mehr rückgängig zu machen war. Sie hatte keine Ahnung, was er in dem Moment dachte. Er schien nur ruhiger und zurückhaltender als normal zu sein. Es hatte keine Wortgeplänkel, keine Witze, keine beruhigende Hand auf dem Knie gegeben. Die Situation war angespannt gewesen, genauer gesagt, eher verwirrend. Als würden beide alles gedanklich abwägen.

Sie wusste, dass er müde gewesen war. Erschöpft von dem ersten richtigen Ausflug in die wahre Welt seit dem Unfall. Möglicherweise etwas betrunkener, als er dachte. Den Weg zu ihrem Haus hatte sie ihn begleitet. Das noch immer eisige Pflaster hatte er hüpfend hinter sich gebracht, und sie hatte sich vergewissert, dass er sicher drinnen angekommen war, ehe sie wieder zum Auto zurückgekehrt war, um den Rollstuhl zu holen.

Als sie zurückgekommen war, hatte er auf dem Bett gelegen und zur Decke gestarrt. Sie war einen Augenblick im Türrahmen stehen geblieben, da sie nicht genau gewusst hatte, wie sie reagieren sollte. Auch wenn sie vierunddreißig Jahre alt war und Mutter einer Tochter, hatte sie in ihrem bisherigen Leben keinerlei Erfahrung gesammelt, um auf diese Art Situation vorbereitet zu sein. Wenn es so gewesen wäre, hätte sie vielleicht lachen und es als Abenteuer verbuchen können. Es als gestohlenen Kuss auf einer Hochzeit abtun können. So was passierte die ganze Zeit, das wusste sie. Nur ihr nicht.

Sie hatte ihn gefragt, ob er noch etwas bräuchte, was er verneint hatte. Als sie sich daraufhin umgedreht hatte, um zu gehen, hatte er sie noch einmal gesprochen.

»Maggie«, hatte er leise gesagt, immer noch fasziniert von den Rissen im Stuck der Decke. »Fahr mit mir nach Schottland!«

Sie war froh gewesen, dass er sie dabei nicht hatte ansehen können. Ihre Augen waren nämlich so weit aufgerissen gewesen, dass sie geglaubt hatte, sie würden herausfallen, und sie hatte auf ihren hochhackigen Schuhen geschwankt. Sie hatte es in dem Moment kaum erwarten können wegzulaufen, sich in ihren Bereich nach oben zurückzuziehen, umgeben von ihren Familienfotos und Büchern, sich unter der Bettdecke zu verstecken, sich wieder sicher, wieder normal und entspannt zu fühlen. Nur ein einziger Kuss von diesem Mann hatte sie so durcheinandergebracht, dass sie nicht mehr klar denken konnte. Eine Autoreise mit ihm zu machen, weg von ihrem Zuhause, weg von ihrem Geschäft, weg von ihrem kleinen, aber zufriedenstellenden Leben, ohne Isabel und Michaels Hochzeit zu erleben, hörte sich genauso entspannend an wie ein Spaziergang durch einen mit Steaks ausgelegten Löwenkäfig.

»Vielen Dank, aber die Antwort ist Nein«, hatte sie nur geantwortet, ehe sie die Tür hinter sich geschlossen und sich gewünscht hatte, sie abschließen zu können.

Nachdem sie den ganzen Abend nüchtern geblieben war, hatte sie sich mit einem sehr großen Glas Wein auf ihr Zimmer begeben, um sich einen Rausch anzutrinken. Es ging alles zu schnell. War zu verwirrend. Zu anders. Weihnachten ohne Ellen und Paddy. Er hier. Dieser Kuss, der ihr die Sinne geraubt hatte. Es war wie ein Festspiel der ersten Male, und sie war sich nicht sicher, ob ihr das gefiel. Ob ihr Fundament fest genug war, um diesem plötzlichen Wandel standzuhalten.

Der Wein hatte seinen Zweck erfüllt, und sie hatte überraschend gut geschlafen. Auch wenn sie aufgeregt und mit roten Wangen aufgewacht war nach einem äußerst erotischen Traum, in dem der Mann im Erdgeschoss und eine Riesenportion Schlagsahne eine Rolle gespielt hatten. Der erotische Aspekt war jedoch leicht gestört worden durch das surreale Auftauchen von Nanny McPhee als sexy Krankenschwester, die eine Saugglocke schwang, was wieder einmal bewies, dass das Unterbewusstsein ein äußerst merkwürdiger Ort war. Als sie sich aufsetzte, blinzelte und die müden Augen übungshalber auf- und wieder zumachte, begriff sie, dass Nanny McPhee in der realen Welt tatsächlich eingetroffen und sie davon wach geworden war.

Sie blieb oben, duschte, werkelte herum und schindete Zeit heraus, um einer weiteren Begegnung mit einem nackten, männlichen Oberkörper im Wohnzimmer aus dem Weg zu gehen, und wartete, bis die Krankenschwester wieder gegangen war. Sie lauerte auf dem Treppenabsatz, bis sie die Tür zuschlagen hörte und sie sich sicher sein konnte, dass Marco bekleidet war. Dieser Morgen würde auch so schon merkwürdig genug werden. Dem Chaos musste nicht noch der Anblick eines halb nackten Mannes hinzugefügt werden.

Sie war beim Herumwerkeln und Zeitschinden zu dem Schluss gekommen, dass sie alles zu ernst nahm. Sich zu sehr den Kopf zerbrach. Die Sache unnötig aufbauschte. Es war nur ein Kuss gewesen, der in einem betrunkenen Zustand passiert war, was ihn betraf. Es war weiß Gott nicht der einzige Kuss, der dort gestern Abend zwischen zwei Menschen ausgetauscht worden war. Alle hatten sich auf diese Weise vergnügt. Es war jene Art Party gewesen. Und ihre Aufgabe bestand im Augenblick darin, Marco zu helfen, wieder gesund zu werden, und nicht, ihn wie einen Aussätzigen zu behandeln, nur weil er fraglos einem einfachen, männlichen Instinkt gefolgt war. Mann plus Bier plus Frau gleich küssen. Es hatte keinerlei Bedeutung, und sie musste damit umgehen wie ein erwachsener Mensch, die Treppe hinuntergehen und reinen Tisch machen. Alles wieder ins Lot bringen zwischen ihnen. Immerhin gab es heute noch eine Hochzeit, die sie hinter sich bringen mussten, verdammt noch mal.

Als er ihr jetzt gegenübersaß, das sich im Nacken kringelnde Haar noch feucht, den Kaffeebecher in den großen Händen, schien es nicht ganz so einfach zu sein. Er folgte nicht dem Drehbuch, das sie in ihrem Kopf vorbereitet hatte, und sein niedergeschlagener Gesichtsausdruck verriet ihr, dass er sich ebenfalls den Kopf zerbrochen hatte. Ihr war nicht bekannt, dass Männer das auch taten.

»Okay«, sagte er schließlich, blickte auf und sah ihr in die Augen. »Ich habe verstanden. Ich will auch nicht, dass irgendwas zwischen uns steht. Aber keine Sorge, wir müssen deshalb keine Nachbesprechung abhalten. Ich war betrunken. Ich habe die Situation ausgenutzt. Ich habe dich geküsst. Es tut mir leid. Vielleicht sollten wir es einfach dabei belassen.«

Er klang erschöpft, bedauernd. Als wäre er zusätzlich zu einem Kater noch mit einem Selbstwertproblem aufgewacht.

»Marco, es war nicht ganz so … Du hast dich nicht in einen Höhlenmenschen verwandelt und mich gegen meinen Willen dazu gezwungen. Du hast mich einfach nur geküsst. Und ich … ich hatte nichts dagegen.«

»Du hattest nichts *dagegen?*«, sagte er, und in seine Stimme schlich sich wieder ein Hauch von einem Lachen. »O Mann. Das hört sich ja nach einer glühenden Empfehlung an. Wie ich sehe, habe ich meinen Schlag bei Frauen nicht verloren.«

»Okay. Vielleicht habe ich mich falsch ausgedrückt. Mir hat es gefallen … ein bisschen.«

»Wie viel ist ein bisschen?«, fragte er und ergriff die Möglichkeit eines lockeren Tonfalls. »Und denk an mein armes, geschundenes Ich, bevor du die Frage beantwortest.«

Es waren die aufregendsten Minuten meines ganzen Lebens, sagte sie sich. Das erste Mal, dass ich je solche Gefühle hatte. Das einzige Mal, dass ich einen Mann mehr wollte als meine Einsamkeit. Der sinnlichste und erregendste körperliche Kontakt, den ich je erlebt habe. Und das alles trotz der Tatsache, dass wir in der Öffentlichkeit waren. Und du betrunken warst. Sie fragte sich, wie er reagieren würde, wenn sie das alles sagte. Wahrscheinlich würde er so schnell zur Haustür hüpfen, wie er konnte, aus Angst, sie könnte sich in eine Kathy Bates verwandeln wie in *Misery* und ihn ans Bett fesseln.

»Größer als ein Sandkorn, aber kleiner als ein Keks«, antwortete sie stattdessen. »Irgendwo dazwischen ... Aber wie du schon gesagt hast, wir müssen keine Nachbesprechung abhalten. Wir sind beide erwachsen. So was passiert. Ich denke nur, dass es sich nicht wiederholen sollte. Das ist alles.«

Noch während sie die Worte sagte, fragte sie sich, ob sie der Wahrheit entsprachen. Ein Teil von ihr wollte *durchaus*, dass es noch einmal geschah. Wollte noch viel mehr. Wollte geradewegs zu ihm ins Bett hüpfen und der Natur freien Lauf lassen. Wollte erleben, ob der Zauber dieses Kusses sich in das Feuerwerk verwandeln würde, das sie vermutete.

Doch das wäre nicht klug. Das wusste sie. Sie mochte Marco. Vielleicht mochte sie ihn sogar ein bisschen zu sehr. All das verwirrte sie, und sie war das nicht gewöhnt. Sie hatte sich und Ellen ein funktionierendes Leben aufgebaut, in dem Komplikationen wie diese aus gutem Grund nicht vorgesehen waren. Es war einfacher so, sicherer. In ein paar Tagen würde er für immer aus ihrem Leben verschwinden. Und sie wünschte ihm alles erdenklich Gute. Wünschte ihm Gesundheit, Glück, Liebe, eine Hochzeit und Kinder. All das, was sie ihm nicht geben konnte. Eine Wiederholung von gestern Abend würde sie auf einen Weg bringen, der kein Happy End hatte, auf jeden Fall nicht für sie.

»Gut, Maggie« erwiderte er, stellte den Kaffeebecher ab und streckte die Arme in die Luft wie ein fauler Kater. »Das ist wahrscheinlich das Beste. Wann ist denn heute die nächste Hochzeit? Eins sage ich dir, wenn es dort keinen Kuchen gibt, werde ich echt wütend.«

# KAPITEL 17

Lucy Allsops Hochzeit war völlig anders als die von Gaynor. Was logisch war, denn Lucy war auch eine völlig andere Frau als Gaynor. Das geschmackvolle Kleid, das dezente Make-up, die wunderschöne Frisur, alles wies auf Klasse hin.

Aber auch auf Anspannung, fand Maggie. Die arme Lucy hatte die Trauung wie eine Schlafwandlerin hinter sich gebracht und stand jetzt vor ihren Gästen, als würde sie sie zu einer Beerdigung empfangen und nicht, um mit ihnen den schönsten Tag ihres Lebens zu feiern.

Als Maggie und Marco den Kopf der wartenden Schlange erreicht hatten, machte die junge Frau den Eindruck, als würde sie vor Stress gleich aus ihren schicken Hochzeitsschuhen kippen. Ein warmherziges Lächeln erschien auf ihrem angespannten Gesicht, als sie die beiden auf sich zukommen sah. Sie streckte Maggie die Hände entgegen und warf einen verwirrten Blick auf ihren Begleiter. Jenen Begleiter, der ihr gleichzeitig irgendwie bekannt, aber wiederum auch unbekannt vorkam.

»Das ist sein Zwillingsbruder«, klärte Maggie sie auf und erriet ihre Gedanken. Lucy hatte Rob in ihrem Laden kennengelernt, und Marco ähnelte ihm so, dass man verdutzt eine Augenbraue hochzog.

»Oh«, sagte Lucy leise. »Es gibt zwei davon?«

Ein kleines Grinsen umspielte ihre Lippen. Es war wohl das erste Lächeln an diesem Tag, und sie schüttelte seine Hand.

»Ich weiß«, erwiderte Maggie. »Wer hätte das gedacht? Geht es dir gut, Lucy?«

Offensichtlich nicht, und so erschien die Frage fast sinnlos. Maggie war eine Expertin, was Hochzeiten betraf, und eine Braut am Rande eines Nervenzusammenbruchs erkannte sie sofort.

»Äh ... ja, natürlich. Es war bisher nur ein langer Tag, das ist alles. Irgendwie scheint die Familie eine Art gemeinsame Hysterie entwickelt zu haben, und ... na ja, mir tun die Füße weh.«

Maggie nickte und betrachtete sie mit einem freundlichen Lächeln.

»Darf ich dir als Frau, die schon einige Hochzeiten erlebt hat, einen Rat geben? Zieh die Schuhe aus! Trink ein Glas Champagner oder auch zwei. Und vergiss eins nicht, du bist hier, weil ihr beide, du und Josh, euch liebt. Ihr liebt euch so sehr, dass ihr bereit wart, euch aneinander zu binden und den Rest eures Lebens gemeinsam zu verbringen. Alles andere, die Gäste, die Schwiegereltern und selbst das Kleid, wenn ich das sagen darf, sind unwichtig. Eine Nebensächlichkeit. Du hast heute die Liebe deines Lebens geheiratet, und das hier ist erst der Anfang für euch beide, nicht das Ende. Daran solltest du denken, und dann wirst du den Rest dieses Tages überstehen und ihn vielleicht sogar genießen. Okay?«

Lucy nickte, und die Anspannung schien durch Maggies Worte etwas von ihr abzufallen. Sie drückte der Braut noch einmal die Hand und spazierte in den Empfangssaal.

Marco blieb noch einen Augenblick bei Lucy stehen. »Und übrigens, Sie sehen absolut fantastisch aus«, hörte sie ihn sagen.

Maggie merkte, wie sie unwillkürlich lächeln musste, und wusste in dem Moment genau, dass die arme Lucy Allsop, jetzt Morgan, ihm mit roten Wangen hinterherblickte.

»Ihr Cavelli-Männer scheint bei Frauen immer den richtigen Ton zu treffen«, meinte Maggie und blieb stehen, damit Marco sie einholen konnte.

»Tja, was soll ich sagen? Meine Mutter hat mich gut erzogen. Und Lucy sieht fantastisch aus. Aber auch etwas angestrengt, doch das kann ich ihr nicht verübeln. Diese Feier hier wird ganz anders werden als die von Gaynor, oder?«, fragte er, während sie an ihrem Tisch Platz nahmen.

Der gesamte Raum war weiß dekoriert mit zahlreichen geschmackvollen Blumenarrangements aus hellen Rosen und Lilien. Klassische Musik, gleichermaßen geschmackvoll, erklang von einem Krawatten tragenden Streicherquartett in der Ecke. Die anderen Gäste sahen elegant und wohlhabend aus. Die Gesichter waren sonnengebräunt, was nur auf einem soeben verbrachten Skiurlaub beruhen konnte, und sie unterhielten sich in einem leisen, gedämpften Ton miteinander. Keiner dieser Gäste würde sich betrinken oder mit einem völlig Fremden auf der Feier herumknutschen. Es würden keine Kinder über den Boden rutschen oder kitschige Weihnachtslieder erklingen und bestimmt nicht die Miederhosen älterer Damen aufblitzen.

»Leider nicht«, antwortete Maggie und griff sehnlich nach zwei Gläsern Champagner, die ein vorbeigehender Ober auf einem Tablett balancierte. »Aber wenigstens kann ich hier etwas trinken.«

Die Trauung war in einer großen Kirche in Oxford unweit von Jericho vollzogen worden, und der Empfang fand in einem sehr schicken Hotel in der Nähe des Flussufers statt. Alles war fußläufig oder in Marcos Fall rollstuhlläufig erreichbar. Da der Schnee zu schmelzen begonnen hatte, war die Strecke leichter zu bewältigen. Maggie hatte ihre Stiefel angezogen und die hochhackigen Schuhe in eine größere Handtasche gesteckt für später. Sie waren zur Kirche spaziert, Marcos Krücken auf dem Schoß, die gelegentlich Passanten streiften, wenn sie zu dicht an ihm vorbeigingen. Sie hatte ihn im Vorbeigehen auf die Colleges aufmerksam gemacht wie eine richtige Fremdenführerin, ihm den Pub gezeigt, wo sie sich den ersten Rausch ihres Lebens angetrunken hatte, den besten Fish-and-Chips-Laden der Stadt und das Godwin College, an dem Ellen studierte.

Sie hatten zusammen in einer der hinteren Reihen in der vollen Kirche gesessen, die fragenden Blicke der Gäste ignorierend, die Marcos Kombination aus Jogginghose und Hemd missbilligten, und verfolgt, wie Lucy langsam und perfekt den Gang hinuntergeschritten war. Hier und da hatten Gäste beim Anblick des Kleides begeistert nach Luft geschnappt, was in Maggie wie üblich Freude ausgelöst hatte.

»Toll!«, sagte Marco und beugte sich zu ihr. »Das hast du gemacht?«

»Ja. Ganz allein«, flüsterte sie zurück und lächelte. »Beeindruckt?«

»Und ob. Es ist umwerfend.«

»Ich kann dir auch eins nähen, wenn du willst«, scherzte sie und musste innerlich kichern bei dem Gedanken, welch riesigen Vorrat an Spitze sie sich zulegen müsste, um Marcos Körper darin einzuhüllen.

»Vielen Dank, aber ich glaube, ich würde eine sehr hässliche Braut abgeben.«

Glücklicherweise hatte Lucy eine wunderschöne Braut abgegeben, auch wenn sie strahlte wie ein im Kühlschrank übrig gebliebener alter Kopfsalat.

Nach der Trauung waren sie die kurze Strecke zu dem Hotel zu Fuß gegangen, in dem der Hochzeitsempfang stattfand, der das genaue Gegenteil eines spaßigen Fests zu werden schien. Maggie fühlte eine Art Verbundenheit mit den Kellnern, die den Champagner servierten. Sie war auf diesen vornehmen Feiern stets nervös, und das Verhältnis zwischen ihr und Marco war noch nicht wieder ganz das alte. Beide bemühten sich, doch sie waren auch angespannt. Zu dem lockeren Wortgeplänkel, das sie früher so genossen hatten, hatten sie noch nicht wieder zurückgefunden.

Hoffentlich ließ sich das alles durch Zeit und ein vertretbares kleines Quantum an Alkohol lösen, dachte sie und leerte ihr Glas. Sie folgte dem Rat, den sie Lucy gegeben hatte, und zog unter dem Tisch die Schuhe aus. Leicht stirnrunzelnd ließ Marco seinen Blick über die anderen Gäste schweifen.

»Was ist?« fragte sie sofort. »Hast du Schmerzen?«

»Nein«, antwortete er und wandte sich wieder zu ihr um. »Ich bin wie Superman. Ich spüre keine Schmerzen. Mir ging nur gerade durch den Kopf, dass mich das hier an zu Hause erinnert. Also an das, was ich an zu Hause nicht so gern mag. Meistens gehe ich meine eigenen Wege, aber ich habe schon an vielen Veranstaltungen wie dieser hier teilnehmen müssen. Gesellschaftliche Termine. Familiäre Termine. Zusammenkünfte, wie meine Mutter sie nennt. Rob kann mit diesen Pflichtterminen besser umgehen, das heißt, zumindest seit er wieder aus seinem schwarzen Loch aufgetaucht ist. Er leitet die Firma und muss den größten Teil des freundlichen Händeschüttelns und Plauderns übernehmen, ich bin nur Chef der Rechtsabteilung. Doch auch mir bleibt so was nicht erspart, und ich empfinde es immer als eigenartig. Zu viele Leute machen sich mehr Gedanken um die Kleidung der anderen als um den Grund ihres Kommens.«

»Ich weiß, was du meinst«, erwiderte Maggie und sah sich um. »Die Kleider in diesem Raum kosten wahrscheinlich mehr als mein Haus. Ich hoffe, du kannst mir verzeihen, dass ich eine Schlampe bin, die zwei Tage hintereinander dasselbe Kleid trägt.«

»Ich kann jeder Frau verzeihen, die das Wort ›Schlampe‹ tatsächlich in den Mund nimmt«, sagte er und grinste. »Außerdem siehst du noch immer besser aus als die meisten dieser Trottel hier. Wie lange müssen wir noch hierbleiben? Können wir uns davonmachen? Irgendwas Witziges anstellen, wie zum Beispiel uns gegenseitig mit Batteriesäure überschütten?«

Maggie dachte nach. Blickte auf das Menü. Blickte auf die teuren Flaschen Wein, die auf dem Tisch standen. Blickte zu den anderen Gästen.

»Wir müssen bleiben, um unser doppelt gebackenes Ziegenkäse- und Walnusssoufflé und das gebratene Stubenküken zu essen und vielleicht zwischendurch ein paar Gläser Wein zu trinken. Danach, denke ich, können wir uns diskret in einen Pub verziehen, wenn du Lust hast. Ich könnte dir mein Stammlokal zeigen, und du könntest dein Glück an der Dartscheibe versuchen, auf einem Bein sozusagen.«

»Selbst mit dem Darts finde ich den Vorschlag auf jeden Fall reizvoller als doppelt gebackenes Ziegenkäse- und Walnusssoufflé.«

»Großartig. Dann haben wir einen Plan. Schau mal ... da ist Lucy«, sagte sie und deutete mit dem Kopf auf die Braut, die ungeniert barfuß zum Tischende spazierte. Eine Hand hielt die ihres Mannes, die andere ein Champagnerglas, und auf ihrem mittlerweile leuchtenden Gesicht lag ein strahlendes Lächeln.

# KAPITEL 18

»Das hier ist einer meiner Lieblingsorte in einer Stadt, die vor Lieblingsorten nur so platzt«, sagte sie.

»Und ich begreife, warum«, erwiderte Marco und blickte zum Fluss. Sie hatte ihn direkt nach ihrem gebratenen Stubenküken zu diesem abgeschiedenen Fleck entführt. Lucy hatte um einiges glücklicher gewirkt, als sie sich entschuldigt und die Feier verlassen hatten. Sie hatten unverfroren Marcos gebrochenes Bein und die entsprechenden medizinischen Notwendigkeiten vorgeschoben. Zu ihrem Essen hatten sie selbstverständlich eine Flasche Wein geköpft.

»Ist das die Themse?«, fragte er, verzaubert von dem Mondlicht, das in silbernen Streifen auf das sanft fließende Wasser schien. Es war nach sechs Uhr, der Abend war angebrochen. Der Ort war menschenleer, abgesehen von einem gelegentlichen Spaziergänger, der seinen Hund ausführte, oder einem abgehärteten, im kalten Wetter trainierenden Ruderer.

»Eigentlich ja, aber sie wird hier Isis genannt. Hier rudern die Studenten, und da drüben, auf der anderen Uferseite, sind die Bootshäuser der Colleges. Und ganz da hinten, wo die vielen Lichter sind, ist Christ Church. Dazwischen liegt eine große Kuhwiese.«

»Kühe? Mitten in der Stadt? Willst du mich auf den Arm nehmen?«

»Nein! Ich werde sie dir bei Gelegenheit zeigen. Es sind Langhornrinder, die würden sich in Texas wie zu Hause fühlen. Und wir gehen mal zum Magdalen College und zum Wildpark. Oxford ist anders als andere Städte.«

»Ich fasse mal kurz zusammen. Ihr Engländer seid verrückt. Aber … es ist wunderschön, oder? So ruhig und friedlich.«

»Ich weiß. Ich dachte, dass wir vielleicht etwas Ruhe gebrauchen können, während wir unsere Soufflés sacken lassen. Ich war schon häufig hier, habe einfach nur dagesessen und die Landschaft im Wechsel der Jahreszeiten betrachtet. Im Sommer oder im Mai, wenn The Eights Week stattfindet, der Ruderwettbewerb zwischen den Colleges in Oxford, bietet sich hier ein völlig anderes Bild. Dann ist alles voller Touristen. Es ist wie eine Riesenparty. Die Bootshäuser sind offen, und alle sind betrunken. Die Eltern der Studenten kommen zu dieser Gelegenheit zu Besuch. Es ist nett, aber ich mag es lieber so, wenn man nur den Fluss hört und nichts weiter sieht als das Mondlicht und den Reif auf dem Gras. Das hat etwas Magisches.

»So wie bei *Alice im Wunderland*«, sagte Marco, und sein Lächeln schimmerte weiß in der Dunkelheit.

»Witzig, dass du das sagst. Die wahre Alice war die Tochter des Dekans vom Christ Church College, wusstest du das?«

»Nein, wusste ich nicht. Du bist eine nie versiegende Informationsquelle, was, Maggie?«, sagte er grinsend.

Sie nickte und grinste zurück.

»Bin ich. Auf jeden Fall. Komm, frag mich was …!«

Maggie kicherte, ein Geräusch, das Marco aus ihrem Mund

noch nie gehört hatte. Er hatte sie schon erlebt mit ein paar Bier intus, aber noch nie so .... vergnügt. Er war kein Idiot. Er hatte gemerkt, dass sie in seiner Nähe nervös war. Dass er gestern Abend eine Grenze überschritten hatte. Dass er ihr einen Schrecken eingejagt hatte, egal wie sehr sie versuchte, abgeklärt damit umzugehen. Und dass der Wein, den sie so schnell getrunken hatte, zumindest etwas damit zu tun hatte.

Er wusste, dass er den Kuss besser bedauern sollte. Es bedauern sollte, irgendetwas getan zu haben, das einen Keil zwischen sie trieb, doch irgendwie konnte er sich dazu nicht durchringen. Diese Frau in seinen Armen, an ihn geschmiegt. Ihr Körper so weich, so hingebungsvoll. So überrascht von dem, was sie da erlebten. Ihre großen, entsetzten Augen, als sie sich schließlich wieder voneinander gelöst hatten. Er hatte schon viele Frauen geküsst, doch keine hatte je eine solche Wirkung auf ihn ausgeübt.

Er hatte sich auf der gesamten Fahrt nach Hause gefragt, was er jetzt machen sollte. Das wusste er normalerweise immer. Am Ball bleiben und sie überreden, mit ihm ins Bett zu gehen. Doch Maggie war anders. So wie er anders war, wenn er mit ihr zusammen war. Keine der üblichen Regeln schien hier zu gelten. Er befand sich auf völlig unbekanntem Terrain.

Ob das etwas Gutes oder Schlechtes war, konnte er nicht beurteilen. Aber zumindest wollte er es herausfinden, im Gegensatz zu besagter Frau. Die hatte eindeutig klargestellt, dass es ein Fehler gewesen war, der nicht wiederholt werden sollte. Sie hatte ihren Zeh in heißes Wasser getaucht und ihn entsetzt zurückgezogen.

Doch jetzt war sie hier. Saß, so wie er, eingepackt in eine warme Winterjacke, kichernd neben ihm auf einer kalten Bank an einem eisigen Flussufer, während der Mond auf sie hinabschien, und bat ihn, ihr Wissen auf die Probe zu stellen. Vielleicht war das seine Chance, mehr darüber herauszufinden, wie sie dachte und was sie fühlte, ging es ihm durch den Kopf. Und wenn nicht alles nach Plan verlief, dann würde er wenigstens noch mehr über die Geschichte Oxfords erfahren.

»Okay«, sagte er. »Wir stellen uns beide Fragen.« Er griff nach einer Hand von Maggie und legte sie in seine. Sie trugen zwar beide Handschuhe, trotzdem hatte er das Gefühl, das Richtige zu tun. »Das ist ein Spiel, das ich mit meinem Bruder gespielt habe, als wir Kinder waren. Wir haben uns abwechselnd Fragen gestellt und mussten beide gleichzeitig antworten. Es ging dabei normalerweise um solche Sachen, wie welche Mädchen wir in der Schule mochten, was wir uns zu Weihnachten wünschten, was wir in der Beichte zum Pfarrer gesagt hatten ..., so etwas in der Art.«

Maggie rückte leicht nervös auf ihrem Platz herum und sah ihn stirnrunzelnd an.

»Das klingt nach etwas Persönlicherem als die Frage, in welchem Jahr das erste Boat Race zwischen Oxford und Cambridge stattgefunden hat. Versuchst du etwa auszunutzen, dass ich etwas angesäuselt bin, Marco?«

»Angesäuselt! Ein weiteres wunderbares Wort, Maggie. Und ja, vielleicht versuche ich das. Aber ich verspreche dir, dass ich dich nicht über meine Schulter werfen werde oder so.«

»Das kannst du auch gar nicht in deiner Verfassung ...«, entgegnete sie. »Aber gut, fang an, wenn du unbedingt willst. Aber geh schonend mit mir um! Ich bin es nicht gewöhnt, dass tatsächlich jemand daran interessiert ist, was ich sage. Diese Fragestunde hier kann furchtbar in die Hose gehen.«

»Ich bin immer an dem interessiert, was du sagst, und ich verspreche dir, behutsam zu sein …«

Er blickte in die Ferne. Geh schonend mit ihr um, dachte er und versuchte, eine gute Frage für den Anfang zu finden … etwas, das sie nicht verschreckte. Etwas Lustiges, worüber sie beide lachen konnten.

»Also …, ich stelle die Frage, und dann zählen wir beide bis drei und geben beide eine Antwort, okay? Kein Schweigen, kein Weigern, kein Treten gegen die Schienbeine. Du musst eine Antwort geben. Und kannst sie anschließend weiter ausführen, wenn du willst.«

»Los geht's! Mach dich bereit, Maggie, hier kommt die Frage. Was ist …«, er hielt dramatisch inne, »deine Lieblingsfarbe?«

Beide zählten bis drei.

»Blau«, antwortete Marco.

»Grün«, sagte Maggie.

Sie brach direkt danach in Gelächter aus und knuffte ihn mit dem Ellenbogen in die Rippen.

»Du Mistkerl! Ich habe mit einer total ernsten Frage gerechnet und richtig Angst gehabt!«

»Na ja, ich kann dir nicht versprechen, dass es so einfach bleibt. Okay. Die nächste Frage. Bei drei, beide zusammen: Wer ist das heißeste Mitglied der königlichen Familie und warum?«

Beide zählten wieder bis drei.

»Prince Harry!«, rief Maggie.

»Camilla!«, meinte Marco. »Warum Harry?«

»Weil er zur Rothaarfraktion gehört. Warum Camilla?«

»Was? Das fragst du noch?«, sagte er und tat entsetzt. »Diese Frau ist unheimlich scharf.«

Sie prustete bei seiner Antwort so undamenhaft los, dass sie sich dafür entschuldigte. Als Marco eine Hand auf ihr Bein legte und sagte, dass sie sich für die nächste Frage bereit machen sollte, schüttelte sie sich noch immer vor Lachen.

»Hier kommt Frage Nummer drei. Wie alt warst du bei deinem ersten richtigen Date?«

»Vierzehn«, antwortete Maggie.

»Elf«, sagte Marco. »Ich war mit Virginia Rafferty bowlen. Sie drückte mich gegen eine Wand und steckte mir ihre Zunge in den Hals. Es war der Beginn einer wunderschönen Beziehung.«

»Bah! Klingt furchtbar. Wie lange warst du mit ihr zusammen?«

»Ganze sieben Tage! Es war die längste Woche meines Lebens ... Okay, bist du bereit für die nächste Frage? Die ist echt klasse.«

»Dann mal los. Ich bin für alles bereit«, sagte sie, und ihre Augen funkelten vor Vergnügen.

»Wann ...«, sagte er langsam und baute wie schon zuvor die Spannung auf, »hattest du das letzte Mal Sex?«

Er sah, wie Maggie die Augen aufriss, hörte sie lustlos bis drei zählen und dachte, dass diese Frage vielleicht ein Fehler gewesen war. Sie hatte albern sein sollen. Leicht schlüpfrig. Scherzhaft. Zumindest war das seine Absicht gewesen, doch ihr Gesichtsausdruck verriet ihm, dass ihm das nicht gelungen war. Er hatte ungewollt einen Fehltritt begangen und war geradewegs in einem Minenfeld gelandet, ohne, dass er es hatte kommen sehen. Mist! Zu spät!

»Letzten Monat«, sagte Marco und verzichtete auf weitere Erklärungen. Aus mehreren Gründen, unter anderem aus Anstand und wegen Maggies bedrückten Gesichtsausdrucks.

»Mai 1996«, antwortete Maggie flüsternd einen Moment später. Sie blickte sofort weg, starrte mit gesenktem Kopf auf ihren Schoß und schüttelte das Haar, um ihr Gesicht zu verdecken. Dieses Verhalten hatte er schon früher bei Frauen erlebt. Oft bedeutete es, dass sie verlegen oder besorgt waren, mitunter weinten sie sogar. In diesem Fall traf vielleicht alles zu.

Oh, verdammt, dachte er, was habe ich da nur angerichtet? Und wie kann ich es wiedergutmachen?

Er war nicht dumm. Er konnte eins und eins zusammenzählen und wusste, was ihr geflüstertes Geständnis bedeutete. 1996 war das Jahr, in dem sie schwanger geworden war mit Ellen, und aus ihren Erzählungen schloss er, dass die Beziehung nie über diesen einen Unfall hinausgegangen war. Konnte es tatsächlich so sein, dass diese wunderschöne, sinnliche Frau nur einmal in ihrem ganzen Leben Sex gehabt hatte, fragte er sich. Sex, der ihr ganzes Leben auf den Kopf gestellt hatte? O Mann. Kein Wunder, dass sie in seiner Nähe nervös war. Sie musste das Gefühl haben, in einem Haifischbecken zu schwimmen. Jetzt verstand er auch, warum ihr Kuss sie so erstaunt hatte. Die gleiche Wirkung hatte er auch auf ihn gehabt, und ihm waren die körperlichen Aspekte zwischen Mann und Frau nicht gerade unbekannt.

Er legte den Arm um ihre Schulter und zog sie an sich, bedacht darauf, die Geste tröstend und beruhigend wirken zu lassen. Kein verstohlenes Streicheln. Kein Berühren des Haars. Kein Küssen auf die Stirn. Nichts weiter als der freundliche, aufmunternde Onkel.

»Ich weiß, das ist erbärmlich, oder?«, sagte sie und lehnte sich an ihn, die Stimme leicht gedämpft, da sie in seine Jacke sprach. »Das habe ich noch nie jemandem erzählt. Darüber unterhält man sich nun mal nicht mit seinem Vater oder der jugendlichen Tochter. Und meine Freunde haben immer vermutet, dass ich … na ja, du weißt schon … normal bin. Aktiv, aber unabhängig. In Wahrheit aber stand mein Leben nach Ellen völlig auf dem Kopf. Es gab sie. Meinen Dad. Die Arbeit. Ich war nicht unbedingt in der Stimmung, Männer kennenzulernen. Wenngleich ich die Situation, wie sie jetzt ist, nicht geplant habe. Es hat sich einfach nie ergeben, außer diesem einen Mal. Und da war ich so betrunken, dass ich mich nicht einmal daran erinnern kann! Traurig, oder?«

»Ziemlich traurig«, antwortete er und schmiegte sein Gesicht in ihr Haar, ehe ihm bewusst war, was er da gerade machte. »Es ist traurig, weil dir etwas entgangen ist. Weil du allein bist. Weil so viel Zeit vergangen ist, und so etwas Natürliches und Schönes dir daher völlig fremd vorkommen muss. Aber es nicht erbärmlich, Maggie. Nichts an dir ist erbärmlich. Und es wird sich etwas ändern. Du hast es selbst gesagt. Es verändert sich gerade alles bei dir. Dein Leben ist noch nicht vorbei. Im Gegenteil, es hat gerade erst begonnen.«

»Ha! Du hast leicht reden«, erwiderte sie. »Du hattest erst letzten Monat noch Sex! Du hattest praktisch Sex mit Virginia Rafferty, als du elf warst! Ich wette, du hast massenhaft Frauen zu Hause. Genauso wie ich wette, dass du schon massenhaft tolle Beziehungen gehabt hast … und zumindest schon mal verliebt warst.«

Marco hielt kurz inne, bevor er antwortete. Er sollte ihr die Wahrheit sagen. Es war nur so, dass er sich nicht mehr ganz so sicher war, was die Wahrheit war. Er kam sich vor wie ein Gestrandeter auf einer Treibsandbank.

»Okay, hier kommt die nächste Frage«, sagte er. »Bei drei … warst du schon mal verliebt?«

»Da brauchen wir nicht bis drei zu zählen, Marco, jedenfalls ich nicht, denn ich war offensichtlich noch nie verliebt!«,
sagte Maggie und schniefte zwischendurch, das Gesicht noch
immer in seiner Jacke versteckt.

»Tja ... ich auch nicht«, sagte er und hob ihr Gesicht an,
sodass er in ihre Augen sehen konnte. Augen, in denen Tränen schimmerten, so wie er es vermutet hatte. Der Wein. Die
Anspannung. Letzte Nacht. Jetzt auch noch die Fragen. Das
war alles etwas zu viel für sie.

»So erbärmlich bist du also gar nicht, stimmt's?«, sagte er.
»Ich habe vielleicht schon mehr Sex gehabt als du, aber ich
war genauso wenig wie du schon einmal verliebt. Es ist einfach nie passiert. Nicht einmal annähernd. Wenn du also ein
Versager bist, Maggie, dann bin ich es genauso. Nur du hast
wenigstens Ellen. Du hast wenigstens deine wundervolle Tochter. Und jemand, der sie geschaffen hat, kann nicht erbärmlich sein. Das ist genetisch unmöglich.«

Mit diesen Worten schaffte er es, ihr zumindest ein kleines,
trauriges Lächeln zu entlocken. Er zog einen Handschuh aus
und steckte ein paar widerspenstige, rote Locken hinter ihre
Ohren.

»Siehst du, du bist mir weit voraus«, sagte er, strich ihr über
die Wangen und wischte die Tränen weg. »Ich habe keine Kinder. Ich habe nichts geschaffen. Kein Meisterwerk wie deins.«

»Ja. Da hast du recht. Sie ist ein Meisterwerk, oder? Auf
eine schlimme Art und Weise. Danke. Darf ich dir jetzt eine
Frage stellen?«, sagte sie leise. Die Tränen waren endlich be-
siegt. »Und darf ich mich jetzt schon mal dafür entschuldigen, dass ich deine Jacke wahrscheinlich mit Schnodder verschmiert habe?«

»Ja, in beiderlei Hinsicht. Leg los!«, erwiderte er.

»Willst du überhaupt Kinder?«

Oje. Da hatte sie ihn mit einer ganz großen Frage dranbekommen. Der größten Frage überhaupt. Einer, auf die er wirklich keine Antwort wusste. Er fühlte wieder, wie der Sand sich unter seinen Füßen bewegte.

»Ganz ehrlich, Maggie, ich weiß es nicht. Ich habe bisher nie den brennenden Wunsch verspürt, mich fortzupflanzen. Aber seit ich das Glück sehe, das Rob durch Luca erlebt, hat sich das geändert. Selbst du und Ellen habt dazu beigetragen. Die Antwort lautet also … vielleicht. Wahrscheinlich. Eines Tages. Wenn ich die richtige Frau treffe und weiß, dass ein Kind in das richtige Umfeld geboren wird. Oder wenn meine Mutter mich dazu zwingt. Was immer zuerst passiert. Was ist mit dir? Inzwischen weiß ich ja, warum du nicht mehr Kinder bekommen hast, ich bin ein echtes Ass in Biologie, aber du bist noch jung. Du hast noch viel Zeit.«

Sie löste sich plötzlich von ihm und sprang auf, als würden Flammen unter ihrem Hintern schlagen. Dann wischte sie sich mit den Handschuhen über das Gesicht und zog ihre Mütze fest über die Ohren. Die Fragestunde schien vorbei zu sein.

»Ich habe genug von dem Spiel«, sagte sie in einem aufgesetzt fröhlichen Ton. »Wir müssen noch in den Pub.«

# KAPITEL 19

Der Pub war brechend voll. Maggie hatte kurz hineingespäht und sich gefragt, wie sie den Rollstuhl durch die Menge bugsieren sollte, oder ob sie einfach nach Hause gehen sollten. Bettreif war sie auf jeden Fall.

Auf dem Weg zurück nach Jericho hatte sie nur über harmlose Themen gesprochen, beschämt und verlegen von dem ungeplanten Geständnis. Sie hatte ihn auf die Sehenswürdigkeiten hingewiesen und lahme Witze gerissen. Alles Mögliche gemacht, nur um sich nicht der Tatsache zu stellen, dass sie diesem Mann ihr tiefstes, dunkelstes Geheimnis verraten hatte. Oder zumindest eins davon.

Marco hatte glücklicherweise mitgespielt, obwohl sie wusste, dass er tausend Fragen haben musste. Er wäre kein Mensch, wenn er sie nicht hätte. Doch er schien zu erkennen, dass er sie jetzt in Ruhe lassen musste. Dass sie nicht weiter auf das Ganze eingehen konnte und sich erst mal hinter ihr Schutzschild zurückziehen musste, das ihr gesamtes emotionales Leben als Erwachsene beherrscht hatte.

Sie war ihm dankbar dafür und nicht weiter überrascht. Marco war viel einfühlsamer als seine massige, freche männliche Fassade es vermuten ließ. Doch sie bemerkte auch, dass er von Sekunde zu Sekunde verfrorener aussah. Ihr machte die Kälte nichts aus, da sie flott durch die matschigen Straßen marschiert war und dabei den Rollstuhl geschoben hatte. Doch er zitterte leicht und blickte hoffnungsvoll auf die Tür des Pubs, als sie hinter ihr zufiel.

»Bitte sag, dass dort drinnen Platz für uns ist«.

»Na ja«, erwiderte Maggie und kaute nachdenklich auf ihrer Lippe herum. »Vielleicht müssen wir einen freundlichen Stallbesitzer finden. Oder ... wir lassen den Rollstuhl hier stehen, und du gehst auf den Krücken rein, wenn du das schaffst. Ich bin mir sicher, dass es irgendjemanden gibt, der mit einem armen Invaliden Mitleid hat und uns einen Platz anbietet.«

»Falls nötig, kann ich auch auf Wunsch weinen«, sagte er und hievte sich bereits aus dem Rollstuhl. Er klemmte sich die Krücken unter die Arme und stütze sich ab. Er holte tief Luft, während Maggie den Rollstuhl zusammenklappte und hinter der Tür des Lokals versteckte. Nur für den Fall, dass einer eine Spritztour damit machen wollte.

»Dann mal los!«, verkündete er, hielt eine Krücke hoch und zeigte damit zum Eingang. »Ich brauche dringend was zu trinken.«

Maggie ging voraus, um einen Weg zwischen den Menschenmassen zu bahnen, begrüßte hier und da ein paar Gäste, die sie kannte, und suchte den Raum nach einem freien Platz ab. Es herrschten tropische Temperaturen, und die Jukebox dröhnte in voller Lautstärke. Irgendein Rocksong aus den Achtzigern, den sie kannte, dessen Titel sie aber nicht wusste. Es war ein altmodischer Pub, überall dunkles Holz und eine lange Theke mit Bier aus Zapfhähnen. Jeden Abend strömten viele Menschen hierhin, selbst wenn die Studenten nach

Hause gefahren waren, bevölkerten ihn noch genug Einheimische. Besonders an Weihnachten, wenn alle eine Ausrede hatten, außer Haus zu sein.

Marco lächelte den Fremden zu und folgte ihr vorsichtig humpelnd, während Maggie mit »Entschuldigen Sie bitte« ihnen einen Weg zum Hinterzimmer bahnte.

»O Mist!«, hörte er sie sagen, als sie plötzlich stehen blieb. Er spähte über ihre Schulter in den Raum und fragte sich, was sie hatte innehalten lassen.

Er erblickte sofort den Grund. An einem Tisch, auf dessen kupferner Tischplatte zahlreiche Biergläser standen, saß Ellen. Rechts daneben ihr Großvater. Beide starrten Maggie vorwurfsvoll an. Ellen zusätzlich noch mit einem großen Stirnrunzeln.

»Verflixt …«, murmelte er und beugte sich dicht zu Maggie hin. »Zu spät, um wegzulaufen. Sie haben dich gesehen.«

»Ich weiß«, murmelte sie zurück, winkte ihnen zu und setzte ein gekünsteltes Lächeln auf. »Aber vielleicht haben sie noch nicht über Weihnachten gesprochen …, vielleicht wird alles noch gut …«

Das hielt Marco für völliges Wunschdenken. Sie gingen auf den Tisch zu, und Ellen rückte beiseite, um Platz für Marco zu schaffen. Paddy griff nach einem zusätzlichen Hocker für Maggie. Die beiden schienen schon eine ganze Weile zusammenzusitzen, und Maggies Anblick versetzte sie nicht unbedingt in Freudenstürme.

Maggie hampelte auf dem Hocker herum und kramte in ihrer Handtasche nach ihrem Geldbeutel, um sich schnell an die Theke zu verziehen und Getränke zu holen. Vielleicht gibt es eine Schlange, und es dauert lange, bis man bedient wird, dachte sie hoffnungsvoll. Außerdem bestand ja auch stets die

Chance, auf dem Weg dorthin von Außerirdischen entführt zu werden. Selbst eine heftige Untersuchung mit einer Analsonde würde witziger sein als dieses unverhoffte Familientreffen.

»Was kann ich euch bringen?«, fragte sie fröhlich in die Runde und wedelte mit einem 20-Pfund-Schein.

»Also, mir ein Glas Cider«, sagte Ellen und blickte ihre Mutter so finster an, dass selbst Marco nervös wurde. »Großvater nimmt ein Guinness, und dir schlage ich ein großes Glas Wahrheitsserum mit Tonic vor.«

Maggie erstarrte. Ihr Schlucken war selbst über die laute Jukebox und die plaudernde Menge hinweg zu hören.

»Mum, hast du echt geglaubt, dass Granddad und ich bis Weihnachten nicht mehr miteinander reden?«, fragte Ellen und zeigte auf Paddy, der die Hände über seinem großen Bierbauch verschränkt hatte und wie ein älterer Buddha wirkte.

»Ich bin heute Nachmittag zu ihm gegangen, um ihn zu fragen, ob ich mir seinen Trolley für meine Reise ausleihen kann. Und da hat er mir erzählt, dass er ihn selbst für eine Kreuzfahrt braucht, die er mit Jim zu den Kanarischen Inseln machen wird. Da wir beide nicht völlig gehirnamputiert sind, haben wir begriffen, dass du uns angeflunkert hast. Du hast ihn glauben lassen, du würdest Weihnachten mit mir verbringen, und mich glauben lassen, du würdest das Fest mit ihm verbringen. Was zum Teufel hast du dir dabei gedacht, Mum? Du *weißt*, dass wir dich nie allein lassen würden!«

Als Ellen den Satz beendet hatte, bebte sie förmlich vor Wut. Sie beugte sich vor und blickte Maggie zornig an, ohne auch nur im Geringsten zu versuchen, ihre Verärgerung zu verstecken. Maggie kannte sie gut genug, um zu wissen, was sich hinter ihrer Feindseligkeit verbarg. Ihre Tochter war verletzt. Aufgebracht. Besorgt, ihre Mutter allein zu lassen, und geplagt von einem schlechten Gewissen, es überhaupt gewollt zu haben. Genau diese Mischung von Gefühlen war es, die Maggie gehofft hatte zu vermeiden. Womit sie auf ganzer Linie gescheitert war.

Paddy tätschelte Ellens Hand und gab beruhigende Geräusche von sich, um ihren Redefluss zu stoppen.

»Was sie meint, mein Schatz, ist, dass wir dich nicht allein lassen wollen, und dass wir uns gewünscht hätten, du hättest es uns erzählt, statt es uns selbst herausfinden zu lassen«, sagte er zu Maggie. »Wir lieben dich und natürlich verbringen wir Weihmachten lieber mit dir, als irgendwohin zu fahren. Wir haben bereits darüber gesprochen, bevor du hereingekommen bist, und beschlossen, dass wir unsere Reisen absagen und ganz normal zusammen feiern. Wir drei, so wie immer.«

»Nein«, entgegnete Maggie so bestimmt, wie sie konnte. »Auf keinen Fall. Es tut mir leid, dass ich nicht darüber gesprochen habe, aber das ist alles ziemlich schnell passiert. Zuerst hat mir Ellen von ihrer Reise erzählt, was auch in Ordnung war. Anschließend du, Dad. Auch das war in Ordnung. Ist es noch immer. Ich will, dass ihr beide eure Reisen unternehmt und Spaß habt. Ich bin eine erwachsene Frau und brauche euch nicht, um auf mich aufzupassen. Ich habe mein eigenes Leben.«

»Wie wir alle wissen, stimmt das nicht«, sagte Ellen wütend und klopfte erregt mit den Fingern auf die Tischplatte. »So ungern ich das L-Wort auch benutze, aber Großvater hat recht. Wir beide lieben dich und werden dich in dieser Zeit nicht allein lassen. Wir bleiben hier. Basta. Damit musst du jetzt leben. Wahrscheinlich wäre Paris sowieso ein Flop geworden.«

Marco beobachtete Maggies Mienenspiel, ausgelöst durch Ellens Worte. Worte, die herzlich gemeint, aber unwirsch vorgetragen worden waren. Mittlerweile kannte er Maggie gut genug, um ihre Gefühle zu erahnen. Sie hatte ein schlechtes Gewissen, und sie war bewegt und bestürzt. Und außerdem fühlte sie sich wie in einer Falle. Vor allem das.

Er beugte sich leicht vor, ließ seine Hand unter den Tisch gleiten, um nach Maggies zitternden Fingern zu greifen, und unterbrach die Unterhaltung der anderen.

»Es ist nicht nötig, dass ihr eure Pläne ändert«, sagte er und wartete ein paar Sekunden, bis er sich sicher war, dass er Ellens und Paddys volle Aufmerksamkeit hatte. »Sie wird nicht allein sein.«

Alle drei blickten ihn gespannt an. Nur Maggie konnte wahrscheinlich leise erahnen, was als Nächstes kommen würde, und so blickte sie ihn finster an.

»Sie wird nicht allein sein, denn sie fährt nach Schottland. Mit mir.«

# KAPITEL 20

»Mu-um!«, schrie Ellen die Treppe hoch. Es war der Tag ihrer Abreise nach London. Sie war bereits am frühen Morgen munter, äußerst untypisch für sie, da sie noch packen musste. Das hatte sie abends zuvor nämlich nicht mehr geschafft, was wiederum sehr typisch für sie war. Offensichtlich schien sie die Freude über ihre Reise teilen zu müssen.

Maggie blickte verschlafen zur Uhr. Gerade mal kurz nach sieben. Klasse. Während Ellen die Treppe hinaufstapfte, wischte sie sich den Schlaf aus den Augen und kämpfte gegen das Verlangen an, sich unter der Bettdecke zu verstecken.

Die Tür wurde aufgerissen, und ihre Tochter stand im Türrahmen, die Hände in die Hüften gestemmt, das Haar zerzaust. Puh, dachte Maggie, und lugte unter der Bettdecke hervor. Zu viel Energie!

»Mum«, rief Ellen noch einmal, marschierte zum Bett und zog ihrer noch immer komatösen Mutter das Laken weg. »Du musst aufwachen. Wir müssen zwei lebensnotwendige Dinge besprechen. Erstens, und das hat äußerste Priorität, darf ich dein Glätteisen mitnehmen? Meins funktioniert nicht. Na ja, eigentlich schon, aber anscheinend klebt Kaugummi daran, und ich glaube nicht, dass das ein sehr pariserischer Look ist.«

»Okay, von mir aus«, murmelte Maggie und gab sich geschlagen. Sie setzte sich auf, lehnte sich gegen das Kopfende und träumte von einer Kaffeefee statt des vor ihr stehenden Energiebündels. »Was noch? Du hast von zwei Dingen gesprochen?«

»Ach ja. Stimmt. Nanny McPhee hat gerade angerufen. Sie kommt nicht. Ihr Mann hat Gürtelrose, und sie sagt, dass sie es nicht schafft. Die Agentur wird bis morgen einen Ersatz besorgen, aber heute musst du auf diese Annehmlichkeit verzichten. Marco ist wach und meint, dass du dir keine Sorgen machen musst. Unten wartet Kaffee auf dich, den *ich* selbstloses Wesen übrigens gekocht habe. Gut … ich muss noch viel erledigen! Kannst du mich später zum Bahnhof bringen?«

»Vielleicht«, antwortete Maggie gähnend und streckte sich. Sie war noch immer dabei, die Hiobsbotschaft von Nanny McPhee zu verarbeiten. »Kommt auf meine Laune an.«

Ellen verpasste ihr einen ordentlichen Stoß in die Rippen, kicherte, sprang auf und stürmte aus dem Zimmer.

O Gott, dachte Maggie und wartete, dass ihr Körper und ihr Geist eine Art Symbiose bildeten. So viel überschäumendes Temperament am frühen Morgen … das erschien ihr nicht richtig. Es war, als hätte sich Ellen auch ihren Teil gegriffen. Das Kind war ein Parasit in menschlicher Form.

Sie wusste, dass das Haus definitiv stiller sein würde ohne diesen wundervollen, lauten Parasiten. Jacobs Mutter war am Telefon reizend gewesen und hatte Fragen beantwortet, die Maggie noch nicht einmal eingefallen waren. Sie hatte ihr sämtliche Sorgen genommen und sie überzeugt, dass ihre Tochter bei ihnen sicher war. Maggie hatte wohl *96 Hours* mit Liam Neeson ein paarmal zu viel gesehen, dass sie sich so viele Gedanken machte um ihre nach Paris reisende, achtzehnjährige Tochter. Anscheinend wurden sie aber alle vom Flughafen abgeholt und zu der Wohnung gebracht. Auch sonst würde sich die ganze Woche um sie gekümmert werden. Marco hatte darauf bestanden, zu dem Eurofonds beizusteuern. Maggie hatte Ellen ihren eigenen Trolley gekauft, und alles verlief nach Plan. Sie musste ihrer Tochter nur noch »Bon voyage« wünschen, was bestimmt nicht ohne den Einsatz mehrerer Packungen Taschentücher über die Bühne gehen würde.

Doch zuerst muss ich mich um meinen humpelnden Hausgast kümmern, dachte sie, als sie aus dem Bett stieg und nach ihren Pantoffeln suchte. Nanny McPhees Gürtelrosepatient hätte zu keinem ungünstigeren Zeitpunkt krank werden können. Denn Marco hielt heute seinen Vortrag am juristischen Institut. Er schien überhaupt nicht nervös zu sein, im Gegensatz zu ihr, wenn sie vor Hunderten von Leuten sprechen müsste. Aber wahrscheinlich wollte er zumindest sauber sein. Vielleicht könnte sie ihn einfach in den Garten rollen, nackt, und ihn mit dem Schlauch abspritzen, so wie einen schmutzigen Bernhardiner.

Maggie zog sich geschwind an, ging nach unten und überhörte die deftigen Kraftausdrücke, die aus Ellens Zimmer drangen. Selbst wenn sie auf dem neuen Koffer saß und den Reißverschluss kaputt machte, wollte sie davon nichts wissen.

Als sie das Wohnzimmer betrat, erblickte sie Marco, der ihr einen Becher dampfenden Kaffee hinhielt. Da sie sich noch nicht in der Lage fühlte, ihm verbal einen guten Morgen zu wünschen, nickte sie ihm zur Begrüßung zu, nahm den Becher und setzte sich hin.

»Hat sie es dir schon erzählt?«, fragte Marco und runzelte fragend die Stirn.

»Ja. Ist nicht so schlimm. Ich kann dir einfach holen, was

du brauchst und … überlasse dich dann dir selbst. Außer du willst, dass ich hereinkomme und dir den Rücken schrubbe.«

»Nur wenn du dir vorher falsche Warzen anklebst«, erwiderte Marco grinsend. »Über die freue ich mich jeden Morgen am meisten. Aber ehrlich gesagt, da ich jetzt sicherer auf den Beinen bin und mich stärker fühle … habe ich mir überlegt …, ob wir vor dem Vortrag nicht zu meiner Wohnung fahren können, denn dort könnte ich auch mal richtig duschen und mir das Haar waschen. All das, was große Jungs so machen. Das Apartment liegt im Erdgeschoss, es dürfte also kein Problem sein. Ich könnte auch meine preisgekrönten Orchideen gießen und die Hauschinchillas füttern.«

»Du hast weder das eine noch das andere, oder?« fragte sie, mittlerweile an seinen Sinn für Humor gewöhnt.

»Nein, aber ich würde wirklich gern duschen.«

Maggie überlegte kurz, während sie an ihrem Kaffee nippte. Es müsste zeitlich machbar sein, ihn zuerst zu seiner Wohnung zu bringen, ihn dann um neun am Institut abzusetzen, anschließend nach Hause zurückzukehren, Ellen einzusammeln, sie zum Bahnhof zu bringen, weiter zu ihrem Laden zu fahren, das Kleid für Isabel noch einmal enger zu nähen, denn die Ärmste hatte noch mehr abgenommen, und es ein letztes Mal zu bügeln, sodass es zur Abholung am nächsten Tag bereit lag. Die beiden Brautjungfern waren bereits im Besitz ihrer Kleider.

Das müsste bis um zwölf zu schaffen sein, um Marco dann wieder abzuholen. Ein etwas chaotischer, aber durchaus machbarer Zeitplan. Abgesehen davon würde ihr Leben in ein paar Tagen sowieso wieder zur Normalität zurückkehren. In der Zwischenzeit sollte sie das Chaos am besten einfach genießen, solange es dauerte.

»Ja, das können wir machen«, antwortete sie, nachdem sie alles durchdacht hatte. »Aber muss dein Gips nicht trocken bleiben?«

»Ja«, erwiderte er und starrte darauf. In seinem Blick lag so etwas wie Hass. »Aber da habe ich mir schon etwas überlegt. Ich könnte ihn in eine Mülltüte packen und Klebeband oben und unten herumwickeln, sodass kein Wasser drankommt. Was hältst du davon?«

»Ja. Das könnte funktionieren. Wir werden es schon hinkriegen. Na dann …, bist du fertig? Ich muss heute noch ein paar Dinge erledigen und Ellen verabschieden. Also je eher wir aufbrechen können, umso besser.«

Er nickte und kletterte sofort aus dem Bett. Er klemmte sich die Krücken unter die Arme und hüpfte im Zimmer herum, um seine Aufzeichnungen einzusammeln.

In seinem Gesicht spiegelte sich unbändige Freude wider, und Maggie begriff, wie schwer das Leben für ihn in den letzten Wochen gewesen sein musste. Die mangelnde Unabhängigkeit. Nanny McPhees morgendliche Waschungen, keine Möglichkeit zu duschen. Das ständige Angewiesensein auf andere. Dafür hatte er, außer einem gelegentlichen Ausrutscher, alles gut gemeistert. Er hatte sich noch nicht einmal beschwert, als er in Familiendramen hineingezogen, zu Anproben von Hochzeitskleidern geschleppt und auf Hochzeitsfeiern vorgeführt worden war, oder als sie sich über ihr nicht existentes Liebesleben an seiner Schulter ausgeweint hatte.

Wenn das alles vorbei war, würde sie ihm eine dieser Spielzeugmedaillen kaufen, mit denen Kinder auf Schulsportfesten ausgezeichnet wurden. Er hatte sie sich allein schon dadurch verdient, dass er sie aus dem Feiertagsdesaster gerettet hatte, in das sie sich, ihren Dad und Ellen manövriert hatte.

Die beiden hatten ihr schließlich die Geschichte abgekauft, dass sie nach Schottland fahren würde, auch wenn sie nicht stimmte. Das hatte teils an Marcos Überzeugungskraft gelegen und teils daran, dass sie es glauben wollten. Es war für alle so einfacher. Sie würden nie erfahren müssen, dass sie vorhatte, zu Hause zu bleiben. Dass sie aus mehreren Gründen nicht mit Marco nach Schottland fahren konnte.

Einer der Gründe war ganz einfach. Sie wollte zu Isabel und Michaels Hochzeit an Heiligabend. Die anderen Gründe waren … nicht so einfach. Sie hatten eher damit zu tun, wie eigenartig nahe sie sich innerhalb dieser kurzen Zeit gekommen waren, welche Gefühle er in ihr ausgelöst und was sie nach ihrem Kuss gespürt hatte. Dass sie in seiner Nähe glücklicher und zufriedener war. Dass sie beide eher mit der Welt im Reinen waren und sie mehr genießen konnten.

All das hätte etwas Gutes sein können, wäre es nicht nur vorübergehend. Doch so war es nun einmal. Er würde abreisen. Zuerst nach Schottland und dann nach Chicago. Er würde aus ihrem Leben verschwinden, zu dem er nun mal nicht fest gehörte. Ein gemeinsames Weihnachtsfest würde den Abschied nur noch schwerer machen.

Trotzdem hatte die Lüge ihren Zweck erfüllt. Ihr Dad war tags zuvor nach Southampton gefahren, aufgeregt wie ein Schuljunge, um zusammen mit Jim seine Kreuzfahrt anzutreten. Maggies vorzeitiges Weihnachtsgeschenk, ein gravierter Flachmann, den sie mit Rum gefüllt hatte, war bereits zum Einsatz gekommen. Ellens Vorfreude auf Paris war zurückgekehrt, und sie misshandelte unschuldige Koffer. Soweit Maggie es beurteilen konnte, vermutete keiner von ihnen, dass sie sie wieder anflunkerte.

Sie war darüber erleichtert und musste sogar zugeben, dass

sie sich insgeheim ein bisschen freute, ein paar Tage für sich zu haben. In letzter Zeit war alles so hektisch und verwirrend gewesen. Es würde befreiend sein, das Haus und ihr Leben wieder zur Normalität zurückkehren zu lassen. Ihre Gefühle wieder zur Normalität zurückkehren zu lassen. Es würde langweilig sein, aber langweilig konnte auch gut sein. Die Langeweile könnte ihr ständiger Begleiter werden, stellte sie fest. Immerhin hatte es ja bisher funktioniert.

Sie trank, so schnell sie konnte, ihren Kaffee aus und half Marco, seinen Laptop einzupacken. Anschließend lief sie in die Küche, um Mülltüten, Klebeband und Schere zu holen, und stopfte alles in den Rucksack. Dabei hatte sie das Gefühl, als stellte sie die Utensilien für einen Serienmörder zusammen. Danach zog sie ihre Jacke und die Stiefel an.

Mit einem wahrscheinlich ungehörten »Tschüs« verabschiedete sie sich von Ellen, ging zusammen mit Marco zum Auto, half ihm hinein und blickte zurück zum Haus.

Auf den Straßen lag mittlerweile kein Schnee mehr, doch ihr Vorgarten war noch immer von einer ordentlichen Schneedecke überzogen, die, abgesehen von ein paar Fußspuren der Vögel, unberührt war. Der aufblasbare Weihnachtsmann vor dem Haus gegenüber wirkte ein wenig mitgenommen und beugte sich leicht vor, als hätte er ein paar Mince Pies zu viel gegessen und würde unter Bauchweh leiden. Die Hälse der Rentiere waren eingehüllt in Wollschals, und ein arg verformter Schneemann hockte mit einer Möhre im Gesicht zwischen ihnen.

Noch ein paar Tage, dann wird alles vorbei sein, ging es Maggie durch den Kopf, als sie ins Auto stieg. Der Wahnsinn wird ein Ende haben und alles zu seinem normalen, trostlosen Januar-Ich zurückkehren.

Als sie die Tür zumachte und sich Marco zuwandte, um zu

kontrollieren, dass er angeschnallt war, merkte sie, dass er vor sich hin summte, den Blick auf den einsamen Weihnachtsmann gerichtet. Sie hielt einen Augenblick inne, um die bekannte Melodie zuzuordnen. Nach ein paar weiteren geistesabwesenden Brummtönen erkannte sie sie. Das Lied stammte aus »Die Eiskönigin«.

»*Do you wanna build a snowman?*«, sagte sie und lachte laut. Der große, kräftige Kerl neben ihr sang ein Lied aus einem Kinderfilm. Köstlich!

Er verzog das Gesicht und zuckte mit den Achseln.

»Was soll ich sagen? Ich habe einen zweijährigen Neffen. Der verdammte Film lief tagelang bei mir in der Wohnung. Ich könnte wahrscheinlich den Text mitsprechen, wenn ich es versuchen würde.«

»Vielleicht solltest du das tun, statt einen Vortrag zu halten«, sagte sie, startete den Wagen und fuhr zur Woodstock Road, in der Marcos Wohnung lag. Dem mythischen Land von Dusche, Orchideen und Hauschinchillas.

Innerhalb von Minuten hatten sie ihr Ziel erreicht, und Maggie blickte neugierig, als sie vor dem Haus hielt. Es war eine der viktorianischen Villen mit einem Gemeinschaftsgarten und einem Parkplatz seitlich der Straße. Einige dieser Prachtbauten wurden noch immer als Einfamilienhäuser genutzt, doch viele waren umgebaut worden, wie dieser hier, um die Wohneinheiten befristet zu vermieten oder um Studenten darin unterzubringen.

»Trautes Heim, Glück allein …«, murmelte Marco, während er mit den Schlüsseln herumfummelte und die Haustür öffnete. Er benutzte seinen unversehrten Fuß, um einen Stapel Werbung wegzustoßen und Maggie hereinzulassen. »Zumindest bis zum Ende des Monats.«

Das Wohnzimmer war riesig und besaß ein gewaltiges Erkerfenster zum Vorgarten. Brennend interessiert zu sehen, wie Marco gelebt hatte, bevor er mit seinem Beinbruch bei ihr in Jericho gelandet war, blickte sie sich um. Die beiden spazierten weiter zum Schlafzimmer, das über ein eigenes Badezimmer verfügte. Leah war offensichtlich hier gewesen, wie Maggie bemerkte, und hatte eine Prise Feenstaub verstreut. Die Kleider waren alle weggeräumt, das Bett war gemacht, und um das Kopfteil war Lametta gewickelt, was wohl nicht unbedingt Marcos Stil war, vermutete Maggie.

Nicht dass sie den kennen würde, dachte sie, als sie sich auf das Bett setzte, und diese klinisch saubere, leicht muffig riechende Wohnung würde ihr auch keinerlei Hinweise liefern. Außer ein paar zerfledderten Taschenbuchausgaben von *Thomas, die Lokomotive,* die auf dem Nachttisch lagen und entweder leichte Bettlektüre oder Überbleibsel von Lucas Aufenthalt waren, gab es kaum etwas Persönliches. Die Wohnung entsprach genau dem, was sie war. Einem netten Apartment, das für einen Monat Arbeitsurlaub gemietet worden war. Nach der Rückgabe der Schlüssel und der Abreise von Marco würde nichts mehr darauf hindeuten, dass er überhaupt hier gewesen war.

Maggie fragte sich gedankenverloren, ob es mit ihrem Haus genauso sein würde. Wenn das gemietete Bett und der Liegesessel weg und alle sichtbaren Spuren erst einmal entfernt waren, würde er dann auch für immer verschwunden sein? Oder würde sie ihn stets aus den Augenwinkeln heraus sehen wie einen humpelnden Geist, während sie versuchte, sich wieder in ihr altes, alltägliches Leben einzufinden?

»Okay?«, erklang es von Marco. Er stand vor ihr und holte

sie ins Hier und Jetzt zurück. »Wie machen wir das jetzt? Hast du die Sachen dabei?«

Maggie tätschelte den Rucksack mit den Serienmörderutensilien und nickte. Das war eine gute Frage. Wie machten sie das jetzt? Konnte er es allein? Oder würde sie eine Komplizin bei dem Verbrechen sein?

Ihre Blicke trafen sich, und sie spürte, wie ihr Hals und ihre Wangen langsam rot wurden. Betrachte ihn als einen Patienten, sagte sie sich. Besinne dich auf deine innere Nanny McPhee! Vergiss die Tatsache, dass er der heiße Papa vom Park ist. Der Mann mit dem Smoking. Der Kerl, der im wahrsten Sinne des Wortes deine Knie auf Gaynors Hochzeit hat weich werden lassen. Er ist nur ein Freund, der Hilfe braucht.

»Ich denke, du solltest dich ausziehen«, sagte sie schließlich, brach den Blickkontakt ab und zog die Mülltüte und das Klebeband hervor.

»Maggie, ich hatte schon befürchtet, du würdest nie fragen«, antwortete er in lockerem, scherzhaftem Tonfall. Sie sah weiter in eine andere Richtung, während er sich gegen die Bettkante lehnte, sich abstützte und das T-Shirt mit beiden Händen über den Kopf zog. Sie betrachtete weiterhin fasziniert die Rolle Klebeband, als er sich neben sie setzte und seine Jogginghose abstreifte.

Als es schließlich nicht mehr abzuwenden war, kniete sie sich vor ihn. Er hatte Gott sei Dank die Boxershorts angelassen, doch sie sah sich noch immer mit einer riesigen Masse nackten männlichen Fleischs konfrontiert. Mehr als sie je im richtigen Leben gesehen hatte, so viel stand fest.

Lange, sonnengebräunte Beine mit kräftigen Oberschenkeln, an die sich ein muskulöser Oberkörper anschloss, den sie zwar bereits gesehen hatte, der ihre Hände aber noch immer zum Zittern brachte. Zu wissen, dass ein Mann in angezogenem Zustand groß war, war eine Sache. Ihn aber quasi nackt vor sich zu haben, war eine völlig andere.

Den Blick weiter auf den Gips gerichtet, schaffte Maggie es, die Plastiktüte hervorzukramen und sie um das Knie zu wickeln.

»Halt das bitte mal!«, sagte sie, griff nach dem Klebeband und zog einen Streifen ab, um ihn abzuschneiden. Ihre Finger zitterten jedoch so sehr, dass sie sich nicht sicher war, ob sie die Schere unfallfrei handhaben konnte. Also biss sie stattdessen auf die Kante, bis der Streifen einriss. Dann wickelte sie ihn um das obere Ende und wiederholte den Vorgang für das untere Ende. Das Klebeband war gelb und die Tüte schwarz, sodass sein Bein aussah wie eine riesige, glänzende Hummel.

Sie tastete darüber, um zu prüfen, ob alles sicher eingewickelt war, und ignorierte die Tatsache, dass sie plötzlich viel zu schnell und angestrengt atmete. Womöglich hörbar atmete. Sie könnte die Hand einfach dort liegen lassen. Die Finger zu seinem Oberschenkel wandern lassen. Die männlichen Wölbungen seines Körpers berühren und streicheln. Ihn auf dieses ordentlich gemachte Bett stoßen und ebenfalls hineinklettern.

Sie war vielleicht unerfahren, aber nicht blöd. Sie wusste, dass er sie aus irgendeinem seltsamen Grund attraktiv fand. Aus den Augenwinkeln heraus konnte sie beobachten, dass in diesen Boxershorts Dinge vor sich gingen, die das genaue Betrachten des Teppichs noch dringender erforderlich machten. Auch ihr Körper zeigte Reaktionen, von denen sie nicht wusste, was sie davon halten sollte. Es war, als hätte ein äußerst wollüstiger Dämon von ihr Besitz ergriffen.

»Fertig!«, sagte sie, klopfte ein letztes Mal gegen das verhüllte Bein und sprang auf.

Sie wandte sich schnell ab, um seinem Blick und möglichen Komplikationen aus dem Weg zu gehen. Genauso wie der Einladung, die sie in seinem Gesicht zu sehen vermutete. Das war einfach zu viel für sie.

»Na dann«, sagte er leise. Sie hörte, wie er aufstand. Hörte, wie er nach seinen Krücken griff. Hörte, wie er zur Dusche humpelte. Und schließlich hörte sie erleichtert das plätschernde Geräusch von Wasser und Marcos erneutes Summen von *Do you wanna build a snowman.*

Maggie ließ sich auf das Bett fallen, starrte zur Decke und wartete, dass die Flammen abebbten, die ihr Gesicht verzehrt hatten.

Zumindest hatte er das Glück einer kalten Dusche, sagte sie sich.

# KAPITEL 21

Maggie eilte die beindruckende, säulengesäumte Treppe hinauf zum juristischen Institut und folgte den Wegweisern zum Empfang. Sie wünschte sich, besser gekleidet zu sein. Jeans und T-Shirt waren für Jericho passend, doch hier kam sie sich vor wie eine Obdachlose, die um Kleingeld bettelte.

Sie hatte versucht, ihr Haar zu bürsten, und daraufhin die nächsten fünf Minuten damit verbracht, die Bürste wieder herauszubekommen, nachdem sie in den Knoten stecken geblieben war. Vielleicht hätte sie sie lassen sollen, wo sie war, mit dem pinkfarbenen Plastikgriff, der aus ihrer roten Haarpracht herausguckte, und besser zugeben, dass sie sich in einem Zustand befand, in dem sie polizeilicher Unterstützung bedurfte.

Der gesamte Vormittag war hektisch verlaufen, und ihr stand überhaupt nicht der Sinn danach, jetzt noch einen vollen Saal erfolgreicher Juristen zu betreten, die wahrscheinlich aussahen, als würden sie nebenher für *Stylish Lawyer Monthly* modeln.

Ellens Verabschiedung war schmerzlicher gewesen als vermutet. Selbst ihre normalerweise robuste Tochter schien ihren Sarkasmus-Knopf zu diesem Anlass ausgeschaltet zu haben.

Als der Zug einfuhr, hatten die beiden auf dem Bahnsteig gestanden und sich minutenlang und tränenreich umarmt.

»Du wirst schon klarkommen in Schottland, oder?«, hatte Ellen gefragt und sich energisch die Tränen weggewischt, als fände sie es anstößig, dabei erwischt zu werden, menschliche Regungen zu zeigen.

»Natürlich, Dummerchen«, hatte Maggie geantwortet. »Ich wünsche dir eine schöne Zeit, und lerne so viel französische Schimpfwörter wie möglich. Schick mir eine SMS, wenn du angekommen bist, und melde dich an Weihnachten! Mach dir wegen mir keine Gedanken, mir wird es mit Marco schon gut gehen.«

Daraufhin hatte Ellen die Stirn gerunzelt und zweideutig gegrinst.

»Wer hätte das gedacht, was?«, hatte sie gesagt. »Dass du mit dem Rentierpulli tragenden Kerl, den du im Park sabbernd angestarrt hast, ein heißes Date an Weihnachten haben würdest. Seltsam.«

»Es ist seltsam, aber es ist kein Date«, hatte Maggie entgegnet und in ihrer Geldbörse gekramt, um ihrer Tochter noch einmal zehn Pfund in die Hand zu drücken. Mutter sein bedeutete, stets zu geben.

»Wie du meinst, Mum«, hatte Ellen erwidert, das Geld in die Tasche gesteckt und sie ein letztes Mal gedrückt. »Au revoir! Und stell keine Dummheiten an!«

Während das Gesicht ihrer Tochter im Zugfenster immer kleiner geworden war und Maggie ihr wild winkend hinterhergesehen hatte, hatte sie sich gefragt, ob sie ihr bis nach Paddington hinterherlaufen könnte. Als ihre Tochter endgültig aus ihrem Blickfeld verschwunden war, hatte sie die Arme um sich geschlungen, um die Kälte und noch mehr die

Tränen abzuwehren, und war zurück zum Parkplatz marschiert.

Sie wusste, dass die große Traurigkeit später noch kommen würde, wenn der Wirbel um ihre Abreise verflogen war. Sie würde sie furchtbar vermissen, auch wenn sie ihre Tochter in letzter Zeit immer nur wenige Minuten am Tag gesehen hatte, in denen Ellen irgendetwas von ihr gewollt hatte. Doch für den Moment hatte sie beschlossen, sich zusammenzureißen. Sie musste in ihr Geschäft fahren, Isabels Kleid fertig machen und anschließend ihr Weihnachtsdate abholen, das keins war.

Weder sie noch Marco hatten auf der Fahrt von der Wohnung zum Institut viel gesprochen. Nachdem er ins Badezimmer gehumpelt war, um zu duschen, war sie ins Wohnzimmer gegangen und hatte sich auf das Ledersofa gesetzt. Er wusste, dass er sie rufen konnte, wenn er Hilfe brauchte, auch wenn sie sehnlichst hoffte, dass das nicht passieren würde. Ihn einmal unbekleidet zu sehen war genug. Sie musste dem Bildarchiv keinen »Frisch-aus-der-Dusche-Anblick« hinzufügen. Sie hatte ihn herumhüpfen hören, und er hatte wie immer geflucht, als er sich anzog, doch er hatte nicht nach ihr gerufen.

Als er ins Wohnzimmer spaziert war mit einem frischen weißen Hemd, einer blassblauen Krawatte und seiner mittlerweile traditionellen schwarzen Jogginghose, hatte sie so getan, als würde sie ein kostenloses Lokalblatt lesen, das im Briefkastenschlitz gesteckt hatte. Eine kleine weihnachtliche Verbrechenswelle hatte Oxford erfasst. Lorbeerkränze waren von Haustüren gestohlen worden. Was war nur aus dieser Welt geworden?

»Kann's losgehen?«, hatte sie gefragt und war mit dem Autoschlüssel in der Hand aufgestanden.

»Von mir aus gern«, hatte er erwidert. Das waren so ungefähr die letzten Worte gewesen, die sie miteinander gewechselt hatten, bevor sie ihn an dem Behinderteneingang abgesetzt und ihn mit seiner Laptoptasche und den Notizen hineinbegleitet hatte.

Sie waren von einer Frau in Empfang genommen worden, die aussah, als würde ihre Haarbürste nie in irgendwelchen Knoten stecken bleiben. Sie hatte sich mit einem unglaublich schick klingenden, europäischen Namen vorgestellt und Marco betrachtet, als wäre er die heißeste Sahneschnitte der westlichen Hemisphäre. Dann war sie zusammen mit Marco auf ihren Wahnsinnsabsätzen verschwunden und hatte Maggie stehen lassen wie ein schäbiges Ersatzteil, das sie auch war.

Genau dieselbe Frau war wieder bei ihm, bemerkte Maggie, als sie sich in den Empfangsraum schlich. Der Rest der Menge bestand aus einer bunten Mischung. Einige trugen sehr stilvolle Anzüge, einige perfekt geschneiderte Kleider, aber es gab Doktoranden in Jeans und Kapuzenjacken. Sie schienen auf jeden Fall alle, den größten Spaß zu haben, und hatten sich bereits um den Tisch mit den Weingläsern versammelt.

Maggie kämpfte gegen die Versuchung an, sich zu ihnen zu gesellen, und winkte stattdessen Marco zu, als er sie erblickte. Er wirkte wie zu Hause in der Gesellschaft dieser glamourösen, erfolgreichen Menschen, dachte sie. Wahrscheinlich weil er außerhalb der verrückten Welt, in der sie die letzten Wochen zusammengelebt hatten, genauso erfolgreich und glamourös war wie der Rest der Anwesenden. Auch wenn sie ihn mittlerweile besser kannte, würde doch ein Teil von ihr ihn immer als »den anderen« betrachten. Als den Fremden, den sie im Park gesehen hatte, der in seiner Blase des Glücks und der Gesundheit lebte. Als den Mann, der mit ihr in ihrem Laden geflirtet und sie sprachlos und mit hochroten Wangen zurückgelassen hatte. Als jemanden, der ihrem kleinen, stillen Universum völlig fremd war.

Maggie beobachtete, wie er sich verabschiedete und die Frau mit den hochhackigen Schuhen seinen Arm so lange wie möglich festhielt. Das war wahrscheinlich jene Art Frau, mit der er normalerweise ausging, vermutete sie, während sie das glänzende, dunkle Haar und die superschlanke Figur betrachtete. Dämliche Kuh!

Sie lächelte Marco kurz zu, als er auf sie zukam. Inzwischen benutzte er die Krücken wie ein Profi, und sein Bein war für ihn fast kein Hindernis mehr.

»Du kannst noch bleiben, wenn du willst«, sagte sie und bemerkte den ungewollt schrillen Ton in ihrer Stimme. »Ich kann später noch mal vorbeikommen. Du scheinst dich zu amüsieren.«

»Das kann täuschen«, sagte er und runzelte leicht verwirrt die Stirn. »Wie geht's dir? Ist Ellen gut weggekommen?«

Maggie nickte. Sie drehte sich um, denn sie wollte unbedingt weg von diesem höflichen Geplauder, den neugierigen Blicken und dem Gestank des Erfolgs anderer Menschen. Sie wusste, wie kleingeistig sie war, doch ihr Tag hatte sich nun mal so entwickelt.

»Ja, alles in Ordnung«, antwortete sie und blieb in der Tür stehen, damit er sie einholen konnte. »Wie ist dein Vortrag gelaufen?«, fragte sie und erkannte, wie kleinlich sie war. Marco traf keine Schuld an ihrer derzeitigen Gefühlslage. Daran, dass sie Ellen vermisste, dass sie traurig war wegen Weihnachten und dass sie sich so attraktiv vorkam wie eine an Lepra erkrankte Ziege. Er konnte nichts dafür, wer er war, genauso wenig wie sie etwas dafür konnte, wer sie war. Ihn in seinem normalen Umfeld zu erleben, umgeben von seinen Fachkollegen, hatte sie verwirrt. Die Realität hatte sie eingeholt, ihr einen ordentlichen Tritt in den Hintern verpasst und einen blauen Fleck der Marke Versager hinterlassen.

»Gut«, antwortete er und hielt ihren Arm fest, damit sie nicht wieder vor ihm davonstürmen konnte. »Was ist los?«

Maggie stieß einen langen, frustrierten Seufzer aus und versuchte, so etwas wie ein Lächeln auf ihre Lippen zu zaubern.

»Nichts. Es ist einfach nur einer von diesen Tagen. Wie auch immer ... mein Herr, die Kutsche steht bereit.«

Er folgte ihr zum Auto, und Maggie wartete, bis er richtig in seinem Sitz saß, ehe sie die Tür zugleiten ließ. Sie verstaute die Krücken und stieg auf der Fahrerseite ein.

»Wie geht's dem Bein?«, fragte sie und versuchte verzweifelt, ihr Gleichgewicht wiederzufinden. Es war ein echt mieser Tag gewesen. Das Duschdrama hatte in ihr eine bis dahin noch nie erlebte Welle der Leere und Unzufriedenheit ausgelöst. Ellen war nach Paris abgedampft, und der Laden hatte sich kalt und verlassen angefühlt. Sie hatte sich sogar beim Weinen ertappt, als sie Isabels Kleid fertiggestellt hatte. Während ihr die Tränen mitleiderregend über die Wangen gerollt waren, hatte sie peinlich darauf geachtet, dass sie keine Flecken hinterließen. Aber auch das war nicht Marcos Schuld, rief sie sich nochmals in Erinnerung. Sie hatte ihn vor einer mittlerweile gefühlten Ewigkeit ausgeschimpft, als er seine schlechte Laune an dem Krankenpfleger ausgelassen hatte, der ihn bei ihr zu Hause abgeliefert hatte, und nun musste sie selbst versuchen, ihre Wut im Zaum zu halten.

»Ach, weißt du«, sagte er, zog das Hosenbein hoch und starrte auf den Gips. »Es ist noch immer da. Es ist noch immer nutzlos. Und es juckt noch immer.«

Maggie betrachtete den Gips und die darauf gekritzelten Sprüche von seinem Ausflug zu Gaynors Hochzeit. Sie lächelte beim Anblick der krakeligen Schriften und neonrosafarbenen Herzen. Dann bemerkte sie die brandneue Hinzufügung. Aha.

»Ist das da eine Telefonnummer?«, fragte sie, obwohl sie bereits wusste, was es war. Und bereits vermutete, von wem sie stammte. Selbst ihre Handschrift war elegant.

»Ach … ja. Diese Frau, die Moderatorin? Chantal? Sie hat gesagt, dass sie keinen Zettel finden kann …«

Ja klar, dachte Maggie mit zusammengebissenen Zähnen und fingerte an den Autoschlüsseln herum. Sie bemerkte ihren festen Griff, wodurch die Fingerknöchel weiß hervortraten, und spürte, dass sich eine Schimpftirade in ihr aufbaute. Sie biss sich so heftig auf die Lippe, dass sie Blut schmeckte, und starrte geradeaus durch die Windschutzscheibe in dem verzweifelten Versuch, nicht vor Wut zu platzen. Sie war zornig, verbittert und traurig und verspürte einen fast unwiderstehlichen Drang, eine Faust zu formen und irgendetwas einen Schlag zu verpassen. Oder irgendjemandem.

»Maggie«, sagte Marco, dem ihr ernstes Gesicht, die geballten Fäuste und die Stille nicht entgingen. »Ist alles in Ordnung mit dir? Bist du … eifersüchtig?«

Seine Stimme stieg leicht an bei dem letzten Wort, und sie bemerkte, dass er lächelte. Genau genommen fast lachte. Was sie nur noch hilfloser machte. Wenn das Eifersucht war, dann war sie widerlich, richtig widerlich. Sie seufzte und versuchte, sich zu zwingen, von der Palme herunterzukommen, auf die sie sich selbst gebracht hatte. O Gott. Er hatte recht. Sie war eifersüchtig. So eifersüchtig, dass sie sich wahrscheinlich gleich in den *Unglaublichen Hulk* verwandelte und alle Airbags auslöste.

»Ja«, antwortete sie leise. »Auf ihre Schuhe. Und jetzt schnall dich an, okay?«

Er nickte. Sein Blick ruhte noch ein paar Sekunden auf ihr, und er wirkte unverschämt selbstzufrieden. Maggie gab sich kurz der Idee hin, ihm einen Karatehieb auf die Nase zu verpassen. Oder ihm zumindest auf den großen Zeh zu treten.

Sie drehte den Schlüssel in der Zündung und wusste, dass das eine Kamikazefahrt werden würde. Sollte sie jemand schneiden oder ihr am Kreisverkehr die Vorfahrt nehmen, würde sie aus dem Auto steigen und ihn innerhalb von Sekunden zu Brei schlagen.

Gerade als sie aus ihrer Parklücke herausfahren wollte, hörte sie den bekannten Piepton einer eingehenden SMS ihres Handys. Ellen, dachte sie, und stellte den Motor wieder aus. Mit der Nachricht, dass sie noch lebte und angekommen war. Sie fischte das Handy aus den Tiefen ihrer Tasche, wischte über das Display in der Erwartung, das vertraute Symbol ihrer Tochter zu sehen. Zwei erhobene Finger und dahinter eine riesige, rote Haarpracht.

Stattdessen sah sie, dass die SMS von Isabel war. Sie runzelte die Stirn beim Lesen und spürte, wie erneut Tränen in ihr aufstiegen. Sie legte das Handy zurück in die Tasche, lehnte sich nach hinten in den Sitz und presste die Augen so fest zusammen, dass ein paar Tropfen seitlich herunterkullerten.

»Was ist los?«, fragte Marco und griff nach ihrer Hand. »Ist was mit Ellen? Was ist passiert?«

»Das war Isabel«, antwortete Maggie, und ließ die Berührung und den Trost zu. »Michael geht es wieder schlechter. Er ist zurück im Krankenhaus. Die Hochzeit … wird dort stattfinden. Heute.«

# KAPITEL 22

Die letzten Gäste einer offensichtlich gelungenen Weihnachts-
feier hielten sich noch immer in der nach dem berühmten li-
terarischen Kriminalbeamten benannten Morse Bar auf, die
zu einem der elegantesten Hotels der Stadt gehörte. Gelächter
und Geplauder hallte von den hohen, gewölbten Decken wider, nur von dem Zweiertisch am Fenster war nichts zu hören.
Der hüllte sich in Schweigen und Nachdenklichkeit, und es
zeigte sich auch kein Lächeln auf den Gesichtern der Gäste.

Maggie und Marco saßen einander gegenüber, beide ein
Glas Wein vor sich. Gedankenverloren betrachteten sie die
Schneeflocken, die auf der geschäftigen Straße draußen her-
umwirbelten. Menschen hasteten vorbei, beladen mit Taschen,
die der Wind ihnen aus den Händen zu wehen drohte. Jugend-
liche spazierten über den Bürgersteig und aßen ungeachtet
des Wetters Pommes frites aus offenen Tüten. Autos fuhren
langsam und vorsichtig über die zunehmend weißer werden-
den Straßen.

In dem gemütlichen, holzvertäfelten Raum herrschte Freude,
Spaß und jene Art weihnachtlicher Stimmung, die vom Kon-
sum diverser alkoholischer Getränke herrührte. Am Tisch ne-
benan saß ein junges Paar, das gerade von der Feier gekommen

war, und lehnte sich nah zueinander vor. Beide trugen noch ihre Namensschilder. Die Hand des Mannes lag tastend auf dem Oberschenkel der Frau, die ihn anlächelte und sich noch weiter vorbeugte.

»Sieht aus, als hätte hier noch jemand eine aufregende Nacht vor sich«, sagte Maggie und deutete mit ihrem Kopf zu den beiden hin. Marco sah hinüber und lächelte.

»Dann wünsche ich den beiden viel Spaß. Zumindest werden sie morgen früh noch den Namen des anderen wissen.«

Seine Antwort entlockte ihr ein kleines Lachen, was ein äußerst seltenes Geräusch war an diesem Tag, der sich als einer der schwersten in ihrem Leben erwiesen hatte. Sie waren direkt vom Krankenhaus hierhergekommen, wo Isabel und Michael, das frisch verheiratete Paar, unter sehr dramatischen Umständen gerade ihr gemeinsames Leben begonnen hatten.

Michael war einen Tag zuvor zu Hause zusammengebrochen. Nachdem er eilig ins Krankenhaus gebracht worden war, um untersucht zu werden, hatte er in stirnrunzelnde Gesichter geblickt und vorsichtig formulierte Sätze zu hören bekommen, die alle auf eine unangenehme Nachricht hinausliefen. Er war sehr, sehr krank. Keiner hatte es ausgesprochen, während sie auf seinen behandelnden Arzt gewartet hatten, doch das war auch nicht nötig gewesen.

Plötzlich war eine Hochzeit an Heiligabend zu weit weg erschienen. Wie eine ferne Küste, die sie vielleicht nie erreichen würden. Michael und Isabel hatten gefragt, ob sie nicht dort, im Krankenhaus, heiraten könnten, und die Belegschaft hatte es wie durch ein Wunder ermöglicht.

Maggie war mit dem Kleid aus dem Aufzug aufgetaucht und hatte sofort Isabel entdeckt. Sie hatte sie so fest gedrückt, dass sie glaubte, sie würde sie nie wieder loslassen. Doch sie hatte ihre Tränen zurückgehalten, fest entschlossen, nicht am Schluss noch diejenige zu sein, die getröstet werden musste. Das war Isabels Tag, egal wie verkorkst er war. Nach einem Jahr mit zahlreichen Anproben und Gesprächen, in denen sie dieses wundervolle, junge Paar näher kennengelernt hatte, brach es Maggie das Herz, dass die Hochzeit jetzt auf diese Weise stattfinden sollte. Nicht in ihrer Dorfkirche, wie sie es vorgehabt hatten, sondern in einem kleinen Raum mit einem Handreinigungsspender an der Wand, umgeben von nüchternen, klinisch sauberen Fluren.

Der Tisch war bereits mit Kuchen, Champagner und Konfettischachteln voll gewesen, als Maggie und Marco angekommen waren, und die verlaufene Wimperntusche der beiden perfekt gekleideten Brautjungfern hatte verraten, dass sie geweint hatten. Andere Patienten auf der Station hatten dem jungen Paar ihre Genesungsblumensträuße geschenkt, als sie von der bevorstehenden Hochzeit erfahren hatten, und so standen in Michaels Zimmer überall Vasen mit bunten Blumen.

»Bitte, bleibt doch«, hatte Isabel gesagt, als sie und Maggie sich schließlich aus der Umarmung gelöst hatten. »Du und Marco. Wir versuchen, die Hochzeit so fröhlich wie möglich zu gestalten, und würden unseren Freudentag gern mit euch teilen. Wir werden nicht aufgeben. Wir müssen hoffen, dass sie sich irren. Dass es ein Wunder gibt. Dass unser gemeinsames Leben heute beginnt. Bleibt bitte, wenn ihr könnt!«

Und so waren sie geblieben. Maggie hatte Isabel in das Kleid geholfen, und die Brautjungfern hatten sich um ihr Haar und das Make-up gekümmert. In dem Pausenraum der

Krankenschwestern hatte neben dem Geruch von Haarspray und Parfüm noch ein zarter Rosenduft gehangen, den Maggie auf die Innenseite des Kleids gesprüht hatte.

Als sie fertig gewesen waren, hatte Isabel umwerfend ausgesehen. Das Etuikleid war perfekt. Schlicht, eng anliegend, aus Satin, mit gestickter elfenbeinfarbener Spitze und einem passenden Schleier. Während Maggie mit ihrem Handy Fotos gemacht hatte, waren Krankenschwestern herbeigeströmt, die keinen Dienst hatten, und hatten das Kleid mit vielen »Ahs« und »Ohs« kommentiert. Die hektischen Vorbereitungen hatten die wasserfesten Schönheitsprodukte kräftig auf die Probe gestellt, und als sie fertig waren, um nach draußen zu gehen und den Krankenhausgeistlichen zu treffen, hatten alle eine Träne vergossen.

Isabel war am Arm ihres traurig blickenden Vaters den Flur hinuntergeschritten, gefolgt von den Brautjungfern und Maggie. Patienten und Personal der Station waren aufgetaucht und hatten den Gang gesäumt, manche in Dienstkleidung, manche in Schlafanzügen und Bademänteln, andere in Krankenhaushemden. Sie hatten alle geklatscht, als die Hochzeitsgesellschaft an ihnen vorbeigezogen war, da ihnen bewusst war, was das bedeutete. Eine Trauung in einem Krankenhausbett konnte nur einen äußerst unfestlichen Grund haben. Doch Isabel schien daran keinen Gedanken zu verschwenden. Sie schritt den Flur hinunter, als würde sie vor den Altar treten. Leuchtend, strahlend, wunderschön. Eine durch und durch perfekte Braut.

Eine der Krankenschwestern hatte sich Marcos Laptop ausgeliehen und eine Version des Hochzeitsmarschs heruntergeladen, der erklang, als Isabel majestätisch durch die Tür auf den Mann zuschritt, den sie liebte.

Michael saß aufgerichtet in seinem Bett und trug den Hochzeitsanzug, der mittlerweile an ihm schlotterte. Er sah abgespannt und geschwächt aus, und sein Arm war an einer Infusion angeschlossen. In dem Moment jedoch, in dem er Isabel erblickte und sie in das Zimmer schritt, schien er wieder zu neuem Leben zu erwachen, versteckte Energie zu finden, die ihn vor Glück strahlen ließ, als er ihre Hand ergriff.

Maggie beobachtete die Trauung von etwas weiter hinten im Raum. Ihr Blick war auf das Paar gerichtet, doch sie spürte Marco an ihrer Seite, der an der Wand lehnte. Als unweigerlich Tränen über ihre Wangen rollten, legte er den Arm um sie und zog sie fest an sich. Sie schmiegte sich an ihn, froh über seine Stärke, seinen Trost und sein Verständnis. Froh darüber, nicht allein zu sein, während sie still weinte.

Nachdem die beiden zu Mann und Frau erklärt worden waren und Isabel sich vorbeugte, damit Michael seine Braut küssen konnte, schimmerten selbst in Marcos Augen Tränen.

Allen Widrigkeiten zum Trotz war die Zeremonie perfekt gewesen, auch ohne Kirche, Gäste oder endlose Gruppenfotos, aber mit allem, was wirklich wichtig war. Liebe, Freude, Zusammengehörigkeit und die absolute Gewissheit, das Richtige zu tun.

Irgendjemand warf Konfetti, und ein Champagnerkorken knallte. Michaels Vater ließ das Brautpaar hochleben und zog dann Zigarren hervor, die nicht geraucht werden durften. Plastikbecher wurden verteilt, selbst an die Patienten draußen auf dem Flur, und Schampus eingegossen. Die Feier hatte begonnen.

Als Maggie und Marco das Fest verließen, saß Isabel noch immer auf der Bettkante, lachte und lächelte, während Michael ihre Hand so fest hielt, wie er konnte. Er schien sie nie wieder loslassen zu wollen.

Diese Hochzeit war schlichtweg die schönste und emotional ergreifendste, die Maggie je erlebt hatte.

Als Marco und Maggie auf den Parkplatz des Krankenhauses traten, hatte es erneut zu schneien begonnen. Weiße. Flocken wirbelten durch die Luft, während sie langsam und vorsichtig dicht nebeneinander zu ihrem Wagen und in die Realität zurückkehrten.

Maggie hatte schnell die Heizung eingeschaltet und sich in ihre verfrorenen Hände gepustet. Das Radio war zu Leben erwacht. Aus einer örtlichen Kirche wurde eine Weihnachtsmesse übertragen. Engelsgleiche Stimmen sangen die melancholischen Töne von *In The Bleak Midwinter.*

Sie hatte Marco angeblickt, der wie eine Stoffpuppe in seinem Sitz zurückgelehnt gesessen hatte, das Gesicht merklich angespannt. Auch wenn er das Brautpaar kaum gekannt hatte, war es für niemanden, der ein Herz hatte, möglich, diese Trauung emotional unbeschadet zu überstehen. Und Marcos Herz war größer als das der meisten anderen. Das wusste Maggie.

»Ich will noch nicht nach Hause«, hatte sie gesagt und auf den Schnee gestarrt.

»Dann fahren wir noch nicht nach Hause«, hatte er geantwortet, ihre zitternden Hände genommen und sie gewärmt. »Sondern irgendwo anders hin. Wir reden miteinander oder reden nicht. Essen etwas oder essen nichts. Geben uns die Möglichkeit zu verschnaufen. Und wir stoßen an. Auf Isabel und Michael. Auf ihre Zukunft, wie auch immer die aussehen mag.«

Das war vor mittlerweile zwei Stunden gewesen, als es an

der Bar noch ruhiger war und die Feier sich wahrscheinlich auf einen Veranstaltungsraum beschränkt hatte. Sie hatten die Hand des anderen gehalten, abwechselnd still dagesessen, miteinander geredet und nach draußen geblickt. Gedankenverloren, aber zumindest zusammen. Sie hatten Wein getrunken, gegessen und sich gegenseitig getröstet.

Jetzt, da die Party um sie herum in vollem Gang war, was sich in lautem Geschnatter, Lachen und betrunkenen, in den Ecken schmusenden Paaren kundtat, konnte Maggie sich nichts Schlimmeres vorstellen, als in ihr leeres Haus zurückzukehren. Zu den noch sichtbaren Spuren von Hurrikan Ellen. Zu Marcos Sachen, die schon bald ebenfalls verschwunden sein würden. Zu den zugezogenen Vorhängen und den dunklen Fenstern der verlassenen Wohnung ihres Vaters. Zu dem verdammten aufblasbaren Weihnachtsmann ihres Nachbarn und den herunterhängenden Zweigen ihres eigenen Weihnachtsbaums.

Zu der Tatsache, dass sie ein Schattendasein führte, weil sie ihr Leben von Verwicklungen, Problemen und Wagnissen freihielt.

Als Isabel und Michael ihre Ringe getauscht hatten, hatte sie erkannt, dass die beiden selbst dort im Krankenhaus mehr Freude und Heiterkeit teilten, als ihr je in ihrem Leben begegnet waren.

Vielleicht war es an der Zeit, endlich einen Schritt vorwärts zu machen, dachte sie und blickte in Marcos haselnussbraune Augen. Etwas zu riskieren. Ihre Chance zu ergreifen, Leidenschaft in ihrem Leben zu erfahren, selbst wenn es nur für wenige Tage war.

»Ich will noch immer nicht nach Hause«, erklärte sie, beugte sich vor und küsste ihn. Seine Hand glitt sofort in ihr

Haar, er zog sie noch enger an sich und erwiderte ihren Kuss mit einem Feuer und einer Hingabe, nach der sie sich gesehnt hatte.

Als der Kuss endete, hielt er ihr Gesicht in den Händen. »Dann machen wir eben etwas anderes.«

# KAPITEL 23

»Dieses Kleid ist zumindest in diesem Monat mehr als seinen Preis wert«, sagte Maggie und wickelte es aus der Plastikhülle von der Reinigung.

»Es ist wunderschön«, sagte Marco von dem Bett aus, auf dem er lag, die muskulösen Arme hinter dem Kopf verschränkt. Nackt, abgesehen von seinen Boxershorts. »Aber ich muss zugeben, dass ich das, was du jetzt trägst, lieber mag.«

Maggie blickte an sich hinunter auf den schwarzen Slip und den passenden BH. Es erstaunte sie noch immer, dass sie sich wohlfühlte, so herumzulaufen. Dass sie irgendwie genügend Selbstvertrauen entwickelt hatte, um nicht nur mit Marco zusammen nackt zu sein, sondern auch ungeniert vor ihm in der Unterwäsche herumzustolzieren. Sie hatte sich innerhalb von vier Tagen in ein schamloses Frauenzimmer verwandelt. Zumindest in seiner Nähe.

»Dagegen ist nichts einzuwenden«, erwiderte sie, ließ das Kleid los, wanderte zu dem Himmelbett und kletterte zu dem Mann, der darin lag. Sie beugte sich zu ihm hinunter und küsste ihn. »Aber ich glaube nicht, dass mein Outfit einer weihnachtlichen Kleiderordnung entspricht, oder?«

»Bis zur Taufe dauert es noch Stunden«, wandte er ein und

schlang die Arme um ihre Taille, sodass sie nicht fliehen konnte. »Bis dahin könnten wir doch noch üben. Ich steigere zwar kontinuierlich meine Technik im einbeinigen Liebesspiel, aber glaube mir, das geht noch viel besser.«

Sie seufzte, als seine Hände verführerisch über ihren Rücken glitten, und spürte die sehr männliche Reaktion, an die sie sich wohl nie gewöhnen würde. Sie sah den verschwommen Blick seiner begierigen, haselnussbraunen Augen, als sie sich an ihn drängte. Sie genoss das Gefühl seiner nackten Brust auf ihrer Haut und zitterte, als seine Lippen begannen, den empfindsamen Bogen ihres Halses zu erkunden. Ein warmer Strom breitete sich in ihr aus. Dass das noch steigerungsfähig sein sollte, war außerhalb ihres Vorstellungsvermögens, dachte sie.

Vier Tage dieser köstlichen Folter, und sie konnte es noch immer nicht fassen. Ihre erste gemeinsame Nacht in dem Hotel. Das gemeinsame Aufwachen, eng aneinandergeschmiegt, sein Bein besitzergreifend um ihre Hüften geschlungen. Das Zulassen der Gefühle, die sie seit dem ersten Zusammentreffen mit diesem Mann gehabt hatte und die sie in einen Rausch versetzten. Die wunderbare Körperlichkeit, die sie miteinander teilten.

Aber vor allem empfand sie sich selbst als unfassbar. Sie hatte sich unter seinen erfahrenen Händen geöffnet und war erblüht. Offen gesagt verstand sie nicht, wie es zwischen einem betrunkenen Fummeln auf dem Rücksitz eines Datsun Sunny und dieser unglaublichen, herrlichen Harmonie, die sie mit Marco teilte, überhaupt eine Verbindung geben konnte. Marco hatte etwas in ihr geweckt, das sie nie wieder verlieren wollte, und so hatte sie schlicht zugestimmt, mit ihm nach Schottland zu reisen, als er sie noch einmal gefragt hatte.

Jetzt waren sie hier. In dem Hotel, das die Cavelli-Sippe vollständig in Beschlag genommen zu haben schien, und bereiteten sich auf Lucas Taufe vor, die am heutigen Heiligabend stattfinden sollte. Oder auch nicht, dachte sie, als Marco verstohlen ihren BH öffnete …

»Das sollten wir besser nicht tun«, flüsterte sie.

»Doch, sollten wir«, entgegnete er und umschloss mit seinen Lippen eine ihrer mittlerweile entblößten Brustwarzen, was sie augenblicklich außerstande setzte weiterzusprechen.

# KAPITEL 24

In der winzigen Kapelle drängten sich Familie und Freunde von Rob und Leah. Das Paar selbst stand vorne. Leah hielt Lucas kleine, knubbelige Hand fest umklammert, um zu verhindern, dass er Reißaus nahm.

Marco fungierte als Pate, und Morag, eine Freundin der Familie, der das Cottage gehörte, in dem Rob und Leah sich kennengelernt hatten, war Patin. Sie war eine absolute Klassefrau, so hatte Leah sie beschrieben.

Als die Taufworte gesprochen wurden und der Priester nach Lucas Hand griff, schaffte der es schließlich doch, sich aus dem Griff seiner Mutter zu befreien. Er sah wild entschlossen aus, in seinem feinen Anzug den Gang hinunterzujagen, und nahm Anlauf.

Rob, der an diese Verfolgungsjagden eindeutig gewöhnt war, verhinderte es, indem er ihn schwungvoll in seine Arme hob. Dann flüsterte er ihm ein paar beruhigende Worte ins Ohr. Luca wandte sich mit einem mürrischen Gesicht dem Priester zu, beugte sich vor und sah aus, als wollte er ihn gleich beißen.

»Ich taufe dich im Namen des Vaters«, sagte der Priester und ließ Wasser auf Lucas dunkle Locken tropfen. Kleine

Rinnsale liefen über das wütende Gesicht und die rosigen Wangen des Jungen.

»Böser Mann!«, rief Luca und zeigte auf den Priester. »Nass!«

»Und im Namen des Sohnes«, fuhr der Priester fort und wiederholte die feuchte Prozedur, woraufhin ein Schrei ertönte, auf den hin die Buntglasfenster zu zerspringen drohten.

»Und des Heiligen Geistes«, beendete er den Satz und schaffte es gerade noch, Luca mit dem Wasser zu besprenkeln, bevor der tatsächlich versuchte, ihn zu beißen. Der Priester zog im letzten Moment seine Finger weg, und in Maggie stieg der Verdacht auf, dass das nicht Lucas erster Versuch einer Bissattacke war.

Sie unterdrückte ein Lachen, während sie die Zeremonie weiterverfolgte, und wagte es nicht, jemand anderen anzublicken, aus Furcht loszuprusten. Sie bemerkte, dass Dorothea, Rob und Marcos Mutter, eine große, elegante Erscheinung mit einem weißen Pagenkopf, sich ebenfalls auf die Lippe bissen und die Augen schlossen, während eine stille Heiterkeit ihre Körper durchzuckte.

Marco winkte Maggie zu, als er auf Krücken durch den Gang humpelte und zusammen mit den anderen zurück zu seinem Platz ging. Leah schien kurz davor, in Ohnmacht zu fallen. Diese Taufe war in der Planungsphase bestimmt eine tolle Idee gewesen, ging es Maggie durch den Kopf. Eine wunderschöne Feier, die an dem Ort, an dem Rob und Leahs Liebe erblüht war, an Heiligabend stattfinden sollte. Inmitten der atemberaubenden, verschneiten Landschaft Schottlands.

Doch jetzt, mit einem Kleinkind, dessen innerer kleiner Teufel sich langsam deutlich zeigte, und mit Baby Nummer zwei im Anmarsch, sah Leah eher aus, als würde sie lieber mit einem guten Buch im Bett liegen. Die Ärmste!

Die Taufe neigte sich ihrem Ende zu, und die Gäste begaben sich für den Empfang zu dem nahe gelegenen Hotel. Einige waren mit Autos gekommen, andere zu Fuß, einschließlich Maggie. Sie schlidderten und rutschten über den vereisten Feldweg, eingehüllt in Mäntel und Schals, die schon bald frischer Schnee überzog.

Als Maggie im Hotel ankam, hatte Leah es sich bereits auf einem Lehnstuhl neben einem offenen Kamin gemütlich gemacht und die Schuhe abgestreift. Ein riesiger Teller mit Sandwiches stand auf einem kleinen Tisch neben ihr. Ihr Bauch, der in einem blumengemusterten, roten Kleid steckte, war so groß, dass ihre Arme und Beine wie kleine, aus der Mitte herausragende Cocktailspieße wirkten. Das blonde Haar, ursprünglich zu einem ordentlichen Knoten hochgesteckt, begann sich allmählich zu lösen, und sie klopfte rhythmisch mit den Händen auf ihren Bauch, als sie Maggie zulächelte.

»Hallo«, sagte sie leise. »Komm, setz dich zu mir! Ich habe mich vorübergehend der Verantwortung für dieses kleine, teuflische Kind entledigt, und da ich mich nicht einmal betrinken kann, habe ich vor, die nächsten Stunden hier sitzen zu bleiben und Essen in mich hineinzustopfen. Am Ende des Tages werde ich jeden Einzelnen hier hassen.«

»Das kann ich dir nicht verübeln«, erwiderte Maggie und spähte zu den Getränken hinüber, die Ober in Schottenröcken auf Tabletts anboten. »Wie geht es dir?«

»Ach, weißt du, ich komme mir vor wie ein Walross«, antwortete Leah und verdrehte die Augen, als kurz ein Schmerz in ihren Rücken schoss. »Stocknüchtern. Unter Schlafmangel leidend. Nervös. Aber … glücklich. Ja. Wirklich glücklich. Ich weiß, dass es im Augenblick nicht so aussieht, aber wir waren nicht immer dieser kleine, perfekte Familienverbund. Auf dem Weg dorthin hat es viel Kummer gegeben und Momente, in denen ich ehrlich die Hoffnung aufgegeben hatte, jemals wieder glücklich zu sein. Ich war während der ganzen Schwangerschaft in London, weg von Rob, ohne zu wissen, ob mein Kind seinen Vater je kennenlernen würde. Ich war völlig zerrissen, eine Hälfte von mir war in Europa, die andere bei ihm in Chicago.

Wann immer ich mich also total erschöpft oder übermäßig schwanger fühle, oder wenn mein süßer Sohn versucht, Gottes irdische Vertreter zu verstümmeln, muss ich mir nur diese Zeit in Erinnerung rufen. Muss mich an das Happy End erinnern, und dass es all das wert war. Außerdem esse ich zu viel«, sagte sie und griff nach einem Sandwich. »Das ist ein Allheilmittel. Aber wie geht es dir denn? Du wirkst … so anders.«

»Ich weiß«, erwiderte Maggie und errötete leicht, weil sie vermutete, dass ihr Gegenüber intuitiv den richtigen Grund erriet. »Das muss wohl daran liegen, dass ich nicht mehr auf einem Gummiring sitzen muss.«

»Ha! Das glaube ich dir irgendwie nicht«, entgegnete Leah und musterte Maggies flammend rotes Gesicht etwas zu eingehend. »Ich hege den leisen Verdacht, dass du dem berüchtigten Charme der Cavelli-Männer erlegen bist. Natürlich gebe ich mir selbst die Schuld. Ich hätte dich nie mit diesem üblen Raubtier allein lassen dürfen …«

Maggie brach in Gelächter aus, und Leah stimmte ein, als genau in dem Moment das üble Raubtier auf sie zugehüpft kam. Marco hatte beschlossen, dass der Hemd-und-Jogging-hosen-Look endgültig vorbei war und Maggie überredet, das Hosenbein eines Anzugs bis zum Knie abzuschneiden, es umzusäumen und den Gips der Welt zu zeigen. Luca hatte noch eine Darstellung des Weihnachtsmanns hinzugefügt, die aus einem einzigen roten Augapfel und einem großen, grauen Bart bestand.

»Hallo, meine Damen«, sagte er, beugte sich vor, um Leah auf die Wange zu küssen und legte kurz seine Hand auf ihren riesigen Bauch. »Wie geht es dem kleinen Kerl?«

»*Ihr* geht es gut, danke«, antwortete Leah und zog ihn zu sich hin. »Ich sage euch allen schon die ganze Zeit, dass es ein Mädchen wird.«

»Ich weiß, aber ich bin ein Mann. Du erwartest doch nicht, dass ich dir zuhöre, oder?«

Er blickte hinüber zu Maggie und spürte, wie ein Lächeln seine Lippen umspielte. Das schien stets zu passieren, wenn er in ihrer Nähe war. Wenn er an sie dachte. Was so gut wie immer war, wie er zugeben musste.

Seit dieser ersten gemeinsamen Nacht in dem Hotel hatten sie kaum eine Sekunde getrennt voneinander verbracht. Und kaum eine Sekunde bekleidet, außer auf der Fahrt nach Schottland. Es waren vier Tage reinster Wonne gewesen, selbst mit einem gebrochenen Bein.

Sie lächelte zurück, doch keiner von ihnen sagte etwas. So war es manchmal. Entweder scherzten sie miteinander oder waren still, als wäre es nicht nötig, stets miteinander zu reden. Allein das Zusammensein genügte schon. Marco hatte so etwas noch nie erlebt, und sein Herz zog sich immer leicht zusammen, wenn er daran dachte, dass er sie irgendwann verlassen musste, um nach Chicago zurückzukehren. In sein vermeintlich richtiges Leben. Wenn er sich von ihrem kleinen, hübschen Haus, von Oxford, von Ellen und Paddy und natürlich vor allen von ihr verabschieden musste. Von dieser ruhigen, warmherzigen, unglaublich witzigen Frau, die ihn willkommen geheißen hatte in ihrem Leben, ihrem Haus und schließlich in ihrem Bett. Einem Bett, das er nie wieder verlassen wollte.

Er war davon ausgegangen, dass sie in dieser ersten Nacht nervös sein würde. Verängstigt. Aufgeregt. Doch er hätte sich nicht mehr irren können. Sobald er sie berührt hatte, war sie zum Leben erwacht. Und ihm erging es nicht anders, vermutete er langsam.

»Du bist sehr still«, sagte er schließlich und beugte sich vor, sodass er eine Hand auf ihr Knie legen konnte, zu der augenblicklich ihre kalten Finger hinwanderten.

»Ich versuche, geheimnisvoll zu sein«, erwiderte sie, und ihre grünen Augen funkelten, als sie ihn ansah. »Das passt besser zu mir. Ich bin nicht so wie Leah oder auch Ellen. Ich gehöre nicht zu diesen Frauen, die auffallen und einen Raum zum Erstrahlen bringen. Ich bleibe eher unbemerkt.«

»Na ja, das kommt darauf an, wer in deiner Nähe ist«, meinte er und drückte ihre Finger. »Auf jeden Fall bringst du den Raum für mich zum Strahlen, mein Schatz. Ich muss kurz nach draußen. Da soll eine Schneeballschlacht stattfinden, und ich muss mir noch eine strategisch günstige Position suchen. Und bevor du es sagst … ja, ich werde vorsichtig sein.«

Er beugte sich vor, um ihr schnell einen Kuss zu geben. Dann schwang er sich hoch und humpelte zur Tür. Maggie sah nach draußen und erblickte ungefähr ein Dutzend Gestalten, kleine und große, eingepackt in Jacken, die in dem schneebedeckten Garten herumliefen. Marco wagte sich hinaus und wurde augenblicklich mit Schneebällen bombardiert, woraufhin sie lächelte. Das musste wohl seine erste strategische Entscheidung gewesen sein, dachte sie. Die Vernichtung von Schneebällen.

Sie wandte sich wieder Leah zu, die sie mit ihren zusammengekniffenen bernsteinfarbenen Augen musterte.

»Ich hatte recht«, sagte sie triumphierend. »Ich musste keine getrennten Zimmer für euch buchen, stimmt's? Das, was er da gerade gesagt hat ... dass du einen Raum zum Strahlen bringst? Das war eines der romantischsten Bekenntnisse, die ich je aus dem Mund eines Mannes gehört habe. Und ganz bestimmt aus *seinem* Mund. Also ... erzähl mir alles. Ich bin praktisch Familie.«

»Hmm ... da gibt's eigentlich nicht viel zu erzählen, Leah. Es hat uns irgendwie überrollt. Dinge sind passiert. Dinge haben sich geändert. Und es gibt Dinge ... die kompliziert sind.«

»Was? Wieso kompliziert? Dieses Wort mag ich gar nicht. Für mich sieht das alles ziemlich einfach aus. Er ist in dich verliebt. Du könntest genauso gut ein T-Shirt tragen mit der Aufschrift ›Die Richtige‹.«

»Red keinen Unsinn!«, quietschte Maggie und starrte Leah an, als wäre sie verrückt. »Natürlich ist er nicht in mich verliebt! Das ist nur ein ... Techtelmechtel. Ein Weihnachtstechtelmechtel. Er wird in sein Leben zurückkehren und ich in meins. Alles wird wieder normal sein.«

»Aha«, antwortete Lea stirnrunzelnd. »Zurück zur Normalität. Das willst du? Warst du damit glücklich?«

Maggie ging nicht auf ihre Worte ein, sondern blickte nach draußen. Marco hatte sich auf eine Kühlerhaube gesetzt und schwenkte die Krücken, als wären es Maschinenpistolen, mit denen er einen Massenangriff abwehrte. Einen Angriff, der in

Form von Luca und anderen Kindern unterschiedlicher Größe auf ihn zukam. Sie näherten sich ihm, warfen Schneebälle und quietschten jedes Mal vor Vergnügen, wenn sie ihr Ziel trafen. Marcos Mütze war klatschnass und klebte an seinem Kopf, und er sah genauso glücklich aus wie die Kinder.

Er wirkte mit diesen schreienden Kindern so natürlich.

Kinder. Genau das, was sie ihm nicht schenken konnte. Und was er verdiente.

Ihr Blick wanderte wieder zurück zu Leah, und sie legte so viel Gefühl in ihre Stimme, wie sie konnte.

»Ja«, sagte sie. »Ja, das war ich, und das will ich.«

Leah stieß so etwas wie ein »Pah« aus und legte ihr Sandwich zurück auf den Teller. Sie beugte sich so weit vor, wie es ihr Babybauch zuließ, und durchbohrte Maggie mit ihrem Blick.

»Tut mir leid, Maggie, aber das glaube ich dir einfach nicht«, sagte sie. »Ich habe doch Augen im Kopf und bekomme mit, wie du ihn ansiehst. Wie ihr euch anseht. Das ist mir schon am ersten Tag aufgefallen, damals im Krankenhaus. Marco ist ein wunderbarer Mensch. Seit unserer ersten Begegnung war er nichts als nett und hilfsbereit. Er sieht zwar aus wie ein Kraftprotz, hat aber einen weichen Kern. Ich habe nie verstanden, warum es keine Frau in seinem Leben gibt. Und glaub mir, es hat genügend gegeben, die es versucht haben. Ich vermute, dass es mit Rob zu tun hat. Mit den Ereignissen nach dem Tod seiner ersten Frau. Ich glaube, von da ab hat Marco für Rob gelebt. Er hat sein eigenes Leben zurückgestellt, als Rob diesen Nervenzusammenbruch hatte, der fast ewig gedauert hat. Und danach, als er mich kennengelernt hat, war es zur Gewohnheit geworden. Du bist die einzige Frau, die diese Gewohnheit hat durchbrechen können. Sag mir, dass du ihn nicht liebst. Blick mir in die Augen, und sag mir das!«

Maggie starrte auf die verschränkten Hände in ihrem Schoß. Dann blickte sie zu dem knisternden Feuer und der gewaltigen Kiefer in der Ecke des Raums hin, die mit unzähligen schottengemusterten Schleifen geschmückt war, und anschließend durch das Fenster zu der Schneeball werfenden Armee. Schließlich betrachtete sie ihre Hände. Sie schaute überall hin, nur nicht zu Leah. In dieses hübsche Gesicht, in diese wissenden Augen, zu dieser Frau, die einen emotionalen Röntgenblick zu haben schien.

Irgendwann konnte Maggie ihre Tränen nicht mehr zurückhalten. Als ihre Sicht durch den flüssigen Herzschmerz verschwommen war und sie die Stille nicht mehr ertragen konnte, sah sie auf. Sie begriff, dass sie es jemandem erzählen musste. Dass sie darüber sprechen musste. Dass sie die Dämme nach all den Jahren brechen lassen musste.

»Ich liebe ihn«, sagte sie leise. »Ich kann dir nicht in die Augen sehen und das leugnen. Aber es wird nicht funktionieren. Sieh ihn dir da draußen an! Genau das sollte er haben. Das ist es, was er verdient. Eine Familie wie deine. Du weißt, wie toll er mit Luca umgeht. Er ist der geborene Vater, doch das kann ich ihm nicht geben. Ich kann keine Kinder mehr bekommen. Ellen war mein erstes und mein letztes Kind. Ich … also, ich möchte nicht ins Detail gehen, aber es ist nicht möglich. Und wenn ich zulasse, dass das mit uns weitergeht, werde ich ihm diese Chance nehmen. Und das wäre nicht fair. Ich muss es beenden, seinetwegen und meinetwegen. Ich weiß nur noch nicht wie.«

Leah öffnete und schloss mehrfach den Mund, während sie Maggies Worte verarbeitete. In ihren Augen schimmerten

Tränen, und sie streckte die Hand aus, um nach Maggies zitternden Fingern zu greifen.

»Das tut mir leid«, sagte sie nur. »Wirklich leid. Wie furchtbar, dass dir das passiert ist. Ich verstehe, wie du dich fühlst. Aber ... Maggie, findest du nicht, dass du Marco entscheiden lassen solltest, was er verdient? Was er will? Hast du mit ihm überhaupt schon darüber gesprochen?«

Maggie schüttelte den Kopf und presste die Lider zusammen, um weitere Tränen zu unterdrücken. Wahrscheinlich hatte sie schon Augen wie ein Panda durch die verschmierte Wimperntusche, und die Feier, die den ganzen Tag dauern sollte, lag noch vor ihr.

»Nein«, antwortete sie. »Habe ich nicht. Eigentlich habe ich bisher noch nie mit jemandem darüber gesprochen. Der einzige Mensch, der es weiß, ist mein Vater. Er war an dem Tag bei mir, als alles schiefgelaufen ist. Ellen habe ich es nie erzählt, da ich es ungerecht finde, Schuldgefühle in ihr zu wecken. Ich habe einfach ... damit gelebt. Und es war okay.«

»Bis jetzt«, sagte Leah.

»Ja«, erwiderte Maggie und blickte zu Marco hin, der zusammengekauert auf der Kühlerhaube lag und sich vor Schneebällen und schreienden Kindern nicht retten konnte. »Bis jetzt.«

# KAPITEL 25

Maggie stieß einen hörbaren Seufzer der Erleichterung aus, als sie den Wagen vor ihrem Haus parkte. Die Autobahnfahrt war die reinste Hölle gewesen, insbesondere weil ihr immer wieder vor Traurigkeit die Tränen in die Augen geschossen waren. Sie hatte sie weggeblinzelt und sich vorgebeugt, während das Spritzwasser der polnischen Lastwagen auf ihre Windschutzscheibe gepeitscht war.

Sie wusste noch immer nicht, ob sie das Richtige gemacht hatte, und der aufblasbare Weihnachtsmann ihrer Nachbarn auf der anderen Straßenseite erteilte ihr auch keine goldenen Ratschläge.

Immerhin war sie zu Hause, dachte sie, stieg aus dem Auto und streckte die müden Beine. Endlich. Nach einer stundenlangen Fahrt allein durch die Nacht. Aber sie war unversehrt. Zumindest körperlich.

Sie öffnete die Haustür und stieß ein paar auf dem Boden liegende Briefe weg, während sie ihre große Tasche hereintrug. Es war fast Mittag. Am ersten Weihnachtsfeiertag. Die Diele fühlte sich kalt und abweisend an, und es roch nach Pizza. Sie wanderte ins Wohnzimmer und erblickte Marcos Bett. Die Laken waren zerwühlt, und sie wusste, dass ihnen sein

Geruch noch anhaftete. Einen Augenblick lang wollte sie nichts sehnlicher, als in dieses Bett kriechen und sich in den Duft des Mannes einhüllen, den sie liebte.

Das war der beste Weg, um wahnsinnig zu werden, kam sie mit sich überein. Also griff sie nach den Laken, riss sie von dem Bett herunter, rollte sie zusammen und klemmte sie sich unter die Arme. Dann spazierte sie in die Küche und stopfte sie in die Waschmaschine. In dem Moment fiel ihr das Lied der Weather Girls ein, *I'm Gonna Wash That Man Right Out Of My Hair.* Ja, genau das hatte sie vor. Anschließend ging sie in die Diele und stellte die Heizung an.

Sie hatten das Haus eilig verlassen, sodass sich noch überall Spuren von Marco fanden. Zwei Flaschen Bier auf dem Wohnzimmertisch, daneben die beiden Joysticks der Spielekonsole, mit der sie *Call of Duty* gespielt hatten und er sie vernichtend geschlagen hatte. Die Pantoffeln auf dem Boden, die er kein einziges Mal getragen hatte, da sie seiner Meinung nach etwas für alte Männer und kranke Leute waren. Eine leere Packung Schmerztabletten. Und schließlich die Action-Man-Figur, die Marco nachempfunden und von Ellen vor einer gefühlten Ewigkeit gebastelt worden war. Jetzt lag sie nach einem Sturzflug auf den eingepackten Geschenken, und das in Toilettenpapier eingewickelte Bein stand in einem rechten Winkel ab.

Sie hob die Figur auf und ertappte sich dabei, wie sie dem Plastikgesicht einen kleinen Kuss gab, bevor sie sie wieder auf einen der mittlerweile herabhängenden Äste setzte.

Ja, dachte sie, ich bin zu Hause. Doch alles, was es zu einem Zuhause machte, fehlte. Ellen, Paddy, Marco. Jetzt fühlte es sich nur noch wie ein kaltes, unordentliches Haus an, wo aus sämtlichen Ecken die Weihnachtsgeister hervorlugten.

Maggie machte sich eine Tasse Kaffee und stapfte nach oben. Zumindest war er dort nie gewesen, was den Bereich zu einer sichereren, ruhigeren Zone machte. Einer Zone, in der ihr Verstand weniger drohte, sich in Wohlgefallen aufzulösen. Die Tür zu Ellens Zimmer stand offen. Als sie daran vorbeispazierte, bemerkte sie die Kleiderhaufen auf dem Boden. Das mit Kaugummi verschmierte Glätteisen, dessen Stromkabel sich wie eine Schlange wand, lag obenauf. Da sie nicht noch mehr an ihre Tochter, die ihr schmerzhaft fehlte, erinnert werden wollte, zog sie die Tür leise zu und ging weiter zu ihrem Zimmer, wo sie sich ein paar Stunden der Ruhe und des Selbstmitleids gönnen wollte. Das hatte sie sich auf der Rückfahrt versprochen.

Sie hatte ein altes Fotoalbum mit nach oben genommen. Ein Album aus den Tagen, als es weder digitale Fotografie, noch Cloud oder Handyfotos gegeben hatte. Aus den Tagen, als ihr Dad in das kleine Geschäft im Krankenhaus geeilt war, eine dieser Wegwerfkameras gekauft, sie mit auf die Entbindungsstation gebracht und die üblichen Bilder einer erschöpften Mutter und eines neugeborenen Kinds geschossen hatte.

Maggie zog ihre Stiefel aus, schlüpfte unter die Bettdecke, zog sie bis unter die Achseln hoch und öffnete den roten Einband des Buchs der Erinnerungen. Sie blätterte durch die Seiten und Jahre und wurde geradewegs in die damalige Zeit ihres Lebens zurückversetzt. Sie sah ein Foto von Ellen, das winzige rote Gesicht wütend verzerrt, hellorangen Flaum auf dem Kopf. Und eins von sich, im Bett liegend, an eine Infusion angeschlossen. Sie versuchte zu lächeln, das Haar klebte ihr am Kopf, die Haut war gespannt und blass und grau in dem grellen Krankenhauslicht.

Sie konnte sich nicht an dieses Foto erinnern. Sie konnte

sich eigentlich an keins der Fotos erinnern. Die Wehen hatten lange gedauert, zwei ganze Tage, und sie waren schmerzhaft gewesen. Sie war noch zu jung und ihr Körper noch nicht bereit für eine Geburt. Sie hatte schreckliche Angst gehabt und sich mit allem, was man von ihr verlangt hatte, schwergetan. Ihr Dad hatte sich die größte Mühe gegeben, doch er war überfordert gewesen. Sein Leben fand noch immer im Pub statt, furchtbar einsam durch den Tod seiner Frau. Sie konnte sich nur noch daran erinnern, dass sie sich nach ihrer Mutter gesehnt und auf dem Höhepunkt der Schmerzen nach ihr geschrien hatte. Die Geburt hatte sich so lange hingezogen, dass drei unterschiedliche Hebammen und Ärzte sie begleitet hatten. Die Nacht verwandelte sich zum Tag und der Tag zur Nacht, und das Personal wechselte.

Als Ellen dann schließlich das Licht der Welt erblickte, hatte das Gefühl der Erleichterung nur wenige Minuten gedauert. Ihr ganzer Körper war taub gewesen und ihr Kopf noch viel mehr. Doch sie hatte am Blick ihres Vaters erkannt, dass irgendetwas nicht stimmte. Als sie ihr Baby in ihrem Arm gewiegt und sich gefragt hatte, wann denn die Mutterfreuden einsetzten, die sie aus Fernsehsendungen kannte, war ihr die Betriebsamkeit im Raum bewusst geworden. Das Stirnrunzeln im Gesicht der Krankenschwester. Das eilige Rufen nach Ärzten, die herbeieilten und an ihrem Bett standen. Und schließlich hatte sie nach unten geschaut und die hellrote Flüssigkeit gesehen, die sich auf den Laken ausbreitete wie verschütteter Wein.

Sie nahmen ihr das Baby weg, und dann brach die Hölle los. Wie sie mittlerweile wusste, hatte sie eine Nachgeburtsblutung gehabt. Eine Blutung, die einfach nicht aufhören wollte. Sie hatten es mit einer schmerzhaften Massage versucht. Sie hatten die Tropfgeschwindigkeit der Infusion erhöht. Der Arzt hatte ihr noch mehr Medikamente verabreicht. Alles, um das Blut zu stoppen, das sich aus ihrem angeschlagenen Körper förmlich ergoss.

Sie erinnerte sich an hektische Gespräche, an ihren Vater, der wiederholt fragte, was vor sich ging, und daran, das Gefühl von Realität völlig zu verlieren. Sie hörte ihr Baby schreien, spürte, wie ihr Vater nach ihrer Hand griff, sah die sich bewegenden Lippen des Arztes, ohne ein Wort zu verstehen, während dieser versuchte, ihr etwas zu erklären. Mit glasigen Augen starrte sie ihn an und verlor das Bewusstsein.

Sie erwachte Stunden später, wund und verwirrt, in ein anderes Leben. In eine andere Zukunft. Man hatte ihr in einer Notoperation die Gebärmutter entfernt und eine Bluttransfusion verabreicht. Damals erschien ihr das nicht real. Oder überhaupt wichtig. Die Gegenwart hielt für sie genügend Herausforderungen bereit, ohne dass sie sich über die Jahre, die vor ihr lagen, Gedanken machte. Mit sechzehn war ein Kind mehr als genug. Es kam ihr nie in den Sinn, dass sie eines Tages um die Kinder trauern würde, die sie nicht mehr bekommen konnte. Dass der Weg ihres restlichen Lebens durch diesen verhängnisvollen Tag vorgezeichnet war. Ein Weg, den sie allein gehen würde.

Maggie nippte an ihrem Kaffee und verschüttete ihn auf den Laken, was ihr ziemlich egal war. Sie blätterte weiter durch das Album und betrachtete noch mehr Fotos von Ellen. Als Baby im Kinderbett, das in ihrem Schlafzimmer aufgestellt worden war, wo noch immer die Poster der Spice Girls an der Wand hingen, die sanft ihr Lied sangen, *Mama,* und Maggie sich wünschte, sie hätte noch ihre eigene Mutter.

Stattdessen versuchte sie, selbst eine Mutter zu sein, und

die nächsten Jahre vergingen in einem Schleier aus Müdigkeit, Stress und jener hektischen Art Langeweile, die das Muttersein oft mit sich bringt. Der Schock über die Gebärmutterentfernung traf sie erst sehr viel später. Da war sie schon weit über zwanzig.

Wenn sie Ellen von der Schule abholte und sich selbst wie ein unartiges Kind vorkam, war sie oft zu schüchtern, um mit den anderen Müttern am Schultor zu sprechen. Anfangs hielten sie sie stets für Ellens größere Schwester, und die peinliche Stille, die folgte, wenn Maggie sie aufklärte, war einfach nicht zu ertragen.

Im Laufe der Jahre sah sie diese Mütter dann mit anderen Babys. Sah sie mit Kinderwagen über die Straße spazieren und Kindersitze in und aus den Autos heben. Sah ihre Familien wachsen und damit die Anforderungen der Elternschaft.

In dieser Hinsicht wurde Maggies Leben leichter. Ihr Dad tauchte aus den Tiefen seiner Hoffnungslosigkeit auf und blinzelte wie ein blinder Maulwurf. Er half ihr bei der Betreuung von Ellen, als sie eine Ausbildung zur Schneiderin begann, und lieh ihr Geld, um das Haus anzuzahlen. Er leistete ihr Gesellschaft, so oft er konnte. Und Ellen ... sie wuchs einfach weiter, ohne sich des Chaos bewusst zu sein, das ihre Geburt ausgelöst hatte.

Während Maggie die vielen Familien um sich herum beobachtete, sehnte sie sich nach weiteren Kindern. Doch sie sehnte sich still und leise. Traurig und allein. Und sie sagte sich, dass sie glücklich sein konnte, überhaupt Ellen zu haben. Vielen Frauen blieben Kinder gänzlich versagt, und das Kind, das sie hatte, war wenigstens absolut perfekt.

Als Maggie dann Marco zum ersten Mal sah, den heißen Papa vom Park, hatte sie sich in ihrem Schattenleben eingerichtet. Hatte sich mit den Verlusten abgefunden und war dankbar für die Vorteile. Sie hatte keine Ahnung, was mit ihr passieren würde, wenn Ellen auszog, weiterzog, wegzog.

Und jetzt war sie hier. Allein in ihrem leeren Haus an Weihnachten. Betrachtete Bilder aus einer Zeit, die eine Ewigkeit zurücklag, und fragte sich, ob das Gefühl der inneren Zerbrochenheit je aufhören würde. Ob Marco zu jener Art Mann gehörte, den man irgendwann vergessen konnte. Ob der Zustand von Zufriedenheit je wieder einkehren würde. Ob es richtig gewesen war, mitten in der Nacht in die verschneite schottische Wildnis zu fliehen, ohne ein einziges Wort des Abschieds. Ob sie eine Geisel ihrer eigenen Erinnerungen bleiben würde, weil sie ihn freigegeben hatte.

Sie schloss das Album. Wischte sich die Tränen und den Schnodder aus dem Gesicht. Und lehnte sich zurück, um zu schlafen.

# KAPITEL 26

Maggie schlief unruhig, körperlich und seelisch ausgelaugt. Sie hatte einen zerrissenen, quälenden Traum, in dem Menschen auftauchten, die sie seit Jahren nicht gesehen hatte, unter anderem ihre Mutter und Ellens Vater, der seit Langem in Neuseeland lebte. Luca kam auch darin vor, er stiefelte in Hüttenschuhen hinter ihr her, fragte nach Weihnachtsfeen und versuchte, ihr in die Finger zu beißen, sobald sie die Hand ausstreckte, um ihm über seine dunklen Locken zu streichen.

Als das Klingeln des Handys sie schließlich weckte, verspürte sie Erleichterung. Sie rieb sich die wunden roten Augen und setzte sich auf, während ihr Verstand allmählich das Bewusstsein zurückerlangte.

Das Handy. Das Handy klingelte. Sie blickte auf das Mondlicht, das um die Ecke der Vorhänge lugte, und begriff, dass sie Stunden geschlafen hatte. Dass Ellen oder ihr Dad wahrscheinlich gerade versuchten, sie anzurufen. Dass sie die SMS, die sie von Marco erhalten und ignoriert hatte, löschen musste. Dass sie aufwachen musste. Aufstehen musste. Sich zusammenreißen musste. Essen und trinken musste. Und versuchen musste, glücklich zu sein. Oder zumindest nicht in Selbstmitleid zu zerfließen. Verdammt noch mal, es war Weihnachten.

Sie griff nach dem Handy, das auf dem Nachttisch vibrierte, erblickte eine ihr unbekannte Oxforder Nummer und nahm das Gespräch nicht an. Eine eventuell aus dem Pub anrufende Sian, die ihr ein frohes Weihnachtsfest wünschen wollte, überforderte sie gerade.

Sie wartete, bis der Piepton der Mailbox erklang und wählte die Nummer, um die Nachricht abzuhören. Es waren insgesamt fünf Anrufe eingegangen. Der erste Anruf begann mit jenem schmerzhaft vertrauten amerikanischen Akzent, den sie gerade nicht verkraften konnte, und sie löschte die Nachricht nach einer Sekunde. Die zweite Nachricht stammte von ihrem Dad, der sie zusammen mit Jim im Hintergrund lauthals grüßte. Hört sich an, als hätten die beiden Spaß auf ihrer Kreuzfahrt, dachte Maggie lächelnd.

Der nächste Anruf war von Isabel, die ihr erzählte, dass Michael »sich tapfer schlug« und sie gerade zusammen ihren Weihnachtstruthahn essen und den übrig gebliebenen Champagner dazu trinken würden. Maggie hatte ein schlechtes Gewissen, als sie die Nachricht abhörte. Sie hatte sich an ihrem eigenen, jämmerlichen Elend so sehr geweidet, dass sie kein einziges Mal an die beiden gedacht hatte. Und an die Tatsache, dass es möglicherweise ihr erstes und letztes gemeinsames Weihnachtsfest sein könnte. Sie gelobte sich feierlich, sie am zweiten Weihnachtsfeiertag anzurufen und zu besuchen. Dann hörte sie die nächste Nachricht ab.

Sie stammte von Ellen, die ihr, grässlich ausgesprochen, »Joyeux Noël« wünschte, und so klang, als hätte sie bereits ein oder zwei Flaschen Vin rouge intus. Die Stimme ihrer Tochter ließ Maggie grinsen, und sie wusste, dass es richtig gewesen war, sie zu ermuntern, nach Paris zu fahren. Ellen würde sich immer an dieses Weihnachtsfest erinnern. Es war etwas, worauf sie noch nach Jahren zurückblicken konnte. Etwas, das immer etwas Besonderes bleiben würde. Ihr erstes Weihnachtsfest weg von zu Hause in einer der wunderschönsten Städte der Welt, zusammen mit ihren neu gewonnen Freunden. Zumindest das hatte sie gut hinbekommen.

Maggie drückte auf »Speichern«, damit sie die Nachricht später noch einmal hören konnte. Vielleicht, wenn sie selbst ein bisschen Vin rouge getrunken und die Geschenke geöffnet hatte, die unter dem Weihnachtsbaum auf sie warteten.

Es gab noch eine Nachricht auf der Mailbox. Die, die gerade eingegangen war. Die mit der Nummer aus Oxford.

»Hallo«, sagte eine unbekannte Stimme. »Hier spricht die Notaufnahme des Oxford General Hospitals mit einer Nachricht für Miss Maggie O'Donnell.«

In dem Augenblick, als sie die Worte hörte, erstarrte Maggie vor Angst, bis die Wirklichkeit sie wieder eingeholt und sie sich beruhigt hatte. Es war der Albtraum sämtlicher Mütter, eine Nachricht zu bekommen, die mit diesen Worten begann. Doch es konnte sich nicht um Ellen handeln. Sie war sicher in Paris. Genau wie Paddy auf den Kanarischen Inseln. Und Isabel hatte bereits angerufen. Sie runzelte verwirrt die Stirn, als die weibliche Stimme fortfuhr.

»Wir haben einen Mr. Marco Cavelli hier, der Sie als Kontaktperson genannt und uns Ihren Namen und Ihre Telefonnummer gegeben hat für den Notfall. Wir werden ihn gleich zur Untersuchungsstation bringen und wollten Ihnen mitteilen, dass die Besuchszeit zwischen achtzehn und zwanzig Uhr ist ...«

# KAPITEL 27

Maggie konnte nicht glauben, dass sie wieder hier war. Dass sie wieder auf denselben Parkplatz fuhr, durch den gleichen Schnee stapfte, in denselben Aufzug stieg, die gleichen, aus winzigen Lautsprechern dringenden Weihnachtslieder hörte und die gleiche Mischung aus Desinfektionsmitteln, Flüssigseife und Krankheit roch. Wie es aussah, konnte sie eigentlich einen Schlafsack mitbringen.

Erst der Besuch hier mit ihrem lädierten Steißbein und Marcos gebrochenem Bein, dann Isabel und Michaels Hochzeit. Und jetzt kämpfte sie sich zum dritten Mal in diesem Monat durch die in unterschiedlichen Grüntönen gestrichenen, labyrinthartigen Gänge, die Tasche fest umklammert, und versuchte, sich an die Atemtechnik zu erinnern, die sie vor langer Zeit in den Yogastunden mit Sian gelernt hatte.

Sie bog um die Ecke zu der Station, blickte sich um und kam sich wie in einem Heim für Leichtverletzte vor. Was immer ihm zugestoßen war, es konnte nicht ganz so schlimm sein, sonst wäre er auf der Intensivstation. Vielleicht hatte er nur ein lädiertes Steißbein. Sie war erleichtert, aber noch immer verwirrt und misstrauisch. Warum war er hier? In Oxford? Eigentlich sollte er gerade in Schottland sein, sie verfluchen und sich auf seine Abreise nach Chicago vorbereiten. So hatte ihr Plan nicht ausgesehen. Überhaupt nicht!

Sie näherte sich dem Schwesternzimmer und wartete still, dass jemand ihr seine Hilfe anbot. Wartete länger als normalerweise üblich, denn plötzlich hatte sie es gar nicht mehr so eilig. Ihr wurde erklärt, dass Mr. Cavelli sich in Zimmer 4A befand. Sie bedankte sich nickend und wandte sich ab.

Einen kurzen Augenblick erfasste sie Panik, und sie blieb wie erstarrt mitten auf dem Gang stehen und versperrte wie eine dieser Steinfiguren auf den Osterinseln den Schwestern, Ärzten, Patienten und Besuchern den Weg. Sie könnte sich einfach umdrehen und gehen, dachte sie, während die Leute an ihr vorbeiliefen. Könnte zurück zum Aufzug gehen und wieder in ihr Auto auf dem Parkplatz steigen. Sie könnte Leah und Rob anrufen und ihnen mitteilen, dass ihr zu Unfällen neigender Verwandter wieder im Krankenhaus lag, und sich so elegant aus der Affäre ziehen.

Sie könnte weglaufen. Weg von diesem Ort, weg von diesem Mann und weg von den Gefühlen, die drohten, eine ausgemachte Angstattacke in ihr hervorzurufen.

»Alles in Ordnung mit Ihnen, meine Liebe?«, fragte ein älterer Herr, der, gestützt auf einen Stock, in einem schäbigen grauen Bademantel an ihr vorbeischlurfte, unter dem überraschenderweise ein T-Shirt mit dem Konterfei von Take That hervorlugte.

»Äh … ja, ja. Alles in Ordnung. Danke«, antwortete sie zögernd, was zumindest teilweise an ihrer Verblüffung lag, Gary Barlows lächelndes Gesicht auf der Brust eines wackligen Achtzigjährigen zu sehen. Und natürlich daran, dass überhaupt nichts in Ordnung war.

»Na, dann Kopf hoch! Vielleicht passiert ja nichts. Und ein frohes Weihnachtsfest!«

Mit diesen Worten zockelte er weiter und ließ Maggie verdutzt, genervt und ein bisschen beschämt zurück. Sie holte tief Luft und bemerkte, dass ihr unter dem erbarmungslosen Neonröhrenlicht mittlerweile viel zu warm war. Sie zog die Jacke aus. Sie musste sich zusammenreißen, sich in Bewegung setzen. Nur nichts überstürzen, beschloss sie, als sie den Schildern zu Zimmer 4A folgte.

Als sie in der Tür stand, sah sie sich um. Vier Betten, alle belegt mit Männern. Vier Besucherstühle. Vier Nachttische. Vier Krüge mit Wasser und Plastikbechern. Nur ein Marco Cavelli. Ihre Augen erblickten ihn sofort, hinten in der Ecke am Fenster. Sein Bett war in Sitzposition gestellt, eine kotzgrüne Decke, unter der sich sein gebrochenes Bein wölbte, deckte ihn zu. Er lag zurückgelehnt im Kissen, das Gesicht zum Fenster gewandt, das Handy im Schoß. Still. Leise. Schlafend.

Er sah völlig normal aus. Bis auf die Tatsache, dass sein rechter Arm abgewinkelt in einem blendend weißen Gips auf seinem Oberkörper lag. O Gott. Jetzt auch noch ein gebrochener Arm. Als Maggie begriff, was sie da sah, riss sie die Augen auf und rannte fast auf ihn zu.

»O nein! Nicht auch noch dein Arm!«, sagte sie und griff nach seiner unversehrten Hand, woraufhin er aus seinem Nickerchen erwachte.

Er schlug die Augen auf, und ihre Blicke trafen sich. Ihm waren die Schmerzen anzusehen. Sie umfasste seine Finger und bemerkte, dass ein kleines Lächeln seine Lippen umspielte. Ihr Herz machte einen Satz, und sie fragte sich, wie sie je hatte glauben können, diesen Mann vergessen und mit emotionalem Unkrautvernichter aus ihrem Gedächtnis verbannen zu können. Wie sie hatte glauben können, in ihr altes Leben, bevor sie sich kennengelernt hatten, zurückkehren zu können.

Vielleicht wäre es einfacher für sie gewesen, wenn er ihr fern-geblieben wäre. Wenn Tausende von Meilen zwischen ihnen gelegen hätten. Wenn sie nicht hätte die Hand ausstrecken und ihn berühren können. Wenn sie seinen Geruch nicht hätte wahrnehmen können. Wenn sie die sich kringelnden Locken in seinem Nacken nicht hätte sehen können. Aber er war ihr nicht ferngeblieben. Er war hier. Und er lag schon wieder in einem Krankenhausbett. Mit einem weiteren gebro-chenen Kochen. Und freute sich, sie zu sehen.

»Hallo Maggie«, sagte er leise und streichelte ihre Hand mit dem Daumen. »Du bist da. Ich wusste nicht, ob du kom-men würdest. Ich habe dir mehrere Nachrichten hinterlassen, aber … na ja. Du hast dich nicht einmal verabschiedet. Als ich aufwachte, warst du weg. Ich konnte nur noch den Duft dei-nes Parfüms auf dem Kopfkissen riechen. Und dann … ist die Hölle losgebrochen.«

»Wie meinst du das?«, fragte sie und kämpfte gegen das schlechte Gewissen an, das in ihr aufstieg, als sie sich Marco vorstellte, verlassen und allein. Sie hatte triftige Gründe ge-habt, ihn zu verlassen, sagte sie sich, selbst wenn es ihm nicht so vorkam.

»Damit meine ich, dass bei Leah die Wehen eingesetzt ha-ben. Drei Wochen zu früh. Das totale Chaos ist ausgebrochen, als wir auf den Krankenwagen gewartet haben. Luca ist fuchs-teufelswild geworden, bis meine Mutter ihn mit einer Packung Kekse eingesperrt hat, auch wenn das wahrscheinlich das Letzte war, was er in dem Moment gebraucht hat. Leah hat nach ihrer PDA geschrien, und Rob … tja, ich nehme mal an, dass er wie immer die Ruhe selbst gewesen ist. Denn als die Hölle losgebrochen ist, bin ich noch immer in meinem Schlaf-anzug im Hotel herumspaziert auf der Suche nach dir.«

»O nein! Ist alles in Ordnung mit ihr? Hast du von ihnen gehört?«

»Ja. Es geht ihr gut. Ich habe vorhin eine Nachricht erhalten. Es ist ein Junge. Offenbar gesund, laut und angepisst.«

»Ein Junge«, sagte Maggie und konnte sich trotz der Umstände ein Lächeln nicht verkneifen. »Sie war bestimmt enttäuscht.«

»Ja, kurzzeitig. Wie auch immer ... bevor sie abtransportiert worden ist, hat sie nach meiner Hand gegriffen und mich zu sich gezogen. Sie hat es mir erzählt, Maggie. Zwischen all dem Fluchen und Schreien, und ich sag dir, diese Frau kann fluchen, hat sie mir von dir und Ellens Geburt erzählt. Und dann ist mir ein Licht aufgegangen, und vieles hat Sinn gemacht. Vor allem, warum du mich verlassen hast. Es hat Sinn gemacht, aber es hat trotzdem wehgetan.«

Maggie nickte und senkte den Blick. Sie konnte ihm nicht in die Augen sehen, sie konnte es einfach nicht. Sie wusste, dass sie ihn verletzt hatte, aber sie hatte ihre Gründe gehabt. Gründe, die er inzwischen kannte. Gründe, die es noch immer gab und die niemals verschwinden würden.

»Und warum bist du hier?«, fragte sie leise. »Wieder in diesem Krankenhaus? Wieder in Oxford? Wie bist du überhaupt hergekommen?«

»Mit einem Taxi«, antwortete er, als wäre es das Normalste auf der Welt.

»Mit einem Taxi? Den ganzen Weg von Schottland? Mitten in der Nacht, an Weihnachten?«

»Ja«, erwiderte er nur. »Ich habe mir ein Taxi genommen. Und Derek, er liegt da drüben mit dem Bein im Streckverband, war der Fahrer.«

Ihre Augen folgten seiner Hand zu dem gegenüberliegenden Bett, in dem ein Mann mittleren Alters lag, das graue Haar zu einem Bürstenhaarschnitt geschnitten, und Zeitung las. Er nahm die Vorrichtung anscheinend überhaupt nicht wahr, in der sein Bein steckte. Als er Maggies Blick bemerkte, nickte er ihr zu.

»N'Abend, meine Liebe« sagte er mit schwerem schottischen Akzent. »Ziemliches Mistwetter, was?«

Er wandte sich wieder seiner Zeitung zu und blätterte die Seite um, während Maggie verwirrt die Stirn runzelte.

»Alles lief gut, bis wir an dieses Hotel kamen, wo Gaynor ihre Hochzeit gefeiert hat«, fuhr Marco fort. »Wie hieß es noch mal, Fruit Tree oder so?«

»Peartree«, erwiderte sie automatisch und ahnte den Ausgang der Geschichte.

»Und da hattet ihr einen Unfall?«, fragte sie.

»Ja. Wir haben uns auf dem Glatteis gedreht und sind gegen eine Straßenlaterne gekracht. Hätte schlimmer kommen können, denke ich. Obwohl es dann doch nicht so zu sein schien, als wir aus dem verdammten Auto herausgeschnitten wurden …«

»Und jetzt bist du wieder hier«, stellte Maggie in ernstem, gedämpftem Ton fest. »Mit einem gebrochenen Arm, der zu deinem gebrochenen Bein passt. Ich glaube, ich tue dir nicht gut, Marco … jedes Mal wenn wir uns treffen, brichst du dir was.«

Schließlich blickte sie in diese haselnussbraunen Augen. Ein riesiger Bluterguss zierte seine Wange, der sich in den nächsten Tagen eindeutig in ein blaues Auge verwandeln würde. Er hatte Schnitt- und Schürfwunden auf dem Schlüsselbein, die aus dem Krankenhaushemd hervorlugten, und seine Stirn war noch immer mit Blut verschmiert, wo die Krankenschwestern versucht hatten, es abzuwischen.

Doch noch schlimmer als das, noch schlimmer als die gebrochenen Glieder und das Blut, war der Blick in seinen Augen. Jener Blick, der ihr verriet, dass nicht nur Körperteile zu Bruch gegangen waren. Sie hatte ihm an einer Stelle Schaden zugefügt, die niemand sehen konnte. Durch ihre fluchtartige Abreise war etwas in ihm zerbrochen, was sich auf keinem Röntgenbild sehen ließ. Die Tatsache, dass sie die gleichen inneren Verletzungen davongetragen hatte, schien nicht dazu beizutragen, dass sie sich besser fühlte. Was hatte sie sich nur dabei gedacht? Sie hätte ihm zumindest eine Notiz hinterlassen oder eine seiner vielen Nachrichten beantworten oder bis zum nächsten Morgen warten und wie ein erwachsener Mensch abfahren können, statt sich wegzuschleichen und wie ein Kind vor den Folgen ihrer Handlungen zu verstecken.

Auch wenn sie geglaubt hatte, dass sie das Richtige tun und ihn beschützen würde, war sie egoistisch gewesen. Feige. Einfach gemein.

»Es tut mir leid«, sagte sie schließlich. »Ich hätte nicht einfach wegfahren dürfen. Ich hätte bleiben, mit dir sprechen und es dir erklären müssen. Dann wäre dir das alles hier … erspart geblieben!«

»Ja«, erwiderte Marco. Er hielt ihre Hand in einem eisernen, schmerzhaften Griff, da er wusste, dass sie ihre Finger jeden Augenblick wieder herauswinden würde. »Du hättest mit mir reden sollen. Aber ich weiß, warum du es nicht getan hast«, sagte er und blickte in ihr Gesicht, in dem sich Schuld, Schmerz und Verwirrung widerspiegelten.

Als sie es nicht schaffte zu antworten und nur mit einem schnellen, verzweifelten Seufzer reagierte, fuhr er fort.

»Du hast es getan, weil du Angst hattest. Davor, was wir füreinander empfinden. Davor, was sich im letzten Monat zwischen uns entwickelt hat. Das ist etwas *Großes*. Auf jeden Fall ist es größer als alles, was ich bisher gefühlt habe, und ich bin mir verdammt sicher auch größer als alles, was du je gefühlt hast. Es nennt sich *Liebe*, Maggie. Ich liebe dich, und ich weiß, dass du das Gleiche für mich empfindest. Solltest du das Gegenteil behaupten, ist es eine glatte Lüge.«

Maggie holte tief Luft und wäre am liebsten weggelaufen. Weg aus diesem Krankenhaus mit seinen Gerüchen und seiner Traurigkeit. Weg von diesem großen, ramponierten und brutal ehrlichen Mann. Vor allem aber weg vor der Wahrheit. Weg vor der Tatsache, dass er recht hatte und sie ihn in der Tat liebte. Was an der Situation aber nichts änderte. Das wusste sie.

Sie stand auf und zog ihre Hand mit den mittlerweile fast tauben Fingern so fest zu sich, dass er fast vornüber kippte. Dann griff sie nach ihrer Handtasche und der Jacke, um zu gehen.

»Dann werde ich dich jetzt auch nicht belügen, Marco. Aber ich werde auch nicht bleiben. Der Grund, warum ich gefahren bin, der Grund, warum das, was zwischen uns ist, nie funktionieren wird, ist noch immer da. Er wird nicht verschwinden wie durch ein Wunder. Die Probleme werden sich nicht in Luft auflösen durch eine romantische Geste. Liebe wird die Wunden nicht heilen können. Ich habe vor langer Zeit meinen Frieden mit allem geschlossen, aber ich werde dich da nicht mit hineinziehen. Du musst wieder gesund werden und nach Hause fahren. Zurück nach Chicago. Weg von mir. Denn wie ich schon gesagt habe, ich tue dir einfach nicht gut.«

Bevor er antworten konnte, drehte sie sich um und stürmte mit tränenüberströmtem Gesicht davon.

# KAPITEL 28

Maggie war nicht in der Lage, wieder nach Hause zu fahren. Dort fühlte es sich nicht mehr sicher an. Es gab einfach zu viele Spuren von Marco, zu viele Erinnerungen an den heißen Papa vom Park. Sobald das gemietete Bett und der gemietete Liegesessel verpackt und an das Sanitätshaus zurückgeschickt waren, sollte sie ernsthaft in Erwägung ziehen, einen Exorzisten zu beauftragen, der sich um den Rest kümmerte. Vielleicht würden Weihwasser und lateinische Kirchenlieder helfen.

Statt zurück nach Jericho zu fahren, fand sie eine Tankstelle am Stadtrand, die noch geöffnet hatte. Ein gelangweilter Kassierer, der gerade die Pubertät hinter sich hatte, machte gerade mit dem Verkauf heißer Würstchen an weihnachtliche Loser, die an diesem fünfundzwanzigsten Dezember ihrer Fast-Food-Ketten beraubt worden waren, das Geschäft seines Lebens. Maggie kaufte einen dampfenden, riesigen Plastikbecher heißer Schokolade und eine Familienpackung Marsriegel. Näher an ein feudales Weihnachtsessen würde sie in diesem Jahr nicht herankommen.

Sie fand einen Parkplatz an der St. Aldates Street, blieb einen Augenblick auf der leeren Straße stehen und blickte zu den Fenstern der noch immer beleuchteten Christ Church hoch. Das Gebäude sah aus wie ein Weihnachtsschmuck, der in der dunklen Nacht strahlte. Die einzigen Geräusche waren das piepsende Signal der Fußgängerampeln und das gelegentliche Vorbeirauschen eines einsamen, durch den Schneematsch fahrenden Autos.

Dieses Weihnachtsfest war in der Tat sehr weiß, ging es ihr durch den Kopf, als sie den Fußweg zu der Bank unten am Fluss entlangmarschierte. Der Schnee glitzerte auf den Dächern der Bootshäuser und hatte sich an den Flussufern aufgetürmt. Genau genommen war nur ihre Stimmung düster.

Sie benutzte die Tüte, die sie an der Tankstelle bekommen hatte, als provisorisches Sitzkissen, und setzte sich auf die Bank. Doch sie stellte augenblicklich fest, dass diese Tüte ihrer Aufgabe nicht wirklich gewachsen war, denn Feuchtigkeit drang durch den Hosenboden ihrer Jeans. Na ja, dachte sie, nippte an der heißen Schokolade und riss die Verpackung eines Marsriegels auf, was ist schon ein nasser Hintern im Vergleich zu meinen übrigen Problemen? Probleme, die alles andere als leicht zu lösen waren.

Marco hatte in vielem recht. Unter anderem darin, was ihre Gefühle und den Grund ihrer Flucht aus Schottland betraf. Doch das bedeutete nicht, dass sie unrecht hatte. Es würde nie funktionieren. Sie hatte sich nach all den Jahren, in denen sie sich immer wieder gefragt hatte, wozu das Ganze gut sein sollte, schließlich doch noch verliebt. Und offen gesagt, es fühlte sich furchtbar an. Das Leben wäre ohne die Liebe viel einfacher gewesen, ohne diesen Regenbogen gesehen zu haben und wieder zu den Grautönen ihres wirklichen Lebens zurückzukehren. Ohne erkannt zu haben, was sie versäumte.

Ohne zum ersten Mal überhaupt zu verstehen, dass Zufriedenheit nicht das Gleiche war wie Glück.

Sie wusste, dass sie ein Feigling war. Sie hatte Angst vor den Gefühlen, die sie für ihn empfand. Angst, dass durch sie ihr ganzes Leben auf den Kopf gestellt werden könnte. Doch wenn sie ehrlich war, hatte sie vor allem Angst, dass diese Gefühle ihr in ein paar Jahren wieder genommen werden könnten, wenn Marcos Verlangen nach einer Familie schließlich größer sein würde als das Verlangen nach ihr. Sie hatte Angst, von dieser Energie und dieser Freude abhängig zu werden und beides wieder zu verlieren und wie eine Drogenabhängige ohne einen Schuss dazustehen. Sie hatte Angst zu sehen, wie er sie verließ, wenn sich die väterlichen Instinkte, die er eindeutig besaß, nicht mehr unterdrücken ließen.

Sie hatte geglaubt, dass sie die Beziehung seinetwegen beendet hatte, doch als sie allein in der Dunkelheit auf dieser Bank saß und ihren zweiten Schokoriegel zu essen begann, erkannte sie, dass es auch ihretwegen war. Sie konnte das Risiko nicht eingehen. Nicht, wenn der Ausgang so ungewiss war. Dann war es besser, Zeit und Ort seines Gefühlstods selbst zu bestimmen, als auf den emotionalen Todesstoß zu warten, der sie unausweichlich ereilen würde.

Sie hatte ihren absoluten Tiefpunkt erreicht, stellte sie fest, und ihr blieb nichts anderes mehr, als sich selbst wieder nach oben zu hangeln. Mit etwas Glück würde sie nächstes Weihnachten einen Zustand erreicht haben, in dem sie nicht mehr völlig depressiv war. Oder sie würde einfach auf dieser Bank sitzen bleiben und essen, bis sie bewusstlos wurde, sich von den noch fallenden Flocken einschneien lassen und morgen früh von einem Spaziergänger entdeckt werden, der seinen Hund ausführte. Bis dahin wäre sie erfroren und würde in zwei Teile auseinanderbrechen, wenn die Polizei versuchte, sie zu bewegen.

Das war eindeutig eine Alternative, fand sie, während sie in ihrer Jacke vor sich hin zitterte. Die Temperaturen würden heute Nacht auf jeden Fall unter null sinken. Durchaus möglich, dass sie den zweiten Weihnachtsfeiertag nicht mehr erlebte, wenn sie noch länger blieb. Sie hatte noch nicht einmal Handschuhe dabei. Sie hatte sie vergessen, als sie zum Krankenhaus gerast war. Nur der Becher heiße Schokolade verhinderte, dass ihre Finger Frostbeulen bekamen.

Irgendwann musste sie nach Hause fahren und anfangen, ihr Haus zu ent-Marco-isieren. Eventuell Nanny McPhee anrufen zwecks einer notfallmäßigen Auftaubehandlung ihrer Hände. Zumindest aber musste sie ihren Dad und Ellen zurückrufen und so tun, als würde sie in Schottland Champagner trinken. Sie fragte sich kurz, wie es Leah ging, und spürte eine noch größere Traurigkeit, denn ein Leben ohne Marco bedeutete auch ein Leben ohne Leah, eine Frau, die sie wirklich mochte. Eine Frau, die sogar in den Wehen an sie und Marco gedacht hatte. Auch wenn sie Maggies Geheimnis verraten, möglicherweise sogar herausgeschrien hatte, war das aus guten Gründen geschehen. Leah hatte ihr Happy End erlebt, und sie wünschte sich jetzt das Gleiche für sie. Ich muss ihr wenigstens Blumen schicken, sagte sich Maggie. Vielleicht auch einen Tropfen Alkohol.

Die heiße Schokolade kühlte schnell ab, und ein dritter Marsriegel erschien ohne ernsthafte körperliche Nebenwirkungen nicht ratsam. Ihr war klar, dass es an der Zeit war, ihren sehr feuchten Hintern hochzuhieven, sich zum Auto zu schleppen, zurück ins Bett zu fallen und ihrem restlichen Leben ins Auge zu blicken. So verlockend es in dem Moment auch war aufzugeben, sie konnte es nicht. Ellen würde sich umbringen, wenn sie an Unterkühlung starb.

Sie knüllte die Verpackung der beiden Schokoriegel zusammen, steckte sie in den Plastikbecher und verschloss ihn mit dem Deckel, wobei sie mehrere Versuche brauchte, da ihre Finger mittlerweile einen Zustand der Taubheit erreicht hatten, der kaum noch zu überbieten war.

Sie seufzte und starrte auf die glatte, dunkle Oberfläche des Flusses. Es war so friedlich hier, egal welches Chaos in ihrem Innern herrschte. Als sie sich geistig darauf vorbereitete, zu ihrem Auto und in die Realität zurückzukehren, vernahm sie ein Geräusch, das neu und fremd klang.

Das Geräusch einer fluchenden Person. Einer laut, mit amerikanischem Akzent fluchenden Person. Dann hörte sie das Geräusch von im Schnee rutschenden Füßen und einer besorgten Stimme. »Maggie? Bist du hier? Wenn nicht, werde ich wahrscheinlich sterben ...«

Sie sprang auf, ließ den Becher auf den Boden fallen und wirbelte herum. Er war es. Er war es tatsächlich. Dieser verrückte, wahnsinnige, humpelnde Idiot. Er kämpfte sich den Weg herunter, eine Krücke unter dem unversehrten Arm, die beiden weißen Gipsverbände schimmerten hell im Mondlicht, eine Tüte baumelte an seinen Fingern. Während Marco sich waghalsig zu ihr vorkämpfte, stellte Maggie sich vor, wie er hinfiel und geradewegs in den Fluss rollte. Sie würde hinter ihm herspringen, ihn in Baywatch-Manier retten und zum Ufer bringen müssen, bevor sie beide erfroren.

»Marco! Um Gottes willen, sei vorsichtig!«, rief sie und lief ihm entgegen. Sie konnte ihn noch gerade auffangen, als er dabei war, nach vorne zu stürzen. Sie schlang die Arme um ihn, und er verzog das Gesicht, als ihre Körper gegeneinanderprallten. In einer halb rutschenden, halb gehenden Tanznummer erreichten sie die Bank. Sie half ihm, sich hinzusetzen, und blieb stehen. Ungläubig starrte sie ihn an. Er trug noch immer das Krankenhaushemd, darüber seine wattierte Jacke. Der unversehrte Arm steckte im Ärmel, der andere Ärmel hing über dem Gips, und die Tüte lag in seinem Schoß. Seine nackten Beine hatten Gänsehaut. An den Füßen trug er lediglich Socken, die mittlerweile klatschnass waren. Sonst nichts. Sein armes, ramponiertes Gesicht war schweißbedeckt vor Anstrengung. Sie riss sich den Schal herunter und legte ihn um seinen Hals.

»Was verdammt noch mal machst du hier?«, fragte sie, kniete sich in den Schnee und rieb ihm die Beine, so fest sie konnte, in der Hoffnung, dass sie noch etwas Wärme hatte, die sie ihm spenden konnte. Sie wusste, dass der emotionale Schock des Wiedersehens sie bald einholen würde. Im Moment aber war sie eher besorgt, ihn am Leben zu erhalten.

»Schien eine nette Nacht zu sein für einen Spaziergang«, sagte er. Seine schlagfertige Antwort täuschte nur wenig über die Tatsache hinweg, dass er fror, Schmerzen und eindeutig den Verstand verloren hatte.

Sie sah ihn an, verzog das Gesicht und beschloss, ihre Jacke auszuziehen, um sie um seinen Schoß und die Beine zu wickeln. Die Nachtluft griff nach ihrem Körper wie eine eisige Hand, und sie spürte, wie ihre Zähne sofort zu klappern begannen.

»Wir müssen dich wieder zurückbringen«, sagte sie. »Zurück ins Krankenhaus. Ich kann nicht glauben, dass du das gemacht hast. Haben sie wegen dir schon Suchtrupps losgeschickt?«

»Nein«, sagte er, griff nach ihrer Hand und zog sie hoch,

damit sie sich neben ihn setzte. »Ich habe mich selbst entlassen. Gegen den Willen der Ärzte, aber was wissen die schon? Komm, schmieg dich an mich! Wir müssen uns gegenseitig wärmen.«

Sie spürte, wie er den unversehrten Arm um ihre Schultern legte, und sie kuschelte sich an ihn. Zumindest hatte er in dem Punkt recht.

»Wie bist du überhaupt hierhergekommen?«, fragte sie und spürte, wie seine Körperwärme sich auf sie zu übertragen begann. Sie griff mit ihrer freien Hand nach der Jacke und zog sie ihm noch fester um die Knie.

»Mit dem Taxi. Mal wieder. Marco Cavelli, der Schutzheilige der Taxifahrer. Wir sind zuerst zu deinem Haus gefahren, doch da war niemand. Anschließend zu deinem Laden. Erneut Fehlanzeige. Hier das … war der einzige Ort, der mir noch einfiel, wo du sein könntest. Du hast mal gemeint, dass du hierherkommst, wenn du nachdenken musst. Und ich war mir ziemlich sicher, dass du das musstest, nachdem ich dir gesagt hatte, dass ich dich liebe. Also bin ich meinen Instinkten gefolgt.«

»Du hättest es auch noch im Pub versuchen können«, wandte Maggie ein, ließ ihre eisigen Finger unter seine wattierte Jacke gleiten und spürte schwach die Wärme seiner Haut unter dem dünnen, baumwollenen Krankenhaushemd. »Das wäre noch eine weitere Möglichkeit gewesen. Hör mal … wir müssen gehen. Das Auto steht oben auf der Straße. Ich bringe dich zurück ins Krankenhaus …«

»Ich gehe nirgendwohin, solange wir nicht miteinander gesprochen haben«, unterbrach er sie. »Richtig miteinander gesprochen haben. Ich bewege mich keinen Zentimeter, und wenn du mich hier allein lässt, wirst du für den frühzeitigen

Tod eines Mannes verantwortlich sein, der in der Blüte seines Lebens stand. Ich werde hierbleiben, bis ich so aussehe wie der Schneemann in *Die Eiskönigin*, und du wirst den Rest deines Lebens mit dieser Schuld leben müssen.«

»Ich könnte dich einfach hierlassen und die Polizei rufen«, entgegnete sie und spürte, wie sich tatsächlich ein Lächeln auf ihren zitternden Lippen ausbreitete. Es fühlte sich gut an, ihn wieder im Arm zu halten, doch es fühlte sich noch besser an, eine absurde Unterhaltung mit ihm zu führen. »Ihnen einen Perversen melden. Ihnen erzählen, dass unten am Fluss ein Exhibitionist in einem Krankenhaushemd sitzt, der junge Frauen erschreckt, die ihre Marsriegel essen, sich elend fühlen und ihren Frieden haben wollen.«

»Genau das ist es, ja«, sagte er, lehnte seinen Kopf an ihren und atmete den Duft ihres Haars ein. »Ich will nicht, dass du dich elend fühlst. Das ist nicht nötig. Es kann klappen, Maggie. Ich weiß es.«

Sie seufzte und spürte, dass ihr wieder die Tränen in die Augen stiegen. In letzter Zeit schien das ständig zu passieren, als würden ihre Tränendrüsen unter einer Funktionsstörung leiden. Sollte sie tatsächlich weinen müssen, würden die Tränen auf den Lidern festfrieren.

»Nein, Marco. Kann es nicht. Wir haben genau hier gesessen, als wir darüber gesprochen haben. Ich habe dich gefragt, ob du Kinder haben möchtest, und du hast Ja gesagt. Du wirst ein großartiger Vater sein, und ich will nicht diejenige sein, wegen der dir das vorenthalten bleibt. Egal was du im Moment gerade für mich empfindest, das wird sich ändern. Das Gefühl wird nachlassen. Du wirst jemand anderen kennenlernen. Jemanden …, der komplett ist.«

»Deine Erinnerung ist falsch«, sagte er ruhig. »Die Worte,

die ich tatsächlich benutzt habe, waren ›vielleicht‹ und ›wahrscheinlich‹. Ich habe nie gesagt, ›Ja, das ist das einzige und wichtigste Ziel in meinem ganzen Leben‹. Du legst dir deine Erinnerung so zurecht, dass sie der Wirklichkeit dient, die du dir in deinem Kopf zurechtgezimmert hast.«

»Was meinst du mit zurechtgezimmert? Es gibt nur eine Wirklichkeit, und das ist die, in der wir uns gerade befinden, und in der alles so durcheinandergeraten ist, dass ich das Gefühl habe, mein Kopf platzt gleich.«

»Du bist diejenige, die alles so kompliziert macht, Maggie. Ich nicht. Du hast eine solche Angst, was mit uns geschieht, eine solche Angst, dich darauf einzulassen, dass du eine ganze Welt von Bedenken um ein einziges Problem geschaffen hast. Das musst du dir schon eingestehen. Ich werde hier nicht sitzen und so tun, als ob das kein Thema ist und als ob alles leicht sein wird, aber ich werde auch nicht zulassen, dass du dich selbst aufgibst. O Gott, was denkst du denn, wer ich bin? Irgendso ein Hengst, der ein fruchtbares Gegenstück sucht, um sie zu schwängern? In mir steckt mehr. In uns steckt mehr. Ich *liebe* dich, Maggie. Ich liebe dich, so wie du bist, hier und jetzt. Für mich bist du perfekt. Der Einzige, der nicht komplett ist, das bin ich … ohne dich.«

Maggie dachte über seine Worte nach. Worte, die mit großer Bestimmtheit, Überzeugungskraft und Leidenschaft vorgetragen worden waren. Sie schmiegte sich noch enger an ihn, teils, um sich zu wärmen, teils, um diesen Glauben, den er besaß, diese absolute Zuversicht in sich eindringen zu lassen wie eine Art magische, emotionale Osmose.

Bevor er aufgetaucht war, hatte sie genau das Gleiche gedacht, nämlich dass sie Angst hatte. Dass sie feige war. Den Grund, der gegen ihre Beziehung sprach, gab es jedoch noch immer. Er war real und konnte nicht einfach weggeschoben werden. Doch jetzt, nachdem sie ihm zugehört und bemerkt hatte, wie unerschütterlich sein Glaube an sie beide war, begann sie nachzudenken. Begann, einen winzigen Riss in dem Panzer zu spüren, den sie angelegt hatte. Einen Augenblick gab sie sich der Vorstellung hin von einer Welt, in der sie zusammenbleiben würden. In der sie beide komplett sein würden.

»Weißt du, ich habe dich schon vorher einmal gesehen«, sagte sie leise, und ihre Lippen streiften seine Wange, als sie sprach. »Ich habe es dir aber nie erzählt.«

»Ach, ja?«, meinte er, griff mit der Hand nach ihrer Jacke, um sie über seine und ihre Beine zu legen.

»Weil es mir peinlich war. Es war im Park. Ich war mit Ellen dort. Wir hatten eine Runde gejoggt und uns danach auf eine Bank gesetzt, so wie diese hier. Du warst mit Luca auf dem Spielplatz. Ich war … na ja, sagen wir mal so, Ellen hat sich noch Stunden später über mich lustig gemacht. Du warst … so voller Leben. Ich habe geglaubt, dass Luca dein Sohn ist, bis du ein paar Tage später in meinem Laden aufgetaucht bist. Ich habe dich heimlich den heißen Papa vom Park genannt. Das warst du nämlich für mich, und … und ein Teil von mir findet noch immer, dass du Vater werden solltest. Aber du hast recht. Ich habe Angst. Und ich bin immer noch der Meinung, dass Kinder zu deinem Leben dazugehören sollten. Dass dir etwas Wichtiges entgeht, wenn du keine hast.«

»Ach, Maggie … lass doch mal von diesem Gedanken ab und betrachte dich so, wie ich es tue. Kinder sind toll, keine Frage, aber wenn sie in unserer Zukunft nicht vorkommen sollen, dann kommen sie in unserer Zukunft eben nicht vor. Trotzdem können wir noch immer eine Zukunft haben, die hell und strahlend ist … heller als die Uni da drüben«, sagte er und zeigte auf das in der Ferne liegende majestätisch schimmernde Christ Church College.

»Wir könnten über eine Adoption nachdenken. Wir könnten uns mit meinem Bruder die Betreuung von Luca und Rob jr. teilen. Wir können einfach nur zusammen sein. Wir beide. Erinnerst du dich an unser Gespräch, als ich sagte, dass das Wichtigste ist, die richtige Frau zu finden. Die habe ich jetzt gefunden. Da bin ich mir sicher. Und ich wäre ein absoluter Volltrottel, wenn ich dich wieder gehen ließe, nachdem ich eine gefühlte Ewigkeit gesucht habe, ohne es überhaupt zu wissen. Ich habe gesucht, und du bist die einzig Richtige.«

»Du bist die Richtige, Maggie. Ich will dich. Nicht irgendeine perfekte, imaginäre Zukunft mit einer anderen Frau. Ich will eine richtige Zukunft, mit dir. Eine, die hier und jetzt beginnt. Mit unserem ersten gemeinsamen Weihnachtsfest.«

Er küsste sie sanft auf den Kopf und nahm den Arm von ihrer Schulter. Dann griff er nach der Tüte auf seinem Schoß und überreichte sie ihr.

»Was ist das?«, fragte sie und zog verwirrt und stirnrunzelnd ein in Geschenkpapier eingewickeltes Päckchen heraus, während sie die Wärme seiner Umarmung vermisste.

»Wonach sieht es denn aus, Sherlock?«

»Sieht aus wie ein Geschenk … aber wie hast du denn das geschafft? Du warst doch fast die ganze Zeit mit mir zusammen. Wie hast du die Zeit gefunden, das zu besorgen?«

»Ich habe mich einer wunderbaren neuen Erfindung bedient. Sie heißt Internet, Maggie. Ich habe es zu Leah und Rob nach Schottland liefern lassen. Ich habe immer gewusst, dass du am Schluss doch noch nachgeben und mit mir mitkommen würdest. Ich bin eben unwiderstehlich. Komm, mach es auf! Wenn deine Finger sich noch bewegen können.«

Maggie sah ihn einen Augenblick an, betrachtete die Blut-ergüsse, die Kratzer und den Stoppelbart. Die haselnussbrau-nen Augen leuchteten erwartungsvoll. Das Mondlicht schien einen Lichtkranz um sein Gesicht zu bilden. Schneeflocken hingen in seinen dichten, dunklen Locken. Er sieht unwider-stehlich aus, dachte sie und nestelte an dem Geschenkpapier herum.

Schließlich schaffte sie es, es aufzureißen, und zog das Ge-schenk heraus.

Es war ein Buch. *Alice im Wunderland.* Eine Erstausgabe mit Bildern von Lucy Mabel Attwell. Genau so eine hatte er ruiniert, als er vor einer gefühlten Ewigkeit mit dem Fahrrad kopfüber in ihr Leben gekracht war. Er hatte zugehört und sich erinnert. Das Gefühl dieses kostbaren Geschenks auf den Knien erfüllte sie mit Staunen. Sie wusste, dass sie nie wieder einen Mann wie diesen finden würde, und trotzdem erklärte sie ihm unbekümmert, dass er weiterziehen und sich eine andere Frau suchen sollte. Dass er sie zurücklassen sollte, wenngleich das für ihn genauso unmöglich war wie für sie.

Er war einen Augenblick lang still, blickte sie nur eindring-lich an und versuchte, ihre Reaktion einzuschätzen.

»Magst du es? Wenn nicht, kann ich dir etwas anderes schenken. Ich kann …«

»Es ist perfekt«, unterbrach sie ihn schnell und verhinderte jedes weitere Wort mit einem Kuss. Einem kalten, gefrorenen Kuss. Einem Kuss, dessen Bewegungsablauf eher instinktiv geschah, als dass er auf sensorischen Empfindungen beruhte. Einem Kuss, der die unvergossenen Tränen schließlich doch noch über ihre Wangen kullern ließ.

»Ich habe nichts für dich. Ich fühle mich schrecklich«,

sagte sie, als sie sich voneinander lösten, die Gesichter immer noch nur wenige Zentimeter voneinander entfernt.

»Macht nichts. Sag einfach nur, dass du uns eine Chance gibst. Wir haben unser Leben schon zu lange anderen Menschen gewidmet. Du, deinem Dad und Ellen. Ich, meinem Bruder in seiner schweren Zeit. Es ist zu einer Angewohnheit geworden. Jetzt haben wir die Möglichkeit, sie abzulegen.«

»Sag mir, dass du das Risiko eingehst. Wir können es langsam angehen lassen. Wir können es schnell angehen lassen. Wir können hier leben, wir können in Chicago leben. Was immer du willst. Verdammt, wir können sogar heiraten. Nur erwarte bitte nicht, dass ich jetzt gleich vor dir auf die Knie gehe. Ich kann dir keine perfekte Beziehung versprechen, aber ich kann dir versprechen, dich zu lieben. So wie du bist. Sag einfach nur Ja.«

Sie wickelte vorsichtig das Buch wieder ein, um es vor dem Schnee zu schützen. Hörte die Glocken in der Ferne, die zu Mitternacht läuteten. Spürte, wie ihr Herz voller Hoffnung und Stolz anschwoll, als sie zu dem neben ihr sitzenden großen, ramponierten Mann hinsah, der trotz seines gebrochenen Arms und Beins noch immer viel stärker war als sie.

Und sie sagte nur ein Wort.

»Ja.«

# EPILOG

*Weihnachtsabend, ein Jahr später*

Maggie war erschöpft. Sie hatte an so vielen Hochzeiten teilgenommen, so viele Bräute gesehen, und ihr war nie richtig klar gewesen, wie anstrengend es war, den ganzen Tag im Mittelpunkt zu stehen.

Sie hatte sich auf ein dick gepolstertes Sofa in der Garderobe des auf dem Land liegenden Herrenhauses, in dem die Trauung stattgefunden hatte, fallen lassen und starrte mit müden Augen den geschmackvoll dekorierten Weihnachtsbaum in der Ecke an. Leah hatte einige Geschenke darunter gelegt, die sich beim Betasten weich angefühlt hatten. Maggie hegte den leisen Verdacht, dass sie nun wohl in den Klub der grässlichen Weihnachtspullis aufgenommen werden würde.

Eine gestufte Terrasse, geschmückt mit silbernen Lichterketten, führte zu den schneebedeckten Gärten hinunter, die so weit reichten, wie das Auge sehen konnte.

Ein netter Anblick, dachte sie. Wie in einem Märchen. Einem merkwürdigen Märchen. Einem Märchen, in dem ihr komischerweise die Rolle der Prinzessin zugefallen war, einschließlich des dazugehörigen Ballkleids.

Das Kleid. Es zauberte ihr ein Lächeln auf die Lippen, nur

wenn sie an sich herunterschaute. Zum ersten Mal hatte sie ein Kleid für sich entworfen. Für ihre Hochzeit mit Marco.

Das Ganze erschien ihr noch immer unwirklich. Das völlige Erstaunen in seinem Gesicht, als sie den Gang hinuntergeschritten war. Das strahlende Lächeln ihres Vaters, als er sie Marco übergeben hatte. Die Tatsache, dass Ellen es geschafft hatte, sämtliche brautjüngferlichen Pflichten zu erfüllen, ohne ein einziges Mal zu fluchen. Zumindest nicht laut.

Unwirklich, und viel zu schnell vorbei.

Sie setzte sich auf, glättete den blassgrünen Taft und nippte ein paarmal an dem Champagnerglas, das neben ihr auf dem Tisch stand. Instinktiv griff sie nach ihrem Haar, um ein paar lose Strähnen hinter das Ohr zu stecken, ehe ihr einfiel, dass es zum ersten Mal keine losen Strähnen gab. Ihre Haarpracht war zu einem äußerst aufwendigen Knoten zusammengesteckt worden, eingefasst von einem Haarband, das mit alten Perlen und Strasssteinen bestickt war. Wahrscheinlich musste sie sich selbst skalpieren, um den Knoten wieder zu lösen, doch er würde es wert gewesen sein.

Alles hatte sich gelohnt, das wusste sie mittlerweile. Jeder einzelne Moment der Panik, jede wach gelegene Stunde nachts und jeder Anflug von Angst. Das letzte Jahr war nicht einfach gewesen, so wie Marco es vorausgesagt hatte. Ihre kalten Füße hatten mitunter arktische Temperaturen angenommen, und zweimal war sie im Begriff gewesen, alles abzusagen. Zuzulassen, dass die Angst und die Unsicherheit sie überwältigten.

Doch das hatte er nicht geschehen lassen. Fest und unerschütterlich hatte er an ihrer Seite gestanden und sie einfach nicht gehen lassen, egal in was für einen Angsthasen sie sich verwandelt hatte. Es mussten noch immer Lösungen gefunden werden. Er war bei Cavelli Inc. beschäftigt, wo er seine Stunden reduziert hatte, um einen Teil des Jahres in Oxford zu verbringen, wo er Vorlesungen hielt. Sie hatte ihr Arbeitspensum so verteilt, dass sie sich den ganzen Sommer freinehmen konnte, um sein Zuhause in Chicago kennenzulernen. Es war nicht einfach, aber sie waren auf einem guten Weg.

Genau genommen, dachte sie und ließ ihre müden Füße wieder in die hochhackigen Satinschuhe gleiten, hatten sie es schon geschafft. Sie waren verheiratet. Nun war es amtlich, sie war Mrs. Cavelli. In guten wie in schlechten Zeiten, in Krankheit und Gesundheit.

Letzteres hatte Rob als Quelle einiger wunderbarer witziger Einfälle in seiner Rede als Trauzeuge gedient, in der er die Geschichte ihres Kennenlernens und der damit verbundenen Knochenbrüche, Krankenhausbesuche und des verärgerten Pflegepersonals erzählt hatte, das sich in ihrer Liebesgeschichte wiederfand.

Nanny McPhee, in Begleitung ihres Mannes, der übrigens kein Toyboy war, hatte an dieser Stelle lächeln müssen. Irgendwie war es ihnen richtig vorgekommen, sie einzuladen. Sie hatte mit ihrem Schwamm des Grauens eine wichtige Rolle in der Anfangszeit gespielt.

Es waren Gäste aus Chicago da, von Robs Familie und von seiner Arbeit. Leah lächelte, gestresst von dem neben ihr sitzenden Robert jr., der am nächsten Tag ein Jahr alt werden würde und seine Patschhändchen aus dem Kinderwagen streckte. Luca schwirrte herum wie eine Hornisse auf Speed. Das war ganz bestimmt ein Tag, an dem Leah sofort zustimmen würde, sich die Kinderbetreuung zu teilen, dachte Maggie. Und es war ganz bestimmt auch ein Tag, den Leah sich herbeigewünscht hatte, seitdem sie Marco und sie zum ersten

Mal zusammen gesehen hatte. Leah hatte stets einen Plan gehabt, und der war hiermit aufgegangen.

Maggies Freundin Sian war mit allen ihren drei Kindern gekommen, und Ellen hatte ihren neuen Freund mitgebracht, Ollie. Jacob hatte sich trotz des gemeinsamen Weihnachtsfests in Paris nur als eine kurze Episode erwiesen. Ollie hingegen neckte Ellen ständig und ließ ihr nie das letzte Wort, was Maggie als mögliches Indiz dafür ansah, dass es mit ihm etwas Ernsthafteres sein könnte.

Und in der Mitte des Raums hatten die Bräute an einem weiß gedeckten Tisch mit glitzernden Weingläsern Platz genommen. Die wunderschönen Bräute, die sie ebenfalls auf dem Weg zu diesem Tag begleitet hatten und an ihren eigenen Hochzeiten hatten teilhaben lassen, strahlten über das Glück der beiden.

Gaynor war da, hochschwanger und in einen grellrosa Kaftan gekleidet, neben ihr Tony. Lucy, elegant und entzückend wie immer, saß Hand in Hand mit Josh da, der restlos zufrieden wirkte.

Außerdem waren Isabel und Michael gekommen, die absoluten Ehrengäste, zumindest was Maggie betraf. Michael sah noch immer sehr dünn aus, genau genommen sahen beide dünn aus, aber sie waren hier. Und sie hatten ihr Weihnachtswunder bekommen. Michael war in Remission. Zurück zu Hause. Zurück bei seiner wundervollen Frau. Er wusste jeden Tag zu schätzen, den sie gemeinsam verbrachten. Maggie freute sich fast genauso sehr für sie wie über den goldenen Ring an ihrem Finger.

Es klopfte an der Tür, und noch ehe sie antworten konnte, wurde sie geöffnet. Marco spazierte herein, und sein Anblick im Hochzeitsanzug verschlug Maggie noch immer den Atem.

Er sah so gut aus, so glücklich. Dieser erstaunliche Mann, der sein eigenes Wunder geschaffen hatte, gehörte nun ganz ihr. Dieser Mann, der sie schließlich überzeugt hatte, dass sie sich als ganze Frau betrachten konnte.

Sein Gesicht verzog sich zu einem Grinsen, als er sie erblickte, allein auf dem Sofa sitzend, mit einem Glas Champagner in der Hand und einem leicht schuldbewussten Gesichtsausruck, da er sie in ihrem Versteck erwischt hatte.

»Wieder angesäuselt, Mrs. Cavelli?«, fragte er neckend und streckte eine Hand aus, um ihr hochzuhelfen.

»Ich kann nicht anders. Mein Mann ist ein Scheusal. Das ist der einzige Trost, der mir geblieben ist«, antwortete sie und ließ sich absichtlich in seine Arme fallen.

»Ja«, erwiderte er und drückte sie an sich. »Das ist mir auch zu Ohren gekommen. Und gerade jetzt braucht er dringend seine Frau, ob angesäuselt oder nicht, um mit ihr zu tanzen. Da draußen wartet nämlich eine ganze Menschenmenge, die sehen will, ob wir den Robot können.«

Er spürte, wie Maggies Gesicht sich an seiner Brust zu einer Grimasse verzog, und lachte. Er wusste, dass sie sich den ganzen Tag vor diesem Moment gefürchtet hatte. Es war für sie schon qualvoll genug gewesen, bei der Trauung vor den Gästen zu stehen, aber jetzt auch noch vor ihren Augen zu tanzen kam eindeutig Maggies Vorstellung von Folter gleich.

»Komm!«, sagte er und führte sie aus ihrem Versteck in den Empfangssaal. »Es wird schon nicht so schlimm werden. Außerdem habe ich dieses Mal wenigstens zwei funktionierende Beine.«

Die Gäste applaudierten, als sie in ihre Mitte traten. Der DJ hatte sein Pult in der Ecke aufgebaut, und die Discokugel schimmerte über dem abgedunkelten Raum. Maggie blickte sich um und sah Ellen und Ollie, die an der Bar Tequilas tranken. Ihr Vater plauderte mit Marcos eleganter Mutter, und Isabel und Michael lächelten sie ermunternd an. Leah schob den Kinderwagen mit einer Hand und machte eine riesige Daumen-hoch-Geste mit der anderen. Rob schaute zu, während Luca auf seinen Schultern saß.

Ein Raum voller Freude, voller Glück.

Marco nahm sie in die Arme, hielt sie fest und flüsterte ihr etwas ins Ohr, als er sich zu wiegen begann.

»Ich habe dir doch gesagt, dass das unser Lied wird«, sagte er und küsste sie sanft.

Sie lächelte ihn an, und während die Musik einsetzte, entspannte sie sich schließlich in seinen Armen, von denen sie wusste, dass sie sie nie fallen lassen würden.

*The Power of Love.*

# Debbies Top-Tipps für ein romantisches Wochenende in Oxford

Ein Mann wie Marco Cavelli wird wahrscheinlich jeden Winkel der Erde in einen romantischen Flecken verwandeln können, doch Oxford, der Ort, in dem seine Geschichte spielt, gehört zu den schönsten Städten der Welt. Hier nun mein inoffizieller Reiseführer zu den schönsten Plätzen an und um die Träumenden Turmspitzen.

## Radcliffe Square

Maggie und Marco haben in dem Buch eine schicksalhafte Begegnung auf dem Radcliffe Square, einem der architektonisch herrlichsten Plätze der Stadt. Tagsüber wimmelt es dort von Fahrrädern, Studenten und Fußgängern, doch abends wird es ruhiger und beschaulicher. Dann ist der Platz wunderschön beleuchtet und strahlt eine stimmungsvolle Atmosphäre aus, in der man sich, abgesehen von den Straßenlampen und den Lichtern der Colleges, völlig losgelöst von der modernen Welt vorkommt. Überzogen von Schnee und Eis wirkt der Radcliffe Square noch prächtiger.

## Spazierwege des Magdalen Colleges

Viele der Colleges von Oxford sind überwältigend und liegen eingebettet in ein malerisches Gelände. Doch einer der schönsten Orte befindet sich am Magdalen College. Der Addison's Walk. Zu den Spaziergängern, die durch die Alleen wanderten, gehören unter anderem C. S. Lewis und Tolkien. Sie befinden sich also in guter Gesellschaft. Sie können am Bach entlangspazieren und den Wald, die Wildblumen und sogar Rehe bewundern. Was könnte romantischer sein?

## Die botanischen Gärten

Es sind die ältesten botanischen Gärten Großbritanniens, die eine wahre Oase der Stille und der natürlichen Schönheit im Herzen der Stadt darstellen. Sie zeichnen sich durch viele Spazierwege, ruhig gelegene Bänke und lauschige Plätze aus, an denen Sie entspannen können, idealerweise mit Ihrem eigenen Marco Cavelli! Auch Lewis Carroll hat die Gärten besucht, und sie stellen in der Philip-Pullman-Trilogie *Der Goldene Kompass* einen Schauplatz dar.

## Christ Church Meadows

Einige der Szenen des Buchs finden unten am Fluss statt, und Christ Church Meadow ist ein perfekter Ort, um in eine romantische Stimmung zu kommen. Umgeben von Wasser und dem prachtvollen Christ Church College bietet die Kulisse eine faszinierende Mischung aus natürlicher Schönheit und imposanter Architektur, die die Sinne belebt und zu jeder Jahreszeit wunderschön ist. Auch wenn es am Ufer mitunter sehr belebt sein kann, gibt es zahlreiche Rundwege, die abgeschiedener und lauschiger sind.

*The Bridge of Sighs*

Die Seufzerbrücke, eigentlich ein Teil des Hartford Colleges, ist für ihren Namen genauso bekannt wie für den Zauber, den sie versprüht! Was könnte romantischer sein, als ihren Spitznamen zu einem Stelldichein zu verwenden: »Triff mich unter der Seufzerbrücke«? Tatsächlich ist die Brücke ein ziemlich belebter Ort in Oxford, aber wenn Sie sich erst einmal getroffen haben, können Sie durch die Anlagen des nahe gelegenen New College wandern oder zweisame Stunden im Hof der Turf Tavern verbringen.

# Ulrike Sosnitza

## Ein sinnliches Lesevergnügen, so bittersüß wie das Leben

978-3-453-35906-2

**HEYNE ‹**